千古最美情诗

刘丽朵 喵哉 等/编著

山西出版传媒集团
北岳文艺出版社
BEIYUE LITERATURE & ART PUBLISHING HOUSE
·太原·

情詩

序言

爱情和诗，在遥远的古代，可能是一回事。中国的古人对爱情的执念，可能是从《诗经·邶风·击鼓》开始的，“爰居爰处？爰丧其马？于以求之？于林之下。”我想要回到你身边，可是我没有马。我本来以为，只要我有勇气不顾一切，我就可以回来，可在那一刻，我才知道大概是不能。也许是从《诗经·郑风·子衿》开始的，“青青子衿，悠悠我心。纵我不往，子宁不嗣音？”那种恋爱中的倾心与猜疑，真是让人揪心！

《诗经》中爱的清唱，写的是一个人在某种情境下与另一个人的情感链接，这仿佛独行于天地之间的侠音，慨然把最隐秘的情愫奉献给人类。而中国古诗的发展，似乎是沿着比兴的道路在一步一步地试探。

山有木兮木有枝，心说君兮君不知。

骓不逝兮可奈何！虞兮虞兮奈若何！

蒲苇韧如丝，磐石无转移。

山上之木，木上之枝，千里乌骓，蒲苇磐石，它们都跟爱情有关。而且，只要这个世界跟我有关系，那便跟你有关系，因为我的心里都是你。说爱情等于诗，是由于心中之爱唤醒了我们对世界的深度感知。正如诗仿佛只是缥缈的歌声，旋绕在尘世上方，三日绕梁，五日不去，七日情伤。

隋唐以前的诗，言说爱情相当恳切。我为什么爱你，我如何想要遇到你，我如何想对你表白，我如何不能对你表白；我们将在哪里相会，相会时你对我说什么话；我们如何分隔两地，我又用什么样的方式回到你身边……这流传下来的诗章，这嘈嘈切切的情愫，这当年的碎碎念，似乎要让整个宇宙来为爱情作证。

隋唐以后，诗发生了很大的变化，爱情诗也一样。

云想衣裳花想容，春风拂槛露华浓。
曾经沧海难为水，除去巫山不是云。
身无彩凤双飞翼，心有灵犀一点通。

在一些古典情诗中，我们根本看不懂其中的故事，我们不知道他们是在哪里约会，我们甚至看不透诗的背后藏着的情人是谁。那种“我曾经对你说过，我们要今生偕老，可是现在我回不去，我们可能无法再见”的情诗年代已经走远了。那时候的人啊，他们才不会说“今夕何夕兮，得与王子同舟”，他们空有比兴，却死活不肯开口好好地倾诉一番柔肠。那种“你，我，我爱你，何时再见”的叙事时代已经过去了，诗也变成了纯然的抒情。

情诗失去了佚音，因为诗人不愿意同我们分享私人的故事。他们一次又一次地把爱说得万般隐晦，把一个男人和一个女人的血肉之躯，变成了空灵的意象。

香雾云鬟湿，清辉玉臂寒。

清江一曲柳千条，二十年前旧板桥。

枝上柳绵吹又少，天涯何处无芳草。

哪怕写到了女人的头发和胳膊，却也是画上的烟云一般——“云鬟”“玉臂”。现在我们已经走入了中国爱情诗的内核，其是由一堆意象构成的。清江、板桥、天涯、芳草……这是一说出来，就让人情不自禁的意象。这是听到词音就能感知到爱的意象，这是每个人了然于心的爱情共同体，这是我们始于童年的爱的教育。

跟中国爱情诗有关的意象和词汇，除了以上，你还能想起来什么呢？

相思。断肠。风。月。泪痕。泪眼。暗香。东风。丁香。朝暮。春睡。灯下。双鱼。尺素。珠帘。高楼。兰舟。烟波。笙歌。飞絮。雨窗。欹枕。罗衾。罗带。香囊……

这一系列爱情诗的构成方式，真让人“口齿噙香对月吟”。它净化了日常生活中的粗陋不雅、万般遗憾，而把爱情变作了它应有的样子——

本书肇源于我与喜马拉雅内容出品人李莹的一次策划，我们谈起“中国情诗”这个主题，为之兴奋感伤。后来，它成了与演员刘敏涛合作的音频项目，并在喜马拉雅仅上线一年就有8万用户订阅，现在节目的音频播放量已突破300万次。

《钗头凤》是首先写就的篇章，确定体例后，我们认为不仅要讲述情诗背后的故事，还要挖掘藏在诗中的那些独特的中国意象美，而且更要传达出诗中所包含的属于诗人的深心。每个诗人都是迥然不同的，有人飘逸，有人轻倩，有人深情，有人纠结。我们要让这个节目里的文字，产生对读者的双重启发——诗的启发和爱的启发。

有幸的是，音频节目播出后，大众喜爱之余，得益于山西出版传媒集团北岳文艺出版社对节目的青睐，纸质书也得以出版。在这里，要特别感谢演员刘敏涛倾情的有声演绎，她让每一位诗中的女子有了鲜活的生命力。同时，也非常感谢出版社编辑老师对本书的倾心付出。

阅读本书，就像是一场穿越之旅。

一卷在手，揽尽诗人先贤万古云烟之爱意情愁！

刘丽朵

2022 年 7 月

目录

唐

宋

五代

金

先秦

Pre-Qin

怦然心动

情詩

01 《诗经·邶风·击鼓》

◎先秦·佚名

击鼓其镗，踊跃用兵。土国城漕，我独南行。
从孙子仲，平陈与宋。不我以归，忧心有忡。
爰居爰处？爰丧其马？于以求之？于林之下。
死生契阔，与子成说。执子之手，与子偕老。
于嗟阔兮，不我活兮。于嗟洵兮，不我信兮。

（独白）新妇：你出发那天，我早就把行李收拾好了，可是，情不自禁地又忙起来。把包裹打开，一一看过，再系上，又给马儿喂了一大捧草料，我跟它絮絮叨叨地叮嘱了半天，对着你却一言不发，我在逃避和你告别的那一刻。但你拉住了我的手，你说，我们约定一下吧：不管生还是死，或者很多年不能再见，但我的心意不会变，我想拉着你的手，我想和你白头到老。

两千年前，一个邶国人离开自己的家乡，随着大军一起南下，去到异国他乡，平息那里的战乱，也有人说，他们根本是为了讨伐邻国而去的。这场无名的征伐，最后不知道结果如何，我们也不知道这个战士有没有回到故乡，只有他临别时的约定流传了下来。他说：“执子之手，与子偕老。”

两千年来，这句诗被无数的情人传颂。张爱玲的《倾城之恋》中，范柳原就引用过它。接着，这个受过西洋教育的男人，对这句诗提出了他自己的批判，他说，生死与离别，都是大事，不由我们支配的。比起外界的力量，我们人是多么小，多么小！可是我们偏要说，我永远和你在一起，我们一生一世都别离开——就好像我们自己做得了主似的！

在一场战争中，一个人无法控制自己的命运，他可能随时会死于兵燹。在这种情况下，他并没有资格给予爱人“偕老”的诺言。可是，他却许诺了。

是范柳原指出这句承诺很难兑现，说这话的时候，他还是一个浪子。他声东击西，旁敲侧击，言为心声，他心中想的是：两千年前邶国人做不到的事情，我也做不到。他想要品尝爱情的甜美，却对“偕老”的结局望而生畏，他只想跟白流苏在一起一阵子，从来没想过一辈子。可是战争，残酷的毫无人性的战争，却偏偏在这件事上成全了那个女人。他们结婚了，他们偕老了。

然而战争并不总是这样成全人，而是相反。更多的爱情因战争而毁灭，《击鼓》中的邶国人，正在承受这种灭顶之灾。

如果命运仁慈一些，他们也许不用加入军队。一部分征夫留在了边境，他们开始修筑军事，每天和泥土打交道。诗中说，土国城漕，土和城都是动词，指的是搬土筑城。这种劳动异常辛苦，并不比作战轻松，《礼记》中给出了从军年龄的上限：六十岁。但劳役的工作，五十岁就不能再担任了。

（独白）新妇：昨天隔壁邻居收到了家书，她的丈夫是和你一起走的，现在在边境筑城。他着实抱怨了一通辛苦，说是每天都在泥里打滚，收工的时候，露水把衣裳都打湿了。他问家里要新衣服，好替换着穿。你走之后，我做了好几件新衣服，可是，怎么寄给你呢？送信的人走到边境就掉头了。他们说，不能去，前面开战了。

劳役虽然辛苦，但却安全，没有生死之虞。邶国人盼着自己去服劳役，而不是打仗，却不能实现。军队一路向南，原本以为几个月就能打完的仗，拖到了半年，一年，从作战变成了驻守，最后谁也说不清他们什么时候能回家。这种不确定比死亡更能消磨人的意志，军心逐渐涣散。

这种状态持续着。有一天，黄昏扎营的时候，士兵发现从家里跟他出来的老马跑丢了。更糟糕的是：他根本不知道自己是在什么地方。

“爰居爰处？爰丧其马？于以求之？于林之下。”

这一章是《击鼓》的神来之笔。它看似与正文无关，是突如其来加插进来的一个小片段。但通篇叙述的节奏在这里放缓，我们从征伐的大进程中，忽然停下来，仔细打量作者从军生活的日常，进入他的心情。

他说，“爰居爰处？爰丧其马？”爰是“哪里”的意思。我住在哪里？我在哪里停下？我又是在哪里，丢失了我的马呢？

在募兵的时代，战马还不是由国家统一配给，入伍的军士需要自己带。《木兰诗》当中就写到她出征的各项准备：东市买骏马，西市买鞍鞯，南市买辔头，北市买长鞭。如此精心地配置马具，是因为漫漫征途当中，马就像他们从家里带出来的一个亲人。而一旦上了战场，马更是他们生死相依的战友。这时候，男子却弄丢了他的马，这个事件，突然像一声惊雷，把他从神思恍惚的军旅生活中给震醒了。

（独白）新妇：昨晚我突然梦到了那匹马，是当年跟你出征的那一匹。我摸了摸他的耳朵，惊讶地发现他已经老了。时间已经过去那么久了吗？还是回家的路实在太长，它走着走着，就老了。我突然开始恐惧。你呢，你也变老了吗？当年我们说好要手拉着手，一直走到头发花白。现在呢？你究竟在哪里？

人生中总会发生一些事，它本身并没有多强的破坏力，甚至只是虚惊一场，但那一瞬间的冲击，会把我们从按部就班的生活当中一把拉出来，审视自己的所处和所在。这匹马就起了这样的作用，从惊慌中回过神来的男子，定睛一看，才发现马并没有走远，它就在山林下面，悠然自得地闲逛着，吃着草。马没有丢，但他再也无法忽视自己失魂落魄的状态了，思念随之汹涌而来。

后来唐朝的一首边塞诗，恰如其分地描写了这个瞬间。“碛里征人三十万，一时回首月中看。”茫茫大漠中的数万征人，被一缕笛声所感召，一时回首，沉浸在无边的月色中。他们看到了什么呢？这个瞬间，是与自己真实内心相对的瞬间。《击鼓》的作者，也正是在这一时，百感交集，一直压抑住的回忆喷薄而出。

他记起临别那天与妻子的约定，每个字都言犹在耳。

死生契阔，与子成说。执子之手，与子偕老。
于嗟阔兮，不我活兮。于嗟洵兮，不我信兮。

他说：“死生契阔，与子成说。”契是聚合，阔是离别，成说是约定，这一去无论是死是生，是有缘重聚，还是就此长别离，我们都说好了吧。

“执子之手，与子偕老。”我想要拉着你的手，穿过所有这些生死离别的阻碍，一直走到老。

那做出许诺的人，是真诚的，甚至是沉痛的。与其说是许诺，不如说它是一种朴素的愿望，而这个愿望，却遭遇了最强大的不可抗力，那就是生、死、离别。两个人许下共同的愿望，意味着在这场漫长的离别中，两个人都要坚持活着，活到相聚的那天。长年的远行往往给人一种错觉，好像家乡会一切如旧，爱人准备好了晚餐，永远在那里等待他归来。他要做的，只是努力活下去，然后用尽全身力气，回家。可是在遥远的家乡，一个没有男人的家庭，真的会太平无事吗？

也许我们可以从一首汉乐府诗中，猜到那让人垂泪的结局。一位老兵，幸运地逃过了战场厮杀，在八十岁的时候，终于退伍回家了。长途跋涉之后，他看到的却是这样一番景象：

十五从军征，八十始得归。
道逢乡里人，家中有阿谁？
遥望是君家，松柏冢累累。

他问村里的熟人，我家里还有哪些亲人呢？对方没有正面的回答他，只说，往那边看就是你家了。他看到一片松柏，走近了，才发现山林下面是累累的坟冢。新坟旧坟，其间长满了黍米和野葵。这首乐府诗用了一个惊人的、克制的笔调继续写下去。

羹饭一时熟，不知贻阿谁。
出门东向望，泪落沾我衣。

三十年后，老兵终于回家了，在家里的灶台上做了一顿热饭，但不知道能叫谁来一起吃。他走出门去，向远处眺望，终于泪落沾衣。“东向望”，也许是在看他回来时的路，这条艰难长路，从前怀抱着举家团圆的心愿，走起来甘之如饴。现在他终于回到了家，却也成了没有家的人。

而《击鼓》的主人公，我们祈祷他能获得善待。我们不愿看着一个人被生活重锤，步步后退，从控诉别离，控诉远行，直到被迫接受更残酷的真相。诗篇的最后，作者长长叹着气，说这离别让他许下的诺言空付。而他的爱人，那留在家乡的、满怀期待的女人，一生都在那个承诺里盘旋。

（独白）新妇：我已经记不清你走了多少年了。早上打水的时候，我俯身看，看见水里，我已经成了一个白发的老妪。青春年少仿佛还在昨日，却再也回不来了。变老原来这么容易，像一棵树突然掉光了全部的叶子。你在哪里？你一定也老了吧。

你只兑现了一半的诺言，你没做到执子之手，倘若你能在我身边拉着我的手，那该多好啊！但与子偕老，你做到了。你把自己留在这句承诺里，让这句话永远陪着我，让我天天想着你。我们是和你当年的诺言一起变老的。

02 《诗经·郑风·子衿》

◎先秦·佚名

青青子衿，悠悠我心。纵我不往，子宁不嗣音？
青青子佩，悠悠我思。纵我不往，子宁不来？
挑兮达兮，在城阙兮。一日不见，如三月兮。

（独白）郑女：距离上次见面才一天，我却觉得已经很久不见了。我躲在城楼上，一边看着熙熙攘攘的商队通过城门，一边小心地把自己的身体藏在城墙后面，这样，即使你在队伍中，不至于一抬头就看到了我。人群涌了过来，他们浩浩荡荡，像河水一样在我眼前流过，时间也浩浩荡荡地流过去。我不知道过了多久，一个时辰，一天，还是一年？

恋爱中的女子，仿佛拥有一只专为她定制的时钟，她体会到的时间，和大自然的时序忽然不一样了。这首《子衿》里的郑国女子，什么事也没有干，在城楼上独自待到日落。在我们看来，这一天过得无比轻松，可她却不觉得。我们不知道她的内心里经历了什么翻江倒海的变化，只听到她说：“挑兮达兮，在城阙兮。一日不见，如三月兮。”

见不到你的时候，我所过的一天，简直比三个月还要长。她没有糊涂，她只是把自己的整个宇宙，包括宇宙中的时间，牵在另一个人的身上了。

《诗经》里的情诗，经常引人赞叹的一点是：它在年代上虽然与我们相隔甚远，以至于诗歌的主角、事件，或者说前因后果，大多沉没在历史的海面以下，但诗中的情感，却如同沧海遗珠，摆脱了一时一事的束缚，反而大放光芒，让人感觉不到时代的界限。我们和这个郑国女子之间几乎没有隔膜，谁没跟闺蜜抱怨过男朋友不回消息呢？让人一颗心悬着，隔两分钟就要去看一下手机。明明只等了半小时，却以为他遇到了不可思议的事情，已经变心了。

郑国的女子，在整部《诗经》中，都显得比别的国家的女子更加现代。

所谓的更现代，一定程度上意味着更自由。这个国家是一个晚兴的邦国，当中原各国将《周礼》奉为社会典章制度和行为规范的时候，郑国，按照班固的话来说，还在山居谷汲。郑国人依高山而居，都城之内，又有两条大河环绕，隔绝和殷实，保留了这片殷商旧地独有的天真。即便礼乐和法制已经成为一个时代的浪潮，但在郑国人这里，他们只是听到了潮声，尚未被潮水裹挟。

在郑国，原始宗教反而更具有生命力，比如每年三月上巳，男男女女，都拿着兰草，去都城周围的两条大河边参加宗教仪式，一来招魂续魄，二来去除不祥。举国沉浸在盛大的节日里，年轻的男女也在这欢乐的气氛中，毫不掩饰地约会。

也许，《子衿》里的女子也是在某次三月上巳，邂逅了那个令她魂牵梦萦的人，她送出了手里的白芍药，也收到了对方的紫芍药。她欣喜不已，以为交换承诺和交换花朵一样容易，没有想到，花朵逐渐开始枯萎了，而她等待的那个人，却迟迟没有再露面。

（独白）郑女：我把你记得很清楚。你的衣领是青色的，玉佩一摇一晃，就连系着那块玉的丝带，我也记得，是青色的。但我唯独不敢去记起你的脸。我记得那张脸是亲切的，笑嘻嘻的。我若是看到了他，一定会忍不住质问他的："没人和你说过吗？跟女孩子约会也好，写信也好，最重要的一点，是我可以不去，但你不能不来呀！"

"纵我不往，子宁不嗣音？""纵我不往，子宁不来？"钱锺书先生读到这里，说它和后来言情小说的心理描写差不多，明明自己没去，却还一个劲地责怪：你就不能写信吗？你就不能来吗？"薄责己而厚望于人"，不去想自己做了多少，却期待对方能做很多。

其实，相比其他郑国女子，《子衿》已经算很优雅、很克制了。《褰裳》里的女子，面对没有音讯的恋人，说得更直白："子惠思我，褰裳涉溱。子不思我，岂无他人？狂童之狂也且！"如果你想我的话，肯定把衣裳一提，渡过溱水就来了。如果你不想我，难道没有别人想我吗？哼，你这个傻小子！何等的爽利，又带着点儿狡黠。这个女孩虽然骂着傻小子，可这不是因为喜欢对方吗？

《子衿》里的女子，并没有《褰裳》里的那个女子那样洒脱。她既不确定得到了对方的心，又不确定自己一颗空落落的心要安放在哪里。像一朵花，本来满心欢喜地期待着绽放了，这一下，却把花瓣全收了起来，变得小心翼翼，分外含蓄。就连心里要给对方一个称呼，也不敢大大咧咧地叫他什么狂童、狡童，而是称呼为“青青子衿”“青青子佩”，也就是那个穿青色衣服的人，那个系着青色佩带的人。

衣服代表着温存、贴近，是一个人身上最亲切的存在，当我的目光开始不自觉地流连在你的衣领衣襟上，你就该知道，我已经对深藏其中的灵魂动了情。后来中国的情诗，屡屡见到热恋中的人们，以温柔目光拂过彼此的衣角，或是时过境迁后，空留衣衫在手，余香满襟。凡此种种，别有一番深沉的情致。

最动人的，也许是晏几道在多年离散之后，再次遇见歌女小蘋的瞬间，他什么也没感叹，却只想起，初次见面时小蘋是怎样的穿着——“记得小蘋初见，两重心字罗衣”。这大半生悲欢聚散，他已经被迫忘记太多事，而那一件衣衫他还记得，可见对此人曾经多么看重。由此你愿意相信，那是他真爱过的人。

《子衿》里的郑国女子，初相逢时看见的是他的什么呢？是“青青子衿，悠悠我心。青青子佩，悠悠我思”。青色的衣领、青色的佩带，这些东西如此确定，触手可及，好像连带着她无法把握的爱情也更像是真的。她知道，思念本来就是捕风捉影，那么，思念一些更确切的事物，比思念一个不确定的人，好像更有安全感一些。

（独白）郑女：你就算不来，难道连一封信也送不了？如果你不想写信，找个人给我捎句话也好啊。难道说，因为我不去，你也就赌气断了联系？我虽说被困在家里，没法动身，可时时刻刻都记挂着你，你是不是和我一样，我却不敢说。也许你已经爱上了旁人，早就忘了我吧。

郑国女子的爱人到底是因为什么不来呢？

他也许粗心，像其他男人一样，对女孩子的内心戏浑然不觉。在他的日历中，时间只过了一天，什么都没有发生，他们之间跟之前没有任何改变。他怎么能知道，在对方的日历里，已经过了三个月呢？而在这个郑国女子心里，深爱当中的两个人容不得片刻的缺席。你在的时候，我全心全意注视着你；你不在的时候，我全心全意注视着你留下的虚空。恐惧本来就和爱情相伴而生，它像杂草一样，风一吹，就在这片虚空中长出来，防不胜防。

“子宁不来”隐隐包含着指责的意味。它指责的，就是在恋爱中，一个人没有权力把另一个人留在这样的虚空里。无论是告白、争吵，还是“闻君有两意，故来相决绝”的离别，至少都意味着，我们在这段感情里旗鼓相当，彼此纠缠。而“不来”，实质是把其中一个人留在了等待宣判的位置上。是两情缱绻，还是负心绝义，随时可能乾坤转移，致令瞬间悲喜，这也就难怪郑国女子心绪不宁，感觉一天如同三个月那么长了。

钱锺书先生说的“薄责已而厚望于人”，在人生别的事务上，这是一种薄行，放在爱情中，偏偏是深情。正因为郑国的女子投入了全部的真诚，出于这深爱，放弃了自己的主权，让自己站在了战战兢兢、等待宣判的位置上。这时，我们怎能不在对方身上寄予厚望呢？而这厚望，说起来也不过是三个字：不辜负。就像宋朝的李之仪点破的那样：但愿君心似我心，定不负相思意。

后来，在诗经的《王风》中，我们又听到了一位男子的叹息，他的爱人也在远处，没有音讯，不得相见。

彼采萧兮，一日不见，如三秋兮

彼采艾兮，一日不见，如三岁兮。

他循环往复地感叹着，像唱一首永远没有尽头的歌。从前，由郑国女子口中发出的感叹，一模一样地又在时空的另一端响起，仿佛与她遥相呼应。我们不知道这位男子在对谁咏唱，只知道他的感情天然纯挚，没有怀疑，也没有滋生恐惧。短暂的离别，反而让思念变得如此具体，他终将和恋人相见，在那片长满葛草的山坡上。

相比来讲，郑国女子让我们多了一些担忧。毕竟她的恋人连一封信也没有寄来，而她的内心，也逐渐被扰动，充满了焦虑和怀疑。但也许明天她就能收到信，甚至干脆就能在城楼上等到那个让她经历“三秋”的人，就像沈从文在《边城》里说的，那个人，也许永远不会回来了，也许明天回来……

03 《诗经·秦风·蒹葭》

◎先秦·佚名

蒹葭苍苍，白露为霜。所谓伊人，在水一方。
溯洄从之，道阻且长。溯游从之，宛在水中央。
蒹葭萋萋，白露未晞。所谓伊人，在水之湄。
溯洄从之，道阻且跻。溯游从之，宛在水中坻。
蒹葭采采，白露未已。所谓伊人，在水之涘。
溯洄从之，道阻且右。溯游从之，宛在水中沚。

这是两千多年前春秋时期的一个凌晨，凉风至，白露降，寒蝉鸣。此刻，秦国的大地上，万物仍旧在沉睡。一个孤单的年轻人，在朦胧的晨曦中走出家门，一路走到了村落附近的河边。远处传来零星几声鸡鸣，衬得河中细碎波浪滚过的声音愈发清晰。他听得出来，河水流得没有夏天那么急了。可是，他的心，为什么还是不能安宁下来呢？

“蒹葭苍苍，白露为霜。”河边生长着茂密的芦苇。在半明半暗的天光下，连成浩浩荡荡的一大片苍青色。年轻人驻足在芦苇前，低头凝视苇叶。夜间的低温在叶片上凝结出细碎的露珠，乍一眼看去，仿佛一片白霜。

一想到霜，他身上顿时感到一阵寒冷。可是，他的心还是热的。因为他的心中，装着一个人。这是来自《诗经·秦风》的一个故事，名叫《蒹葭》。

一个男人在某个秋晨，向着自己幻境中的女子拼命走过去，却无论如何不能靠近她，于是让我们听到了这回环往复、一唱三叹的哀伤。

在这个男人的心中，藏着一个人。她曾经在上巳的河畔梳理自己的长发，那乌黑的发丝从此将心拴牢在她的身上。她曾经在祭祀的篝火中翩然起舞，那飞扬的衣袂从此将他包裹在她的魔力中。

《蒹葭》这首诗，在《诗经》中是特别的。人们都知道这是一首情诗，却在诗中看不见具体交往的情节，像《邶风·谷风》《卫风·氓》那样的诗，都把故事写在诗里了，一个人因为什么而想念一个人，或者怨恨一个人，我们一看就知道了。《蒹葭》却不是这样。有人说《蒹葭》是一首境界之诗，它从头到尾写满了思念，却如一封匿名的情书，被秋风吹到了我们手上，读过之后，便再也忘不掉了。

那个令人魂牵梦绕的她，大概并非是站在水边。在这秋日寒冷

的清晨，她怎么会到那里去呢？她大概是在庭院深深的房子里，一层又一层的保护把她藏得很深，她是等闲不会跟人见面的。唯其如此，才让这份相思如此无奈。

她所住的房子在水边的什么地方，这却是有可能的。秦这个国家，本来就地处黄河的上游。“溯洄从之，道阻且长。”这水域这样蜿蜒，就像是黄河的写照。

更有可能的是，这女郎的处境，跟这条河毫无关系。只是她的美好和遥远，让人想到了“蒹葭”“白露”。

“蒹葭苍苍，白露为霜。所谓伊人，在水一方。溯洄从之，道阻且长。溯游从之，宛在水中央。”你出现时，我只看到了大片苍苍的荻和芦苇，我只看到了美丽的白露凝结为霜。我知道你在那里，我用尽了全部的力气去寻找你、追随你，你却依然像一个绝美的梦境一样，伫立在我无法到达的水中央。

《蒹葭》的追寻，就像是一个寓言。

路很不好走，有的地方又湿又滑，有的地方布满石头，有的地方暗藏陷洞。而且，这条路，看上去不远，走起来为什么那么长呢？他隔岸向她挥手，他想说：我来了，你等着我！可是他知道，她也许听不见。那么，还是埋头前行吧，看好眼前的路，不要因为一时的疏忽掉进水里，那样，就欲速则不达了。

年轻人好不容易找到一处狭窄的河道，提着衣裳，踩着河中的石头，小心翼翼地过了河。他记着心上人刚才的位置，知道再往回走一段，应该就能见到她了。

几只黄鸟扑棱着翅膀从他身旁掠过。年轻人抬起头，看向心上人所在的方向。一看之下，他，愣住了。

心上人已经不在刚才那个地方了。他以为她会一直在那里等着他，可是实情显然并非如此。他只得再次揉了揉眼睛，将视线扫过荒无人烟的河流两岸。

于是，他再次看到了她。“溯游从之，宛在水中央。”

（独白）女子：我从来就不认得你。我也不知道如何就成了你的心上人。我只是一个深宫中的命妇，每天用大把的时间对镜梳妆，插戴满头。在镜中，看到自己鬒发如云，光把这些头发梳上去，就要用到簪珥、步摇、假结，那是许许多多的首饰。这不是一个人的事，这关系到礼仪。水边吗？不会的，我不会到那里去的。我没见过早上的芦苇，我很想看到。听说芦洲荻渚出没于霜天烟江之间的景色很美，我想去看看。

年轻人再次出发。

“蒹葭萋萋，白露未晞。”太阳从东方露出了头，河边的芦苇叶上，露水还没有被晒干。他大步流星往前走，一时盯着脚下的路，一时抬起头看看心上人的位置。“溯洄从之，道阻且跻。”“溯洄从之，道阻且右。”他走过弯曲回流的河湾，走过笔直陡峭的峡谷，走过乱世嶙峋的石滩。每次，他都确信心上人驻留在了前方水与草交界的岸边，似乎再加把劲就可以抵达。可是，每当他走到原先心中预定的地方，心上人却又出现在了远处的水中小沙洲上。

那个隔水相望的伊人，遥远而崇高，可见而不可求，可望而不可即。一千多年后，李白写出了名句“美人如花隔云端”，表达了与此相似的倾慕之情。然而，花是有温度的，蒹葭却冷得铺天盖地；花可以被采摘，拿在手里，蒹葭，也就是一片茫茫的芦荻，却覆盖了我，包围了我，让我沉陷。

（独白）女子：我想象着蒹葭苍苍的河岸。你是看不到我的，让你苦恼的是：你永远无法让我感知到你的存在，可是我已经知道了。我在我的梦中知道了你。我梦见：你向着我的宫室出发，你若来到宫墙的近旁，便离我近了一些。你一早便在苦苦跋涉了。一望蒹葭，秋波无际，露气水光，空明相击。这是何等浩瀚又让人心碎的秋晨。在这样的晨光中，当有幽人往来，缥缈得没有一丝温度。我虽然不在那里，可是天地之间充盈着脉脉的情意，每一丝水波都让你想起我。

这梦中的蒹葭，究竟在什么地方？

除了可望而不可即的企慕，这位追求者的坚毅与执着，也十分让人动容。“溯洄从之，道阻且长”。追求一个可望而不可即的女人，这样的情感，本身便与情欲无关。这是从一开始就认为不会得到的爱情，这是注定绝望的希望。

（独白）女子：“蒹葭采采，白露未已。”芦苇叶上的露水快要干了，你已经走了很久很久，路也走了很长很长，秋天正在变得寒冷，但你的心越来越热。跋涉是如此艰难，但你不觉得苦。

你是谁？你现在哪里？我满怀惆怅地把目光投向一重又一重的宫墙。我看到，只有白鸟从那上面飞过去。

04 《诗经·王风·君子于役》

◎先秦·佚名

君子于役，不知其期。曷至哉？鸡栖于埘。日之夕矣，羊牛下来。君子于役，如之何勿思！

君子于役，不日不月。曷其有佸？鸡栖于桀。日之夕矣，羊牛下括。君子于役，苟无饥渴？

（独白）农妇：嗨！你这头老母牛，走得这样不紧不慢的！快点走吧！一会儿我就把这个院门关上了，你就在外头睡觉吧！天都快黑了，别看现在还有点亮光，不一会儿啊，这天，就把这点亮收回去了。进院吧，进院吧！别东张西望了！一双，两双，三双，四双，五双，又一个，对，一个也不错，真听话啊，咱们家的十一只羊全都回来了！

这是一个跟往常一样忙碌的黄昏。村庄跟往常一样宁静，牲畜排着队，从山上走回它们的家里。牛和羊是沉静而优美的动物，它们的行动总是这样和缓，就像传说中的大人、君子。当羊群在山上走下来的时候，远远地看去，就像一条白色的绳子在青山上缓缓下移，其中点缀着黄色的牛，就像绳子上打的草结。

在这个乡村的家庭中，一切井然有序。女主人呼喊牲畜的声音切割了黄昏。从她的声音中，我们听不到任何可以称之为"忧伤"的情绪。可这个黄昏又分明是忧伤的。

“君子于役，不知其期。曷至哉？……”这首《君子于役》是《诗经·王风》中的情诗，是对此情此景的书写。就是这首诗，把我们带到了三千多年前的这个院落中。诗中说，我的男人出门服役去了，不知道什么时候回来，他到底什么时候能回来呢？

在三千多年前，这位农妇是普通的一个女人，她的丈夫是普通的一个征人，那是春秋初年，是周平王统治的年代，东周王朝给人民加上了沉重的兵役、徭役，大量的男人都出去干活儿或者是打仗了。在乡村的留守妇女，不得不独自一人挑起家庭的全部重担。

原本恩爱的夫妻，本来是亲亲热热，过得和和顺顺的。他们做着伴，就像一只小羊依偎着另一只小羊。可现在他们都是单独一个人了。一个在故乡的村庄里思念，另一个在远方的军营里思乡。

（独白）农妇：噢噢！（唤鸡的声音）你这只小芦花，别看你小，你也知道天要黑了，就该困觉了！睡吧，明天早上，还会有一把好小米给你吃呢！到墙上去睡着吧！墙上那个最小的鸡窝，是你的！那个大的窝是你娘的，你不要去……你看多乖！

她的丈夫，不在家里。院子里没有他，屋子里也没有他。她醒着的时候，没有他；睡着的时候，身边也没有他。他们原本应该在一起过贴心的日子，早上起来说说笑笑，到田里干活去；晚上拉着手回来，到小房子里生火，煮熟了晚餐，有滋有味地吃完。这样美好的岁月本来应当是属于他们的。可是现在，他在哪儿呢？所以这首诗中写道：鸡栖于埘。日之夕矣，羊牛下来。君子于役，如之何勿思！鸡，都到墙上抠出来的鸡窝里睡觉去了，天色也已经黄昏了，羊和牛都从山上回来了。在这个时候，让我怎么能不想在外服役的丈夫呢？

（独白）农妇：鸡到窝里去了，牛羊都躺下了，我的那个哥哥啊！你怎么还不回来！我抱着一把柴火，就上了灶房，添一把柴，就烧一把火，风吹着烟啊，一直向着西去了，我的那个哥哥，你怎么还不回来！过了这个光景，就到了夜里，一个人凄惶惶的，成晚上地想你！我的那个哥哥，你怎么还不回来！

黄昏之所以这样让人恓惶，是因为它紧贴着黑夜。由于黄昏而产生的忧愁，往往是因为黑夜漫长难挨。村里的这位年轻的农妇，她把日子过得有滋有味，她认识她自己的每一只羊、每一只鸡；她也认识邻居家的牛、羊和鸡，能把它们分辨得清清楚楚。她还了解每一只牲畜家禽的性格，知道羊群中的哪一只，由于突如其来的青灰色的忧伤，而只顾咩咩地叫着，对眼前的一片青草视而不见。可是她无法抵御即将到来的黑夜，思念铺天盖地，快要把她吞噬了。

如果我们把目光放得再远一点，长一点，伴随着西去的炊烟，伴随着天上的大雁，一直走到那个男人所在的地方。如果我们跟随着他的脚步，跟他一样磨破了上路时所穿的鞋子，跟他一样睡在看得见星星的野地里，跟他一样疲惫和饥渴，我们就能听到他的呼喊了。

明明上天，照临下土。我征徂西，至于艽野。
二月初吉，载离寒暑。心之忧矣，其毒大苦！
念彼共人，涕零如雨。岂不怀归？畏此罪罟！

这是《诗经·小雅》中的诗《小明》，诗中的主人公，便是那位农妇所惦记的人：告别家乡的征人。有人说，《诗经》当中的大部分作品，书写的都是劳人思妇率意言情之事，也就是说，无论是《君子于役》中的女人，还是《小明》中的男人，他们并不会什么婉转美妙的言辞，也没有千回百转的闲愁，他们不过是想到什么，就说出来什么罢了。可是这直接说出来的一切，来源于他们生命中真实的疼痛。在《小明》中，这男人说了，在茫茫的荒野中走着，他每一天都在想着回家，都在想着自己的爱人，他在外面受够了风霜之苦，恨不得立即就走回去，可如果做了逃兵，就会被当作罪犯抓回去的……

（独白）农妇：我的那个哥哥哎！你走到哪里去了？鞋子磨破了，你的脚疼不疼啊？夜里露水冷，你的身上凉不凉啊？你有没有吃的？能不能喝上一口热的？我的哥哥，你在家里哪受过这种罪，吃过这样的苦啊！我的哥哥，我今天晚上吃饭，刚吃下去一口，就想着你没吃的，我就吃不下去了。

“君子于役，不日不月。曷其有佸？鸡栖于桀。日之夕矣，羊牛下括。君子于役，苟无饥渴？”《君子于役》这首诗，所写都是乡村风物，最末一句“君子于役，苟无饥渴”，把思念落实得格外具体：这个女人啊，她只关心丈夫在外面有没有吃饱穿暖。这是平凡人生中真的爱情，而这种浓烈而真挚的感情，后来的诗人们并不太懂，当他们去想象独自留守家中的女人是如何思念自己的丈夫，他们写下了这样的诗：

戍客望边邑，思妇多苦颜。
高楼当此夜，叹息未应闲。

在李白的想象中，这女人整夜都在叹息。可事实可能是，夜那么深、那么黑，经历了一整天的劳动，她早就沉沉地睡了。

“鸣环曳履出长廊，为君秋夜捣衣裳。”而初唐的诗人王勃，幻想出了思妇劳动的场景。她不再是整夜没事，只顾着叹息了，她的手是不停地劳动的，她要为自己的丈夫准备一件寒衣。而且，“君在天一方，寒衣徒自香”，我虽然把衣服准备好了，可是却无法给你。这是极美的辞藻，可是，为什么她穿着这么漂亮的衣裳，画着这么精致的妆容，仿佛她并非真实的思妇。

我们越是读遍了有名的诗人所写的思妇诗，越是感叹《诗经》是这样的朴素简净、感人至深。哪怕是到了今天，也还有一位农民诗人写下这样的诗：人一辈子有了一回爱情，就不穷了。有些人的爱情，是用来对抗贫困、痛苦和死亡的武器。他们的爱，跟那些无事可做、闲愁万种，在长夜里起坐兴叹的人不同，你想象过那种劳瘁饥寒、独行万里的艰苦岁月吗？你想象过若干年音讯杳然、不知死生的分离滋味吗？当此之时，爱情不是人生的调味剂，而是全心全意的企盼，是满怀期待的一线光明，是活下去、拖着疲惫的身体走下去、一直走到终点的理由。

“鸡栖于桀。日之夕矣，羊牛下括。”乡村的院落，孤单的农妇，缥缈惆怅的思绪，让这一个黄昏被凝固成了诗，从此千百年地被人记住。我们无从知道这个故事的结局，我们不知道她所思念的人究竟回家了没有，但中国从此有了一个这样的黄昏，一个永恒的黄昏。在这个黄昏里，人间的牲畜都带着一丝倦怠，这份倦怠驱使它们回家。家，是一个可以憩息的地方。羊，牛和鸡，都心满意足，满怀甜美和安全，这份甜美却无法抵达劳人思妇的心中。爱而不见，生死暌离，让这个女人在黄昏心碎，让每一个夜晚的来临都这样重大，含着无声无息的绝望。

（独白）农妇：羊和牛，都能找到自己的家。鸡飞出了这个门儿，也还能找回来。我的哥哥，你走得太远了，谁来告诉你回家的路啊？我的哥哥啊，你要是回来，一路上要勤打听着，千万不要走丢了啊……

05 《越人歌》

◎先秦·佚名

今夕何夕兮搴洲中流，今日何日兮得与王子同舟。
蒙羞被好兮不訾诟耻，心几顽而不绝兮得知王子。
山有木兮木有枝，心说君兮君不知。

（独白）越女：我们越人依水而居，个个都是驾船的高手。我们越人临水而歌，船歌激荡，每天都响彻水面的上空。我就是这样一名水边长大的越女，驾船，唱歌，被人夸赞是水面上最好的船女。当他们听到我的歌声时，谁能不驻足停留呢？

楚国新任令尹子皙的仪仗船队，正在江面上缓缓行进。子皙是楚共王的第四子，是新立的楚初王的弟弟。子皙所在的大船极尽华美之能事，装饰着高过人头的孔雀和雉鸡长翎，飘摇着无数犀牛角柄的尘尾，点缀着各色名贵的香草。翠绿的伞盖在子皙身上投下半截阴影，让他显得深沉而庄严。

骄日似火，仪仗船队中的乐工们奏起鼓乐，那是来自楚国王室的正音，与中原庄严缓慢的旋律稍有不同。突然间，从另一只船上，传来了响彻云端的女声。

越人是上古对南方各族的笼统称呼，并不是一个统一的民族，所以有“百越”之说。在为子皙划船的越人，应该是其中的“扬越”，而且是其中居住在荆湘一带的族群,他们是今天壮族和侗族的先民。

他站起来向四周望去。他想知道这歌声是从哪里传来的。

（独白）越女：我们越地的首领是粗豪的汉子，我们越地的男子都喜欢往脸上画些夸张的图案来显示自己的强悍。而眼前这王子的风仪，是我有生以来从未见过的。刚才我唱的那支歌……那支歌……它怎么就从我嘴里唱了出来……那些划船的汉子们都沸腾了，岸上的越人也惊呆了，无数双眼睛看着我……是的，那是我唱给你的歌……

听到子皙大声地问，刚才是谁在唱，唱的是些什么，越人们便笑嚷起来。他们的目光和手指都朝向在仪仗船上划船的一位越人女桨手。子皙看到那个姑娘从船边桨手的位置站起，她的脸像苹果一样通红，眼睛里却闪烁着奇特的光芒。

有人告诉子皙，这位手足无措的越女刚才为他唱了一首情歌。没有什么比这首情歌更加大胆，也没有什么比这首情歌更能代表她的心意了。她说今天是什么日子，能驾着这样的船在河里，今天又是什么日子，能跟王子在同一条船上。为了得到王子一顾，她根本就顾不得羞耻了。她的心里乱纷纷的，不知道怎样才能让王子认识她、知道她。她心里爱着王子，可是子皙他却不知道。

这是一首关于暗恋的绝美的情诗。一个船家女，在为王子划船的时候，竟悄悄爱上了他。她被这种爱情所折磨，在她的心里发生的事，谁也不会知道的。没有任何人，会把这个葛衣粗服的船家女，跟王子扯上关系。她为王子划船已经是第三天了，每当王子经过她的身边，她都感受到内心的轰响。

“山有木兮木有枝，心说君兮君不知。”自从有了这句诗，世间所有暗恋者的心声都被吐露无疑。

这一年，公子子皙四十一岁了。这位《越人歌》里的王子，在历史上被称为公子黑肱，子皙是他的名字，你可以称他熊黑肱，或者熊子皙。他不是一位真正的王子，在春秋中晚期，楚王的王号是僭越的称呼，周天子才是王，周天子的儿子才是王子。所以对于楚王的儿子，正史只称“公子”，不称“王子”。

楚共王受宠的儿子有五个。老大在共王死后继位，就是楚康王。子皙是老四。

楚康王登位十几年后死去，老二子围找机会杀死老大的儿子篡了位，这就是楚灵王。那年子皙二十九岁。为了保命，他逃往了郑国。

楚灵王一生荒唐，“楚王好细腰，宫中多饿死”，就是他干下的事儿。十二年后，老三老五趁楚灵王在外征战，发动兵变，杀死了他的儿子，老三子比自立为楚王，这就是楚初王。流亡在郑国十二年的公子子皙被三哥召回国内，任命为令尹，全国最高行政长官。这位为楚国人所不熟悉的公子，蓦然出现在他们面前。这么多年，他们处在灵王残暴的威胁中，一直在暗暗盼望着新的国君来解救。子皙是他们心目中理想的国君人选之一。

你要知道这一切，才能慢慢地懂得那位起座而歌的越女。

在所有感情中，暗恋是一种低到尘埃里的情感。爱让我们感受到自己的卑微，暗恋者百般挣扎，也不敢把这种感情说出口。这才是我们所熟知的暗恋。少女的尊严价值千金，默默喜欢他只是自己的事，一点都不想让他知道。何况，这是一位庶女暗恋着一位王子。她怎么敢让他知道呢？

（独白）越女："蒙羞被好兮不訾诟耻，心几顽而不绝兮得知王子。"我想对你说的一切，都在这支歌中了。要有不顾一切去赴死的决心，才能对你唱这支歌。那个残暴的灵王还在对这个国家虎视眈眈，每一天都有传闻，说他就要回来了……我听着你的名字长大。登上这艘大船的时候，我确认你就像我从小到大梦中的那个样子。我在危险的楚国长大，人人都害怕那个荒唐的君王，人们都说他是假的国君，说如果子皙这样的公子在这里就好了。你一定知道迫在眼前的危险，我看到你的脸上虽然带着微笑，可却有掩饰不住的忧愁。恐惧和忧伤在你的脸上，那张好看的脸，我从小到大梦中的脸，让人心疼得不忍去看。王子，我想让你知道我的心意。

越女是在泰山压顶般的危险之下起座而歌，她想让王子知道这里有她在，如果此刻她不能说出来，这一生就不再有机会了。有人觉得使暗恋者表白的这种勇气，就跟慷慨赴死的勇气没什么不同。在越女的心中，此时此刻就是充满了这样的勇气。

据说听完这首歌后，子皙站起来拥抱了她，并在她的身上披了一条锦缎，作为对她的奖赏。这记载来自最早记录这件事的《说苑》，大概是真的吧。有人说当晚越女便同子皙拥被而眠，共度良宵，这大概是出自后人的附会。他们后来究竟如何，那最早的记载中并没有提及。

《越人歌》的故事却是真的发生了的。那在外流亡了十二年的公子子皙，回到了他心心念念的楚国，立即被委以重任。在庆典上，有一位越人的女儿对他当众表白，说她爱着他，可是他却不知道。从此，在史籍中，这个无名女子被称为“榜枻越人”。榜、枻都有船桨的意思，榜枻越人，就是划船的越人。这世上有过许多王子，因为有了这首歌，公子子皙便成了那个永远被人爱着的王子，只要这首歌一直被传唱着，王子就在歌中活着。这首歌被唱出来以后，他其实并没有活多久。

那个勇敢表白的越女昭示了一件事，那就是：整个楚国都在害怕，灵王随时会回来，灵王也许很快就回来了。整个楚国都在为公子子皙担忧着，惆怅着。爱着他的那个姑娘，现在就要说出口，否则就来不及了。因为灵王一旦回来，子皙可能就没命了。

整个楚国都在传说：灵王回来了。刚刚登上王位的楚初王跟令尹子皙双双自杀。这一天，距离《越人歌》被唱出来的那一天，不过只过了十几天。灵王没有来，他们的五弟弃疾登上了王位，他就是楚平王。子皙死于他的恐惧和忧愁。如今，我们差不多已经忘记了春秋晚期那些久远的往事，忘记了楚国的恩怨与纷争，可是那位活在歌声里的忧伤的王子，我们却忘不了他。他的忧愁让人心碎。假如我们暗恋一个人，自尊令我们永远不会表白，可是在内心深处，我们却有为他粉身碎骨的勇气。《越人歌》就是这种勇气的产物。在遥远的春秋，一条波涛骀荡的河流上，忧郁的王子站在船的中央，在他身边的船女突然用他听不懂的语音唱起了一支歌：山有木兮木有枝，心说君兮君不知。

请你知道我爱你吧！在这朝生夕死的世上，没有人比我更爱你！

楚汉

Chu-Han

爱别离苦

情詩

06 《垓下歌》

◎秦·项羽

力拔山兮气盖世。
时不利兮骓不逝。
骓不逝兮可奈何！
虞兮虞兮奈若何！

（独白）虞姬：四面楚歌声扰得我心神不宁，这让我失了惯有的冷静，只想快步朝着大王的营帐走去。快一点，再快一点，就能见到他了。他不再高大，反而满面愁容。那一刻，我突然悲从中来。我的大王，该是何等恣意骄傲，何至于走到如今地步。如果这世上真有天神，我愿祈祷无数次，让所有磨难都由我一人承担，只望大王能突破重围，重建霸业。我甚至在想，如果没有垓下之战，没有十面埋伏，没有四面楚歌……如果这一切都不曾发生，我们回到七年前，该有多好……

那一年，项羽二十四岁，“力拔山兮气盖世”，因为一句“王侯将相宁有种乎”，便随叔父项梁一同起义。在讨伐秦军的队伍中，他靠着卓越的谋略和非凡的才能，被一众诸侯推举为上将军，成为整个诸侯联军的盟主。更是在巨鹿之战中，以五万兵马对阵秦军四十万大军。这场以少胜多的战役，让项羽的名字响彻在这九州大地上，成了不可逾越的神话。

在很多人的心中，项羽是高不可攀的，他是贵族，是名将之后，是联盟军首领，他身高八尺，力能举鼎，他雄才伟略。除此之外，他还拥有这天下最美的女人。人们不知美人姓甚名谁，亦不曾打听她的家乡在哪里，只知道，她是这乱世里一等一的奇女子，她容颜倾城，才艺绝佳，极善舞剑，深得项羽宠爱。作战时，常将她带在身侧，人们称她为“虞姬”。

《史记·项羽本纪》里对她也只有寥寥数语：“有美人名虞，常幸从。”但这又如何，对虞姬而言，自那满天战火里，遇到项羽的那一刻起，她一生的归途就早已注定。

（独白）虞姬：我依稀还记得，大王刚刚攻入咸阳时，一把大火烧了秦朝宫室，那场大火整整烧了三个月。在火光中，我穿着最美的红色衣裙，泪眼婆娑，胭脂成泪，看着大王骑着乌骓马向我奔来，如同天神一般，意气风发，他把手伸向我，说：“虞姬，从此以后，我是西楚霸王，而你，是我独一无二的虞美人。”那一刻，我就知道，我这一生，都逃不过西楚霸王的劫。生，是王的女人，死亦然。

“虞美人”的传说，来自项羽的“戏下分封”。攻破秦国后，项羽分封十八路诸侯，把天下化整为零，分成很多细小的板块。项羽独占西楚，自封为“西楚霸王”。同时，册封虞姬为美人，故称虞美人。

在项羽的志得意满中，虞姬的笑靥下，危机正慢慢潜伏着，命运的轮盘已经悄然转动。项羽以为，这是天下纷争的结束。殊不知，攻破咸阳，秦国灭亡，鸿门宴上放走刘邦，包括如今的戏下分

封，这都不是结束，而是一个新的开始，楚汉争霸的开始……

之后，在长达五年的时间里，项羽与刘邦不断开战，虞姬看着她的大王一次次凯旋。她为他斟酒，舞剑，弹琴，只希望这翩若惊鸿、婉若游龙般的舞蹈，能缓解大王的丝丝疲惫。

可人算不如天算，在常年的战争下，项羽军队的粮食难以为继，他不得不与刘邦签订“鸿沟之约”，中分天下。以刘邦的父亲和妻子作为交换，停止这场战争。相互约定鸿沟以西为汉，以东为楚，鸿沟便成为楚汉分界线。这也是“楚河汉界”的由来。

可令人意想不到的是，在退回大本营的途中，刘邦背信弃义，一路穷追不舍。

若非这一路上筹集不到粮草，项羽何至于被追至垓下。若非刘邦以利益诱之，封韩信为齐王，彭越为梁王，项羽又何至于被十面埋伏，十八路诸侯军对他围追堵截。一路退至垓下，项羽看着帐篷中的羸弱残兵，不禁想起自己这倥偬一生。在与刘邦的六七十场战役中，自已九胜一败。只这一败，便穷途末路。十万兵马，到如今的八百残兵，何至于此。

（独白）虞姬：我一动不动，看着站在营帐前大王的身影，落寞，寂寥，惆怅……一种英雄末路之感漫延开来。我的大王，他应是天之骄子，人中龙凤，他应该永远意气风发，不可一世。自二十四岁起义，二十六岁一战成名，二十七岁攻破秦国，二十八岁于彭城击败刘邦，二十九岁击彭越，占荥阳。到如今，我的大王，也才三十岁出头，不过而立之年。有人说，大王走到如今地步，是因为残暴？可乱世里，为了粮食，为了生存，为了赢，谁不冷血残忍？也有人说，大王不懂用人，把身边有识之士全数推开。军事，人才，战争……这些所有的，我都不懂。我只知道，若能让大王东山再起，虞姬甘愿付出一切，包括生命。

虞姬看着项羽默然转身，步入营帐。他的身影依然高大，却多了几分颓然之感。项羽走到床前，和衣躺下，他没有脱下染血的铠甲，亦没有卸下腰间的宝剑，随时都做好战斗的准备。如今，只希望能小憩片刻，养足精神，争取今夜一举突围。

夜间，项羽突然听见楚歌声声起，一股凄凉怆然升起，他乍然从床上坐起，抽出宝剑，定睛一看，是虞姬。她跪坐在床前，眼睛红肿，却艳丽非常。

亦如往常，她为项羽提壶斟酒，一杯又一杯。帐篷外，四面皆是楚歌声，楚地已全部失守，将士们听见家乡的歌声，不仅窃窃私语，逃的逃，跑的跑。帐外的乌骓马也焦躁不安，发出声声嘶鸣。

听着帐外乌骓马凄惶的鸣叫，喝着杯中越发苦涩的酒水，就着点点烛光，项羽看着身前这个跟随自己多年的美人，他不禁悲从中来，感慨时运不济，大势已去。他伸出手指，轻轻拭去虞姬眼角的欲落未落的泪水，不由唱起：

力拔山兮气盖世。
时不利兮骓不逝。
骓不逝兮可奈何！
虞兮虞兮奈若何！

一曲《垓下歌》，道尽项羽这悲壮一生。自扬名之初，便有举鼎拔山之能，万夫不当之勇，是这乱世里，王者中的盖世英雄。奈何时运不济，落得如今地步。胯下的乌骓马再也不能驰骋疆场。而心中的挚爱虞姬，又该拿她怎么办才好？

（独白）虞姬：这是我第一次听见大王作诗和歌，也许也是最后一次。此时，我才发现，原来铁血硬汉也有多情柔软的一面。我看着身前这个突然脆弱的男人，多想安慰他，为他出谋划策，成为他的前锋，为他杀出一条血路。但为何我是女子，只能小意温柔。被俘虏后，只能用作要挟大王的人质，甚至被敌军当作一件玩物，随意践踏，侮辱。当下，我心中纵有千言，有万语，都不能说，不敢说，也不知该如何说。我只能笑靥如花，抬头，转身，含泪为大王跳最后一次舞，和最后一首歌："汉兵已略地，四方楚歌声。大王意气尽，贱妾何聊生。"

一曲唱尽，虞姬眼角的泪缓缓流下，大王，永别了。虞姬躺在项羽怀中，一把抽出他腰间的宝剑，往项上一抹，顿时，血色弥漫。

这曲《和垓下歌》，又称《和项王歌》，是在项羽唱罢“虞兮虞兮奈若何”后，虞姬给予的回应。汉兵已经攻占楚国，四面全是家乡的声音。大王霸业将尽，意气已不复存在，在这生死存亡之际，我又怎能苟且偷生呢？

虞姬曾说，永远不会成为大王前行路上的拖累。这一路上，为了加快行军步伐，她曾为他褪去华服，穿上铠甲，拿起刀剑。如今亦然，为了让项羽毫无后顾之忧地走下去，虞姬选择了用生命去成全。

那个铁血丹心的硬汉楚霸王，一生不曾为谁停留，可当他亲眼看着自己深爱的女人自刎而死，英雄也满襟是泪。真是应了那句话——“男儿有泪不轻弹，只是未到伤心处”。

面对四面追兵，项羽草草掩埋了虞姬。如同一头杀疯的孤狼，带着八百残兵，一路突围至乌江。面对昔日反叛部下，还有众多老对头，他不禁笑了，大笑。

即使是死，项羽也绝不允许自己死于一众宵小之手。即使时运不济，死，也应当死得壮烈，死得其所。这一幕，千百年后，李清照读懂了这位霸王，“生当作人杰，死亦为鬼雄”。

身后是滚滚乌江水，身前是狼烟战火，挡住这一代枭雄的不是刘邦，不是韩信，而是无颜再见江东父老的悲情。项羽没有选择过乌江。因为，西楚霸王，是骄傲的，亦是血性痴情的。项羽冷眼看着这诸多天下群雄，毅然举起宝剑，利刃擦颈而过，徒留一道残红，和着这抹血色，伴随着阵阵厮杀声，仿佛有道声音在回响：虞姬，走慢一点，等我。

项羽与虞姬，如同我们听过的很多故事，李靖与红佛女，石崇与绿珠，吕布与貂蝉……他们无一不在向世人演绎一曲英雄与美女的赞歌。它告诉我们，爱是相守，是忠贞，是成全，也是虽死不悔，唯愿对方安好。

于项羽而言，能得一女子，生不离，死不弃。纵使英雄末路，她也能化作一道残阳，照亮霸王最后的生命，将满腔柔情倾覆，这是霸王之幸。

于虞姬而言，于战乱中，能得一人爱她，懂她，护她，已是一生之幸。更遑论，这个人是人中豪杰，乱世英雄。

有人说，在很多年后，乌江岸边，残血早已干涸，零落辗转化作尘土。这里，长出了一种草，能随风起舞。它开出的花，颜色比杜鹃啼血更加艳丽，人们叫它“虞美人”。

汉晋

Han-Jin

繁华落地

07 《白头吟》

◎汉 · 卓文君

皑如山上雪，皎若云间月。
闻君有两意，故来相决绝。
今日斗酒会，明旦沟水头。
躞蹀御沟上，沟水东西流。
凄凄复凄凄，嫁娶不须啼。
愿得一心人，白头不相离。
竹竿何袅袅，鱼尾何簁簁！
男儿重意气，何用钱刀为！

（独白）卓文君：在春天的一面闪亮的铜镜里，我发现了今生第一根白发。窗外早晨的阳光照着这根白发，这样刺目，这样耀眼，就像是用银子做成的。我赶紧喊我的小丫头篆儿帮我把它拔下来……我微笑着看着她说，我老了，连白发都有了。篆儿赶紧跪下来，说，主母才不老呢，白头发有什么新鲜？小孩子头上也会生出来一两根的。主母如今的容貌，依然是这样华美、富丽，就像是早上的太阳一般可爱，让人不忍移开眼珠。虽然她是这么说，可我还是免不了忧伤。我的确老了。我头上的白发，毕竟不是小孩子偶然生出来的白发，它是岁月对我的警告。

那一年，蜀郡临邛县的巨商卓王孙家里，有个女儿新寡，一个

人住着一所院子。她才只有十七岁，临邛人都说，她眉若远山，脸若芙蓉，是个极美的女子。而这一年，梁孝王去世，名满天下的才子司马相如失去了他的靠山，回到了家乡蜀郡。因为跟县令王吉有旧，相如来到了临邛，接下来发生的事情，千百年间已经被无数戏文演绎过了。

《凤求凰》

有一美人兮，见之不忘。
一日不见兮，思之如狂。
凤飞翱翔兮，四海求凰。
无奈佳人兮，不在东墙。
将琴代语兮，聊写衷肠。
……

作为汉大赋最重要的写作者，司马相如拥有让整个时代仰望的才华。大赋是一种把汉语的形式之美发挥到极致的文体，无论是字形还是音韵，皆铺排得华丽丰赡。那时，相如还没有写出让他不朽的《子虚赋》《上林赋》，他只是一位出色的读书人，懂得如何雕琢词章，让句子充满令人目眩神迷的美。这一曲《凤求凰》宛如天外清音，这位弹琴的男子仿佛是神仙下凡，谁能抵抗住这种魅惑？

何况，她是卓文君，一个以善于鉴赏音律、文采著称的女子。

（独白）卓文君：这是什么样的琴声，又是什么样的情话呀！弹琴的那位男子，我好像见过他，在今夜的月华下，他的白衣仿佛浸透了月光。我想要跟他走！这一句句的琴声都在呼唤我！我听见他在唱："有艳淑女在闺房，室迩人遐毒我肠。"天哪！相思好像毒药，让他垂垂欲死了吗？好想把那可怜的书生的头抱在怀中，用甜蜜的话灌满他的耳朵，让他复活……

接下来发生的，就是堪称古典浪漫最高潮的"夜奔"。趁着夜色，逃出樊笼，奔向自由，去过自己想要的生活，这样重大而冒险的选择，一生中，有一次就够了。一千年中，有一个这样的人，也就够了。卓文君是历史上第一个"夜奔"的女人。卓王孙的女儿，因为听到了一个年轻的男子半夜演奏的一曲清音，便丢下一切，跟着他去了！整个临邛震动了，整个蜀郡震惊了，整个长安也沸腾了！在当时，很多人把这件事看作是卓王孙家里的一桩丑闻。

他们两人来到了司马相如的家中，卓文君才发现，这个从天而降的才子，原来家徒四壁，穷得除了身上的衣服，简直一无所有。司马相如以为，这个女人跟他出走，势必是不顾一切的，为了爱情，她可以跟着他忍受贫困。可他还没有弄明白，他身边的人，是一个怎样的女子。

（独白）卓文君：离开临邛的那天他曾问过我，他问我怕不怕。我反问他：怕什么？有什么可怕？他轻轻说了四个字：飞短流长。我不禁笑了起来。不错，临邛是个小地方，我知道他们会怎么样地说我们……可是那些把我们的名字挂在嘴边的男女，他们从来没有见过大串的珠子和宝石，他们没见过那一把叫作绿绮的琴，那可是上古流传下来的，能令我们走过的地方仙音环绕，他们更加没有见过爱情。我会怕他们吗？我为什么要害怕呢？

卓文君没有在相如家中住几天，就做出了一个大胆的决定。她要司马相如跟他一起回到临邛去。父亲，是不会接纳他们的。卓王孙那座占了半个城的大宅，他们是回不去了。可是文君自有办法。她让相如与他开了一家小酒铺，相如在后厨洗盘子，而文君当垆，就是站在柜台上卖酒。

继两人夜奔之后，“文君当垆”这件事，又一次成了朝野新闻。这两位昔日很难走入大众视野的明星人物，突然间混入市井，千载之下，我们仍然可以想象：整个临邛县城里的人，是怎样津津乐道，纷纷前去观赏这样难得的好戏。

卓王孙，这个以财富著称的男人，他的内心，并不像他的女儿一样强大。眼下发生的事情给了他很大的刺激，他意识到：不能再继续丢脸了。他承认了这门婚事，给了女儿不少陪嫁。这笔钱让他们可以很好地活下去，后来，相如成为皇帝身边的文学侍从之臣，他的才华大放异彩。

倘若一个人经历过这样的爱情，倘若一个男人被一位美丽的淑女以这样的勇敢爱上过，并且成就了足以流传后世的爱情传奇，他怎么可能爱上别人呢？他的心中怎么还容得下那些普通的女子呢？

（独白）卓文君：我的丈夫，他很快要迎娶别人了。听到这个消息之后的第二天，我在镜中发现了一根白发。难道你是因为白发的缘故，就不再爱我了吗？你看这根白发，它难道不美吗？它像山上的雪一样洁白，像云间的月光一样皎洁。它写满了岁月，如果你真的爱我，你怎能不爱发生在我身上的那些岁月呢？你应当爱白发的女人，胜过爱黑发的女人！

那个在深夜弹琴，期待被面若芙蓉的传说中的女子听到琴声的男人，他已经忘记了自己的誓言，忘记那些欢爱和眷恋，他将迎娶别的女子，与她同枕而眠，第二日看她揽镜晨妆。他的嘴唇，依然会说那些动人的情话，只不过换成别人听；他的琴声，演奏起来还是那样悦耳，却不再是为她而弹了！

那个中国历史上第一个夜奔的女人，那个视流言为无物，入临邛宛如无人之境的女人，她难道能够委屈着自己，跟另一个女人争夺丈夫的欢心吗？她是卓王孙家的女儿，是自己命运的主人！过去，她敢跟司马相如走，现在，就敢跟他永久别离。文君写下的这首《白头吟》，就是在这样一种情境下，在丈夫纳妾的前夕，送到丈夫案头的。

（独白）卓文君：听说你有二心，我就来向你道别了！今日我们饮酒取乐，再最后欢会一场，明天早上我们便分手了！我会离开家，走在那条护城河上，河沟里的水被河渠分成两半，有的向东流，有的向西流，就像你和我一样。当初我毅然离家跟你远行，从来不像别的女孩一样凄凄啼哭，那是因为我以为得到了一个跟我一心一意的男人，我以为我们会白头到老，一直到死都彼此相爱。可是我错了。在护城河上，我看到有人钓鱼，钓竿长而柔软，钓上来的鱼在半空中摆尾，尽力挣扎。希望我今天能脱钩而去，从此离开你温柔的陷阱。你，作为一名男子，应当是重情义的，在你贫贱时你爱着我，富贵时也应当一样。爱情这件事，它跟钱有什么关系呢？

有人说，读过这首诗之后，司马相如大为感动，取消了跟那个年轻女人的婚事，重新回到了文君的身边。毕竟，不久之前，相如刚刚为陈阿娇写过《长门赋》，为这位失宠的皇后重新邀得汉武帝的恩宠。他在《长门赋》中说，“日黄昏而望绝兮，怅独托于空堂。悬明月以自照兮，徂清夜于洞房。”一个女人等待她的夫君，从黄昏等到深夜都等不来，会是多么的寂寞啊！他既然深深懂得阿娇的心事，对于身边的文君，他又怎么忍心让她痛苦？

因为这首《白头吟》，相如回到了文君身旁，童话中的爱情故事，终究没有变成一个笑话。后来，李白曾经写下另一首《白头吟》，用来评论这段往事。在诗中，李白说：“覆水却收不满杯，相如还谢文君回。古来得意不相负，祗今唯有青陵台。”覆水从来难收，文君虽是收回了，可这收回来的情意，究竟还剩多少呢？

李白不信任回头的男人，我却相信，以文君的自信，对相如的回归，她欣然接受并且原谅了！一生很长，从青葱到白首，我们要经历多少考验和转变。只要到最后我们仍然在一起，我们就战胜了岁月、诱惑和考验。

勇敢的人，一生都是勇敢的。就算是满头白发，她也依然光彩照人。因为有过“琴挑”“夜奔”那样的青春，便会有以《白头吟》挽回所爱的中年。所谓不朽的爱情，从一开始，便已注定了结局。

08 《佳人曲》

◎西汉 · 李延年

北方有佳人，绝世而独立。

一顾倾人城，再顾倾人国。

宁不知倾城与倾国？佳人难再得。

（独白）李夫人：我快要死了。我只想见见他，世上哪有女人不想见自己丈夫最后一面呢？但我忍住了。我蒙住脸，转过身去。他劝我，他拿出皇帝的威严命令我，他突然哀求，语气让人泫然欲泣。最后他勃然大怒，拂袖而去。他的脚步声渐远，他走出门廊了，他长啸一声。太监在他身后把门关上了，我听见那门发出“吱呀”的一声响。我不后悔。病了一年，这张脸我自己都不想看。如果他看到了，最后那声长啸只怕要变成冷笑了。他会厌恶我，飞快地忘了我，把我那两个没本事的兄弟丢进随便哪个角落自生自灭。可现在，他会善待他们。我虽然死了，他也会记得我，就凭这点不甘心。

李夫人是个歌女，说得再准确一些，倡女。她的哥哥，还有她的父亲，几代以来都在乐师的户籍里。在那个年代，乐户属于贱籍。出生在乐户的家里，意味着生来就低人一等。她的哥哥李延年甚至还要更卑贱一些，不知犯了什么罪，被迫接受宫刑，贬入宫中养狗。

在一次侍奉皇帝的宴席时，李延年起舞唱歌，他所唱的这首歌，与他卑微的身份形成了鲜明的反差，举座惊异。

这一天，坐在主位上的皇帝，就是我们都很熟悉的雄才伟略的汉武帝。当时的他，可以用八个字来形容：功业将成，如日中天。十四年的战争过去了，他取得了他的父亲、祖父从未取得的成就——把匈奴彻底赶出河西走廊。汉朝的骑兵甚至抵达了贝加尔湖畔，从汉朝到西域的道路打开了，随之而来的就是源源不断的商队、骏马，繁荣的经济。在还很年轻的时候就取得了如此成就，胜过了前代的无数帝王，他自然是个傲娇的男人。整个世界仰视着他，听命于他。

女人呢？女人们爱着他，这是毋庸置疑的。

不过，此时的汉武帝，大概是他一生当中最寂寞的时候了。他的几位枕边人——曾被金屋藏娇的陈皇后，已经死在了长门宫。卫皇后卫子夫，红颜已逝，她的椒房殿里，每天进出的是大大小小的太监和宫女，他们向她汇报宫中的事务。对汉武帝而言，她更像一个臣子，而不像一个爱人。

李延年所歌的《佳人曲》，虽然只有短短数句，但勾魂摄魄，摧荡人心。它就像一把无形的穿肠短剑，刺中了汉武帝的肺腑，给这位不可一世的男子，带来了刹那断肠的强烈感受。

当时，正是汉大赋的鼎盛时期，文采华茂、铺张扬厉的文风，才是最美的。人人皆知，汉武帝好辞赋，司马相如就是他的文学侍从之臣。他习惯读的都是用艰涩难懂的词汇写成的诗，他从来没有听到过这样的一首歌。乐户出身的李延年，很自然地用了当时流行歌曲的风格，五字一句，明白晓畅，甚至可以称之为“通俗”。

北方有佳人，绝世而独立。
一顾倾人城，再顾倾人国。
宁不知倾城与倾国？佳人难再得。

一首诗很容易被读懂，有些人就会批评它浅薄，但我认为不是。直白意味着它把所有的力气，都用来说出那句最重要的话了。它的表达单刀直入，充满了力量。而当我们听完这首歌，我们发现：诗中的美人，同样，也充满了静默的力量。她不言也不笑，她一顾，再顾。

这两个动作，看似默然无声，却引起了天翻地覆的回响。一顾，令一座城市倾覆。再次回顾，便又令一个国家倾覆。她的美，要一座城池、一个国家、要千千万万人的生命来抵。

这样一首歌落在一双饥渴的耳朵中，它的力量，是惊心动魄的。似乎只有这样孤绝的一个美人，才配得上如他这般傲娇的男子。他本来没有意识到自己的寂寞，可是在听完这首歌之后，他竟喟然长叹。世界上真的存在这样的美人吗？如果有，她，又在哪里呢？

这时候平阳公主告诉她，世上真的有这样一个人。因为这首歌，就是李延年为他的妹妹做的。

（独白）李夫人：未央宫起风了，我闻到一种捉摸不透的异香，侍女说那叫蘼芜香，是我不认识的香，是我从来没有想象过的地方，我溜出去，努力地走，想要走到宫墙尽头，但宫墙没有尽头。汉宫，真大。我只是一个渺小的妇人，不是什么神仙下凡。但是这个谜底，不能让人知道。

她的美貌，果然没有让汉武帝失望。在经历了陈阿娇、卫子夫之后，汉武帝迷恋上了一位歌女。有关汉武帝对她的宠爱，传说中是这样的：李夫人头上斜插着一根玉簪，皇帝顺手拔下了它，用来挠了挠自己的头皮。这亲昵的举止，落在了宫人的眼睛里，很快便传开了。从此以后，汉宫中，人人头上都斜插着这么一枝玉簪，连长安的玉价都翻倍了。

很快，李夫人生下了儿子，儿子一诞生，就被封了王位，叫作昌邑王。世人所认为的荣华富贵，到了此时，全部都到李家来了。但是，“世间好物不坚牢，彩云易散琉璃脆”。李夫人很快就身患重病，快要死了。“佳人难再得”，难道，是一句谶语?

在那所未央宫中，李夫人放下帘幕，用被子蒙脸，拒绝和汉武帝见面，只开口说了一句话：希望皇帝能够善待我的儿子和兄弟。

汉武帝当然不愿意放弃。这个不肯轻易表露感情的男人冷冷地说：“只要你肯见一面，我就赏赐你千金，给你的兄弟升官。”而李夫人的回答也很冷静：“是否升官，全在皇帝您一念之间。不在我这一面之间。”说完这句话后，无论汉武帝怎么要求，她也只是转过身去，再也不说话了。

（独白）李夫人：我是一个乐户，一名歌女。我们生下来，就是要演戏的。不幸的人，演戏给万万人看，我是一名幸运儿，我只演给一个人。我要做他心中那个寒冷而美艳的女人。一个高于这世上一切人，连皇帝都敢于拒绝的女人。从来没有人拒绝过他……所以他是不会忘记我的……

她赢了。几天之后，她获得了和皇后一样隆重的葬礼，唱《佳人曲》的哥哥李延年也被封为协律都尉。死亡把她的美永存了，也把汉武帝的梦想和遗憾永存了。

汉武帝后来做了很多事来追平遗憾，他追封李夫人，他作赋，他请来方士，希望能够制造出一种返魂香，从海上仙山招回李夫人的魂魄，哪怕只是隔着帘子，见一面。有一次，他梦见李夫人出现在梦中，送给他蘼芜香，醒来之后，月光西斜，宫殿空空荡荡，满手只剩下蘼芜的香气。在人生后半段，这位雄才大略的君主做种种徒劳无功的挽回。但他费尽手段，最终都只能印证这句：佳人难再得。

（独白）李夫人：永别了，我的爱人。一直到你生命的尽头，你都想象不出来我有多么爱你。你只知道，我冷若冰霜。你只知道，除你之外没有人能接近我。你以为我从来都不会哭……可是那天，你走了以后，滚滚的热泪掉在了枕头上，我会哭！我跟她们一样！我吃醋，我平凡，我不够自信，我也不可能相信你会永远爱我。每天我都生活在有可能会失去你的恐惧中……当死到来的时候，我如释重负，从那时起，我便想到了一个办法，你，会永远爱我了……

09 《上邪》

◎汉 · 佚名

上邪，我欲与君相知，长命无绝衰。山无陵，江水为竭。冬雷震震，夏雨雪。天地合，乃敢与君绝。

（独白）女子：我第一次与君同读这首誓言，是在我们的合卺礼上。洞房花烛夜，合卺酒一卮。我穿着流云如意纹的襦裙立在房中，紧张地等着你的到来。一日为君妇，恩爱两不疑。那时的你，眉梢眼角写满了怜惜。我接过你的酒，誓言一字一句：我欲与君相知，长命无绝衰……

问世间女子，情为何物？《上邪》大概是最决绝而默默无闻的誓言。说它决绝，是因它字字句句斩钉截铁，不给自己留下任何回旋余地。汉代誓言里的每个字都如同一枚压着鲜红火漆的回文金印，纤薄如白纸的女子，盖上这朱印就是一辈子，那朱字浸透了纸背，任凭你蹂烂了身子，也再洗不掉，褪不脱。说《上邪》默默无闻，是因为无名、无姓、无地、无具体年代——只有一个模糊的历史时期——汉乐府。不知诗中女子身份，不知作者身份，不知具体事件，短短三十五个汉字，连叙事诗的开篇还未裁成，故事已经结束。

这份模糊而古老的誓言，连琼瑶的《还珠格格》都要套用它做女主角紫薇的情话：“山无陵，天地合，乃敢与君绝。”

“上邪”，第一个字“上”，就是“上天”。古人的车马船慢，

心中的天、地、山、河却远比我们笃定而辽阔。于是《周易》第一卦，一定要“乾卦”开篇，无“天”，则无“天下”。既是誓言，就要从“天”字讲起，天地鬼神，日头月亮照着嗓子，若是日后变心，则如同《红楼梦》里的金鸳鸯，“从嗓子里头长疔烂了出来，烂化成酱在这里”。古今女子不同，对誓言的决绝却是可堪比心的。

“邪”，此“邪”非“邪恶”之“xié”，应念作“yé”，乃强烈语气助词是也。再铁打的誓言，也毕竟出于桃花般娇软的女子之口。一声“邪”字，是唇齿间的感叹，是眉心微蹙的疑问，又何尝不是朱箔飘零夜自顾自的慰藉。“是耶非耶？”那是另一位翩若惊鸿的李夫人，唱给汉武帝的歌。男子之心似流水，倾国倾城的李夫人，尚在爱情前轻问“是耶非耶”。何况《上邪》中的女子无名无姓，一句“上邪”，是她压上全部性命的爱情赌注。

“我欲与君相知，长命无绝衰。”相知？古人腼腆，诗中罕见“爱”字。《上邪》之“相知”，即“相悦相爱”。《红楼梦》里，黛玉搭上了性命，为宝玉焚稿断痴情的爱，也未吐露一个“爱”，最浓烈的情话无非“素日认他是个知己。果然是个知己”。古诗不见爱字，而满纸爱意。今人日日言爱，却有口无心。“我欲与君相知”——一个“知”字，是要交心的。

世俗为齐眉，心灵为相知。出嫁前，那些年老的长辈会说，夫妇之道，在乎敦伦尽分。交身容易交心难。解衣宽带、柴米油盐，无非为子嗣宗族，无关心灵与相知。《上邪》中的女子竟想着成为丈夫的知己？嫁汉嫁汉，穿衣吃饭。那些年老的女人老去而昏黄的眼睛中，早已没有爱情与相知的波澜。但是这位年轻的女子偏不，偏要追求一份心灵相通的婚姻：“郎君，我欲与君相知，长命无绝衰。”

“长命无绝衰”。这里的“命”不是“性命”之意，而是通“使令”之“令”。“长命无绝衰”，就是“让我们的爱情永不衰绝”。花有衰败日，红颜老死时，他们说，没有比我们汉朝女子更痴心“长乐不衰”的了，连宫殿都唤作“未央”“长信”。古人言“盛极必衰”，快乐永远不要达到极点，就永远不会走下坡路，永远“无绝衰”。

（独白）女子：那一年，我们去山中采薇，一个个起伏的山头望过去，如此绵延不绝。“人生天地间，忽如远行客”，这是我们汉代流行的诗。“青青陵上柏”，却逃不出“下有陈死人，杳杳即长暮”。山陵永固，肉身亦腐。若是山陵不变，则我们的爱不变。于是，我们的誓言中多了三个字——“山无陵”。

古来万事东流水，任世间女子痴情欢愉，谁的终日凝眸能把流水看断？“江水为竭”，“竭”就是枯竭之意。而山怎么可能没有峰？滔滔江水怎么可能干涸？于是妾身对郎君的爱，矢志不渝。

后世劝人，“夏有凉风冬有雪，若无闲事挂心头，便是人间好时节”。而若没有夫君的爱，要这四季何用？夏应有凉风，而《上邪》中的女子偏要说“夏雨雪”，这里的“雨”做动词“下雨”讲，要念去声“yù”。传说当年仓颉造字，“天雨粟，鬼夜哭”，这里的“雨”也是动词，不能念成雨水的“yǔ”。炎炎夏天怎么下雪呢？何以“夏雨雪”？凛凛冬日怎么会打雷？何以“冬雷震震”？这一句太妙了，女子对待她的爱人，如同天地四时。你在的地方，就是我的天地四季。

（独白）女子：那件流云如意纹的襦裙褪了颜色，镜中的人也老了十年。我们第二次念这首誓言，是你说你要走，边戍告急，你说等到冬底就回来。我匆匆地倒了一盏临行平安酒，你一饮而尽，要我放心，又把那首誓言念给我听：“山无陵，江水为竭。冬雷震震，夏雨雪。天地合，乃敢与君绝。”

如果说，前面的四句誓言“山无陵，江水为竭，冬雷震震，夏雨雪”，只是逆转了四季、山河、万物规律的话，这最后一句誓言“天地合”，说得更决绝：什么时候连天与地都合二为一了，世界归于混沌，连宇宙都倾覆了，世界都不存在了——到那时，“乃敢与君绝”，我才敢与你说分别。

村里传唱着这首《上邪》，传唱着这对爱人间“与君相知”的传奇。然而，传奇是他们的，故事的主人公却渐渐被遗忘了。后来的人们不再关心《上邪》是谁的故事，也没人再关心那故事里的情郎是否在十年后眼里还有“与君相知”的爱意。

“上邪”，一个多么土气的名字。那是女子随口吟给爱人的句子，带着汉乐府特有的率性稚拙，它还没来得及修炼成六朝骈文的华藻，没来得及锤炼成唐诗在语言上的顿挫，亦没来得及学会宋词精巧细致的铺陈。

然而《上邪》却成为爱情誓言的鼻祖，敦煌曲子词有《菩萨蛮》：“枕前发尽千般愿，要休且待青山烂。水面上秤锤浮，直待黄河彻底枯。白日参辰现，北斗回南面。休即未能休，且待三更见日头。”那“要休且待青山烂”，是“山无陵”的变体；“直待黄河彻底枯”，不就是“江水为竭”吗？《菩萨蛮》抄了誓言的天地崩殂、四季逆转，却忘了抄那句“我欲与君相知”。

或许，身体的相伴可以白首，而心灵相知，注定不可“长命无绝衰”。

（独白）女子：最后一次读我们《上邪》的誓言，是在我临终前。自从离别后，再无君消息。有人说你死了，有人劝我再嫁。有人说你在外埠平地青云，另纳美妾，而我只是笑笑。高山还未变平地，滔滔江水还未枯竭，凛凛寒冬还未雷震震，炎炎酷暑不曾白雪纷飞，这天与地还都在，我不信，我们的爱情不在了。

我为你缝长褂布衣，你为我挽发髻。

誓言会过期，心不会。

10 《孔雀东南飞》

◎汉 · 佚名

序曰：汉末建安中，庐江府小吏焦仲卿妻刘氏，为仲卿母所遣，自誓不嫁。其家逼之，乃投水而死。仲卿闻之，亦自缢于庭树。时人伤之，为诗云尔。

孔雀东南飞，五里一徘徊。
“十三能织素，十四学裁衣，
十五弹箜篌，十六诵诗书。
十七为君妇，心中常苦悲。
君既为府吏，守节情不移，
贱妾留空房，相见常日稀。
鸡鸣入机织，夜夜不得息。
三日断五匹，大人故嫌迟。
非为织作迟，君家妇难为！
妾不堪驱使，徒留无所施，
便可白公姥，及时相遣归。”

府吏得闻之，堂上启阿母：
“儿已薄禄相，幸复得此妇，
结发同枕席，黄泉共为友。
共事二三年，始尔未为久，

女行无偏斜，何意致不厚？”
阿母谓府吏：“何乃太区区！
此妇无礼节，举动自专由。
吾意久怀忿，汝岂得自由！
东家有贤女，自名秦罗敷，
可怜体无比，阿母为汝求。
便可速遣之，遣去慎莫留！”
府吏长跪告，伏惟启阿母：
“今若遣此妇，终老不复取！”
……

（独白）刘兰芝：阿母，我去了。兰芝惭愧，这几年给阿母添麻烦了。对不住您，也对不住您的儿子。当初的彩礼，让您花了不少钱，这几年我在家里所干的活儿，也不够填补您的。可我已经尽力了，已经是没日没夜地干活儿了。今日我便走了，以后就是阿母一个人操心这家里的活计了。

东汉建安年间，有个名叫刘兰芝的女子被婆婆赶出家门。

那时的婆媳关系，远远地凌驾在夫妻关系之上，不管兰芝与丈夫焦仲卿多么情深义重，但他们首先为人子女，子女无法忤逆父母，就像臣子无法忤逆君王一样。所以，这一拜别之后，刘兰芝就要独自回到娘家，沦为婚姻战场上的一个失败者，等待她的，可能是母亲的眼泪、兄弟的嘲讽、邻居的闲言碎语。

然而，让人惊讶的是，此时的刘兰芝，不仅没有颓唐的模样，反而美得令路人侧目。

“足下蹑丝履，头上玳瑁光。腰若流纨素，耳著明月珰。”

她穿着一身绣夹裙，腰肢曼妙，发间插着玳瑁的簪子，耳下坠着明月一般的耳环。她的妆容一丝不苟，有效地掩盖了昨夜的泪容。我们看见她迈着纤纤细步，走到堂前，用温和的语气，对着恶妇般的婆婆行礼，说了几句得体的话。接着，又和小姑子告别，这个时候她真情毕露，毕竟，在这个被充满控制欲的女人操纵的家庭里，她除了拥有丈夫的爱情，还同时拥有着跟小姑的闺中情意。若有机会的话，初七、下九还要一起游玩啊！她一如既往的优雅，一直到出了门，登上车，谁也看不见她了，她终于在离开丈夫家的路上泪流满面。

这个被迫从婚姻中退场的汉代女子，看起来就像现代的高知女性一样，在最可怕的人生处境中，也竭力维持着自尊和体面。我们曾经以为，这样的女性，好似女性主义和现代教育的产物。我们早已熟悉这样的女性，并坚信她们能在遭遇挫折之后，能够以让你意想不到的方式重启人生。

生活在遥远时代的刘兰芝，在勇气和自尊方面，一点也不输于任何一位当代女性。她的人生，也是可以重启的。

离开婆家不过十几天，媒人便登上了她家的门，她曾有机会结缔另一场婚姻。另一场看上去富贵旖旎，能够彻底挽回她体面的婚姻。吕思勉在《秦汉史》的婚制篇中提及，秦汉社会，离婚再嫁，是常见之事。那时的女子也不像宋代以后，把所谓的贞洁看得比生命还重。她在上一段婚姻中，每天都劳作到深夜，三天便能织就五匹上好的棉布。作为一位又会弹箜篌，又会诵诗书的才女，能这样沉默而勤勉地为家庭劳作，又怎能不让人敬重呢？她的名声，早已经远远地为人所知了。

放在今天，这也许将是一段逆袭的故事。就算只有婚姻这一个战场，像兰芝这种女人，也能做到从哪里跌倒，就从哪里爬起来。可叹事情并没有按照我们所期待的剧情演出。她未能忘记那个给予她无限痛苦的家庭。或者说，她忘不了那个家庭里的盟军——她的男人，她的故夫。

“故夫”，就是已经离异了的丈夫。在那个年代，并不代表着没有感情了、彼此生厌的人，事情可能完全相反。所有的深情都给予他了，一生的不甘也都给予他了，最让人伤痛的是，还有可能跟他见面，而这见面，有可能是偶遇。同样是汉代的乐府诗，《上山采蘼芜》给了我们跟这首诗相似的剧情。一位女子到山上去采集香草，却在下山的时候遇到了她的故夫。她就上前问，你新娶的那位太太好不好？她的故夫同她说了很多的话，所有话的意思都是：新人不够好，还是你好。看似娓娓家常，句句都是心痛。既然如此相爱，为什么却要分开。当我们设想背后的原因，我们不难知道：他们便是古诗中另外一对焦仲卿与刘兰芝。

《古艳歌》中说：“衣不如新，人不如故。”这句诗也许是女人写出来的，因为女人们真心爱着她们的故夫。汉代辛延年的《羽林郎》诗中说出了真相：男儿爱后妇，女子重前夫。一旦离异了，就算不是出自真心，男人们很快就会忘了，很快就会把爱情转移到后来的女人身上。而女子呢？她们放不下，忘不了。

让我们把目光收回到刘兰芝离家的那一刻。当兰芝在马车里流泪的同时，她的丈夫焦仲卿正骑着马，走在车前面。这时，悲剧还没有显示出它最后的残酷。离异了，就是永别了，永远不会再回来了。但是在焦仲卿的心中，仍存有一些侥幸。他不相信真的分开，以为只是暂避风头。

他低估了母亲誓把兰芝撵出家门的决心，他也低估了世路的坎坷、莫测的变数和命运的荒唐。焦仲卿送了一段路，到了不得不分别的时候，他钻进车厢，低头和兰芝说了一番话。

“且暂还家去。吾今且赴府，不久当还归。誓天不相负！”

你先暂时回家，我处理一下府中的事情，不久就回来接你。我对天发誓，不会辜负你。

（独白）刘兰芝：你一定要早来啊！我家的阿兄，你也知道，他是个脾气暴躁的人，就怕他等不得，做出什么荒唐的事来。如果情况有变，我就像河边的蒲苇一样，虽然细弱，可是坚韧，我是不会轻易被风吹断的。而夫君你，我希望你的心能像磐石一样，永远不变。早点来，让我等到你。

“君当做磐石，妾当做蒲苇。蒲苇纫如丝，磐石无转移。”

从踏出家门的一刻，她已经成了一个公认的弃妇，一个理应被娘家随意处置的物品。父母兄弟，人人都有权摆布她，等待不是一件她能坚持的事情。兰芝已经知道了这一点，而仲卿不知道。他仍然天真地认为，只要他的爱还在，夫妻就在。

事情果然来得比黄河上的波涛还快，媒人已经登门了。

媒人为刘兰芝说合的对象，出人意料优秀，先是县令的第三郎，被拒绝了。没过几天，又来一位：太守的第五郎，据说是“娇逸未有婚”——衔着金汤匙出生的一位少爷，没有结过婚。

当刘兰芝打算再次拒绝时，那位脾气暴躁的阿兄终于跳出来了。

“阿兄得闻之，怅然心中烦。举言谓阿妹：作计何不量！先嫁得府吏，后嫁得郎君，否泰如天地，足以荣汝身。”

你打的什么主意？怎么心里没点数呢？焦仲卿不过是个小小的府吏，现在来提亲的可是公子，一高一低，天差地别，够你荣耀的了。

“不嫁义郎体，其往欲何云？”

这一句话才问着了要害，不嫁县令三郎也罢，不嫁太守五郎也罢，但你总得嫁一个人，不然往后打算怎么办？就像美国汉学研究学者伊佩霞后来指出的那样，中国古代女子的自我认同，是靠婚姻来实现的，只有在婚姻里，才有她们的法定身份、荣誉、行为准则，以及死后的一张灵牌。在娘家，或者社会领域当中，她们生前死后，都没有位置。

在仲卿面前，兰芝曾发誓撑到最后一刻，这最后一刻来得却也太快了。她让仲卿“早来”，可是仲卿没有来。她的婆婆非但没有改变心意，反而张罗着为他的儿子，向东家的贤女提亲。仲卿不是一个“爱后妇”的男人，他对东家的贤女毫无兴趣。他惦记着他的妻子，可又无法违逆他的母亲。

（独白）刘兰芝：阿兄莫要气恼，说与阿兄知道：我跟府吏，是有约定的，他还会来家里的，他是要来的。他不是真心想要与我离异，他跟我说，他会再来家里接我……好的阿兄，兰芝不敢自专，阿兄要我嫁，我嫁便是了……阿兄要我答应媒人，我答应便是了。唉，我与府吏，恐怕再无缘分了！

这事儿，便算是尘埃落定了。一旦松口，事情便快得出奇，三十日便要来迎娶，今天已是二十七，还有三四天，她便要重新嫁人了。太守的聘礼到了：踯躅青骢马，流苏金镂鞍。赍钱三百万，皆用青丝穿。杂彩三百匹，交广市鲑珍。迎亲的队伍也随后到了：从人四五百，郁郁登郡门。

照着规矩，兰芝是要穿一件亲手裁制的嫁服的，却直到出嫁的前一天晚上，她还迟迟不肯动手。母亲心急如焚地来催她。她拿起刀剪，突然泪落如雨。她以为这一切都不会发生，她以为事情不会这么糟。可现在并非梦中，她所不愿的一切都来临了。

这个傍晚，迟迟没有露面的焦仲卿来了。

刘兰芝先是听见远处有马匹悲哀的嘶鸣，她便跑了出去，“怅然遥相望，知是故人来”。她心心念念的故夫，来了。

（独白）刘兰芝：我听见他在说“贺卿得高迁”！我的心便像被挖空了一样酸楚。我一直在等你。我等不到你。我咬住了自己的衣袖，眼泪已是盈腮。他不管我，自顾自地说下去，“磐石方且厚，可以卒千年；蒲苇一时纫，便作旦夕间”，他提起当初的誓言，他以为我已经改变了，他对我道了一声恭喜，然后惨然说，他要独自一人到黄泉去。

这是真的吗？仲卿，你要为我而死吗？

那好吧！仲卿，你只知道你忍受着被迫放弃的痛楚，你不知道我的心更苦。你想着我，难道我不是也一样想着你吗？既然你要为了我而死，我岂能独活呢？那就黄泉下相见吧！我们说好了！

她的死讯是婚礼当夜传出来的，很快，焦仲卿殉情的消息也接踵而至。

后来，人们说，刘兰芝和焦仲卿的墓上长出了松柏和梧桐，它们枝叶交缠，有一对双飞鸟，夜夜对着彼此鸣叫，直达五更。中国的第一首长篇情诗，就这样把两个人的爱情，交还给了天地。

“孔雀东南飞，五里一徘徊。”

它们在徘徊什么呢？流连着往事，不忍心别离，在这世上留下最后一瞬绚烂的影子，当人们还在追思它们的美丽，它们却是走远了。兰芝和仲卿都是温和良善的人儿，在他人的凶暴面前，他们只会竭尽全力维持最后的体面。但是内心的感情不能被强迫，相爱的人不能分开。

（独白）刘兰芝：我看见你在前面独行，你踯躅着，走得很慢，不停地回顾。你大概知道我会来的，你猜对了，我是一定会来的。我大声地喊着：仲卿，等等我！我来了！我看见你停了下来，而我则向你跑去。夕阳铺洒在你头发上，我看不见你的表情，只觉得一阵热血从心底涌上来。我们在一起了，再也不会分开了。

11

《燕歌行》（其一）

◎汉 · 曹丕

秋风萧瑟天气凉，草木摇落露为霜。群燕辞归鹄南翔。
念君客游思断肠，慊慊思归恋故乡，君何淹留寄他方。
贱妾茕茕守空房，忧来思君不敢忘，不觉泪下沾衣裳。
援琴鸣弦发清商，短歌微吟不能长。明月皎皎照我床，
星汉西流夜未央。牵牛织女遥相望，尔独何辜限河梁。

曹丕写下这首诗是在建安十六年（211 年）。

建安是东汉末年汉献帝的年号，也就是我们所熟悉的《三国演义》的背景，那是个群雄并起、星光璀璨的时代，也是个动荡和离别的时代，父亲告别儿子，丈夫离开妻子，有无数的人牵挂远方，也有无数的人等不到归来。曹丕这首《燕歌行》就是一首写思念的古乐府诗。

是一个女子，思念远方的丈夫。

诗中没有说丈夫为什么离开，就只有妻子的猜测：他在远方，我想他一定在思念着故乡。故乡都有谁呢，有苦苦思念他的妻子啊。

学者郭茂倩认为，曹丕这是拟设征夫妻子的口吻，怀念远征不归的丈夫。

曹丕不像他的父亲曹操，慷慨激昂。对酒当歌，问的是人生几何，东临碣石，观的是沧海之大。也不像他的弟弟曹植，辞采华茂。“攘袖见素手，皓腕约金环”，曹植的诗里，名都妖女、京洛少年

竞相出没。

曹丕不是这样的，曹丕的诗婉约质朴，他似乎总在想这些小事，比如丈夫远行，妻子该怎样思念。

他想，那一定是在秋天。

深秋邺城的清晨，草木萧瑟，白露为霜，抬头可以看见苍灰色的天空里群燕辞归，天鹅也在往南飞。一定有雄壮的军鼓、战歌，军旗被风吹得猎猎作响，骏马的鬃毛拂过手背，握在手里的是粗糙的缰绳。

曹丕也许想过，如果远行的是自己，那送行的就是妻子甄氏，一切就像《燕歌行》里描述的那样，秋天，远征，熟悉的城池被抛在身后。

曹丕心里勾勒出那样一个场景，也勾勒出在灯下牵挂和思念的女子，那也许是他的妻子甄氏，或者更准确地说，他“希望”是他的妻子甄氏。

（独白）女子：我不知道他现在到了哪里，在哪里扎营，在哪里吃饭，在哪里过夜。

他从前和我说过他父亲行军之难，说虎豹熊罴，雨雪霏霏，说桥梁断绝，人马同饥。他也会这样艰难吗？他会在想念我吗？会吧。只是我不明白为什么他要跋山涉水去打仗。

就算我明白，我也舍不得。

我守着空荡荡的府邸，这样大，这样空，思念这样绵绵不断，不知不觉眼泪打湿了衣裳。

我思念他。

曹丕的想象不止于此，他像是在挥毫作画，勾勒出一个完完整整思念丈夫的妻子，妻子送完丈夫出征，回到家里，她陡然发现，丈夫不在的时候，偌大的府邸竟然这样空落。

那些精心雕琢过的房梁和栏杆，那些精心描绘过的窗户和回廊，那些精心打理过的树木和花草，还有那些精美繁复的衣裳和首饰，这时候落在眼睛里，就只剩下“茕茕”两个字。茕茕，是形单影只的样子。

“贱妾茕茕守空房，忧来思君不敢忘。”不是不敢，是不能。

这世上的思念和牵挂，虽然看不见摸不着，但是也抛不开放不下，于是“不觉泪下沾衣裳”。当思念和苦闷积累到无法忍受，诗人想妻子也许会拿出心爱的七弦琴，素手拨转，调成清商。

清商是东汉乐调，悲婉凄清，歌有长短，长歌慷慨，短歌哀伤，而思念丈夫的妻子定然弹不出长调。

所以曹丕在诗中写：“援琴鸣弦发清商，短歌微吟不能长”。

但是最难过的还是晚上，“明月皎皎照我床，星汉西流夜未央。牵牛织女遥相望，尔独何辜限河梁。”

（独白）女子：明月皎皎照进屋子里，星河从璀璨到黯淡。长夜无尽。我走到窗前，看见遥遥相望的牵牛织女星，忍不住想要问，他们有什么罪，要隔着银河不得亲近。

而我们又犯了什么错，要忍受这样的离别？

在曹丕的想象里，离别的痛苦会让妻子放弃理智，指着星河问“牵牛织女遥相望，尔独何辜限河梁”。

在三国这样一个时代，离别和战争都是生活。战争意味着离别，相爱的人尤其不能够忍受离别。所以有时候，人们也许会用离别的思念来证明爱，比如曹丕。

曹丕与妻子甄氏相遇于一场天下易主的大战，史称官渡之战。

听说过三国的人都知道这场东汉末年的著名战役。这一仗曹操以少胜多，打败曾经的北方霸主袁绍，从此中原初定。

如果以曹操入主邺城为标志，这场艰难的战争打了足足四年有余。战争开始的时候曹丕十三岁，到战争结束，曹丕已经长到足以能够领军作战的年岁，他领军进入到袁家府邸。这里已经没有男人了，在刀锋之下瑟瑟发抖的是袁绍的妻子和儿媳。

曹丕轻佻地让老妇人把儿媳的头抬起来。

这是一张纵然恐惧也不能稍减姿容的面孔。她如此光彩照人，史书记载了她的美貌，也记载了少年曹丕的心动。他心动得这样明显。

这在当时，并不是一桩让人喜闻乐见的婚事。甄氏大曹丕六岁，已婚，她的丈夫是袁绍的次子。

这桩婚事也让曹操背负了骂名。

可以说，没有曹丕的坚持，就不会有这桩婚事。没有人会去问甄氏的意见，那不重要。甄氏是个战利品，她没有发表意见的权利，但是曹丕爱她，毋庸置疑。如果不是深爱，很难解释为什么曹丕会给她妻子的位置，且专宠多年。

但是这世上没有哪种爱是不需要回应的。付出爱，就会渴望得到爱，无论你爱上的是云端上的仙子，还是生死不能自主的阶下囚。

希腊神话里塞浦路斯的国王爱上象牙雕成的少女，他也会向神乞求少女睁开眼睛，乞求少女的眼睛里有自己的倒影。何况曹丕爱上的是个活生生的人呢。他必然会希望得到甄氏的爱。

那么甄氏爱不爱曹丕？没有人知道。

一个阶下囚会不会爱上征服者，没有人知道。也许爱，也许不爱。但是在爱情里没有人能够自信，无论尊贵如帝王将相，还是卑微如贩夫走卒。

只能在反复试探中设想，如果相爱，如果相爱却离别，就会思念，源源不断的思念，绵绵不绝的思念，思念到肝肠寸断，泪下衣裳，思念到推窗见月，问牵牛织女，为什么这世间要有离别。

诗人反反复复书写的是离别，是离人思妇，是反复不能问出口的疑虑，是一个相爱的证明。这也许就是为什么，这首古乐府诗会在结尾执着地问："牵牛织女遥相望，尔独何辜限河梁"。

横亘在曹丕与妻子之间，这点爱与不爱的犹疑，就是他们之前无法跨越的银河。

曹丕这首《燕歌行》写于他二十五岁时，他没有远征，没有离别，他的妻子甄氏堪称完美，但是他看不出甄氏爱他。

公元216年，曹丕三十岁，跟随父亲曹操远征，同去的还有他的母亲和孩子。一去半年，归来是在三月，草长莺飞。

曹丕想过很多次重逢，到眼前，是甄氏出城相迎，她这样喜气洋洋，以至于左右侍婢都奇怪，说："夫人与孩子分别这么久，难道不该思念憔悴吗？为什么夫人容光焕发，竟远胜从前？"

甄氏回答说："孩子有祖母照顾，我有什么需要担忧？"

左右于是纷纷都夸甄氏贤明自持。历史没有记载曹丕这时候的反应。甄氏与侍婢说的也都是孩子，但也许他们说的不是孩子。国人含蓄，仿佛这世间只有父母天职。

但无论如何，有一点总是真的：曹丕发现自己不在家中，他的妻子比他在的时候更愉快。

《燕歌行》里因为丈夫远行，思念徘徊，泪沾衣裳的女子形象在这个时候，轰然崩塌。而这时候距离他们相遇，已经整整十二年过去，曹丕没有等到他的爱情，甄氏却等到了她的死亡。

黄初二年（221 年）夏，甄氏死在邺城，而曹丕身在洛阳。离别成为他们最后的结局。

这是一个爱情悲剧，它的悲剧不在于生离死别，而是你我长相厮守，我爱你，你不爱我。

每个人都渴望真诚的爱情，渴望自己爱的那个人刚好也爱自己。用什么来证明爱？用相守也用离别，相守时候的欢愉，离别时候的痛苦，痛如《燕歌行》中的思妇，指着牵牛织女问他们有什么罪？

他们无罪，他们相爱。不相爱的人没有这种痛苦。

诗人曹丕最终没有得到甄氏的爱情，但是爱情在《燕歌行》里，缱绻缠绵，缠绵缱绻，流传至今。

唐

Tang Dynasty

曾 经 沧 海

12

《如意娘》

◎唐·武则天

看朱成碧思纷纷，
憔悴支离为忆君。
不信比来长下泪，
开箱验取石榴裙。

（独白）武则天：冬日的阳光在垂杨间闪闪发亮。我的目光被一道似曾相识的身影牵动。左右唤了人过来，我仔细看她的衣裙，我问她："这是什么？"女孩战战兢兢地回答："石榴裙。"

"哦，石榴裙……"

我隐约想起，在五十年前，我写过的一首诗。

"九郎，你还记得我的石榴裙吗？"

"看朱成碧思纷纷，憔悴支离为忆君。不信比来长下泪，开箱验取石榴裙。”这首《如意娘》是武则天漫长的一生中唯一的一首爱情诗，写给她的丈夫，唐高宗李治。李治是唐太宗的第九个儿子。

在这之后，石榴裙成为一个多情女子的意象，在无数诗歌里传承，一直到清朝，《红楼梦》里“憨湘云醉眠芍药裀，呆香菱情解石榴裙”，还是石榴裙。至于此，女皇的相思寄存在石榴裙里已近千年。

武则天，我国历史上空前绝后的一代女皇，十四岁因貌美被征召入宫，母亲哭泣，而她回眸微笑，说：“见天子庸知非福！”

武则天进宫不久，皇帝病重，太子李治侍疾。武则天与李治，他们就这样相遇了。

时机不是太好，对于李治，是父亲病重；对于武则天，是前途未卜。但相遇就是相遇了。是回廊之中擦肩而过的一点余温，是目光交汇时的千言万语，是长夜漫漫仰头同看牵牛织女。情不知所起，一往而深。

数月之后，皇帝驾崩。太子李治登基。而武则天依照当时礼法被送去感业寺，削发为尼。

（独白）武则天：起初我是有信心的，他会来找我，他会带我回宫，但是他一直没有来。我给他找了很多理由，比如他还沉浸在丧父之痛中，比如他刚刚登基，国事繁忙。

但是时间如流水，一天一天，春尽秋来。有天我终于意识到，他可能真的把我忘了。

巨大的绝望像阴云遮蔽了太阳。夜深人静，我打开尘封已久的衣箱，衣箱里别无他物，只有一条红艳艳的石榴裙。石榴裙不会说话，不会嘲笑我相思入骨，不会嘲笑我痴心妄想。

九郎他君临天下，富有四海；我是尼姑，古寺青灯。

换一个人落到这个地步，也许就此作罢，你既无心我便休。

但是武则天哪是一般人！

永徽元年（650 年）五月，李治去感业寺祭祀父亲，忽有呼哨声响，他的马掉转头，李治看到年轻女子抱住马头悲戚垂泪："马还记得我，陛下却已经不记得我了！"

关于李治与武则天的这段重逢，史笔吝啬，只用了六个字："武氏泣，上亦泣。"

武则天哭了，年轻的君王也哭了。

李治是初登大宝，千头万绪，但是毫无疑问，他没有忘记武则天，虽然当初丰腴的少女已然清瘦，当初少女的一身华彩也变成缁衣芒鞋。

少年情侣骤然相见，所有言语都多余。永徽二年（651 年），武则天再度入宫，次年生下长子李弘，旋即被封昭仪；三年之后，册立皇后；再之后，上尊号"天后"，与李治并称"二圣"。古代忌讳后宫干政，忌讳牝鸡司晨，但是李治不在乎。

玉册玉宝为证，从此之后，他们会并立于史书之中，以夫妻的身份，永不分离。

一个男人不仅给你名分，给你尊荣，还给你权力，如果这都不算爱，那要怎样才算？

但是伴君如伴虎，亲密如李治武则天，也不是没有过危机。

武则天被立为皇后的第九年，有人告密，说她行巫蛊之事。

自古以来，巫蛊都是大罪。

汉武帝的陈皇后因巫蛊被废，继后卫子夫与太子刘据也因为巫蛊之祸被逼自尽。从汉朝到唐朝，人们对于巫蛊诅咒深信不疑，李治因此勃然大怒，命宰相起草废后诏书，要废去武则天的皇后之位。

武则天得到消息赶到的时候，圣旨已经拟好，只差玺印。

历史上有过很多废后。有的勉强能够保住体面，有的结局悲惨，有人喊过冤，但没有人听得到她们的声音。刚烈如汉武帝的皇后卫子夫，也只能以自尽对抗丈夫的不信任。而武则天，据说是念了一首诗。

“看朱成碧思纷纷，憔悴支离为忆君。不信比来长下泪，开箱验取石榴裙。”这首题为《如意娘》的诗正是武则天对李治的表白。

也许是因为这首诗，也许是因为那条石榴裙，也许是石榴裙上相思的痕迹让盛怒下的李治选择相信，他的皇后深爱他，绝不可能诅咒他。

（独白）武则天：十四年前，我离开皇宫去感业寺，仓促间就只带了这条石榴裙。九郎，你还记得吗？我们初见时我就穿着它。

我原本期待重逢的时候再穿上石榴裙，但最终没有。分别的那一年里，我这样思念你，以至于神思恍惚，把朱红看成青碧。

红是石榴，碧的也许是潇湘竹。传说洞庭之滨，潇湘妃子没有等到她们的君主。

我忍不住落泪，我的眼泪落在裙上，千百年后，不知道会不会也变成一桩传说。

（独白）武则天：你信不信？九郎。不信的话我们打开衣箱，你会看到石榴裙上泪迹斑斑。九郎，我这样爱你，我怎么会诅咒你？

有人说唐高宗放弃废后，是因为天性懦弱，受制于武则天，那几乎不太可信。

李治是我国长达两千年的历史里，治下疆域最为辽阔的君主，他死后，留下文臣武将，人才济济。这样一位君主，怎么可能懦弱？

多少年之后，有诗人写“人生若只如初见”，多少人的遗憾也是“人生若只如初见”，人没有办法让时光倒流，回到最初全无嫌隙的时候，但是也总有人固执地不肯放手，固执地说：“请相信我。”

虽然大部分人都选择不再相信，但是也总有人回应：“我相信你。”

有人说，如果我什么都没有，只有你，那么我对你的爱也许只因为匮乏；但是如果我什么都有，哪怕你犯下滔天大罪，我仍然割舍不下你，所有我有，都与你分享，我说我信你，那意味着我爱你。

永淳二年（683 年），唐高宗李治死于洛阳。

李治生前很想回到长安，但因体力不支，没有能够成行；他死后，大臣建议就地筑陵，以免劳民伤财。武则天不同意。她一定要替她丈夫完成这个心愿，为此，她不惜与文武百官为敌。

武则天成功了，她在长安西北以山为陵，安葬了她的丈夫。

那之后，武则天又活了二十二年，从皇后到太后，从太后到皇帝，她走了一条漫长又艰辛的路。

最后她与她的丈夫一样，死在一个冬天，死在洛阳，却执意要葬回长安。

（独白）武则天：我想我就要去见九郎了。他死的时候，我不知道我们要分开这么久，我留恋这世间繁华，但是当我看到那条石榴裙，我意识到我该去见他了。

他一定很想我。

我也很想他。

世人都问我，为什么当皇帝？一个女人当皇帝，是千古未有之事，也是千古未有之难。如果我说，因为我贪心，江山与爱人，我都要。你相信吗？九郎。

从微不足道的武才人到一代女皇，武则天这一生，有无数功过可供人书写，她也有足够的权威要求她的儿子以天子之礼葬她。

但是她没有。

她埋在乾陵，这是二十年前她为丈夫选择的陵地，她以皇后的身份与她的丈夫合葬。她的神道碑上空无一字。历史的正面，是千秋功罪任人评说；历史的背面，也许是一袭灿若霞光的石榴裙。

13 《清平调》（其一）

◎唐 · 李白

云想衣裳花想容，
春风拂槛露华浓。
若非群玉山头见，
会向瑶台月下逢。

（独白）杨贵妃：高力士，你来了，你不必开口，你看看这条白绫，它比一千句、一万句话，更能说明皇帝的心意。也许，皇帝派你来，想知道我为他赴死之前，有什么话留给他？高力士，你还记得李白那首诗吗？“若非群玉山头见，会向瑶台月下逢。”他们都说李白乃是一位诗仙，好，我们便依了这位诗仙的安排，瑶台月下再会吧。

天宝十四年（755 年），在安史之乱当中，玄宗皇帝赐下白绫，一代美人杨贵妃自杀身亡。她的死，短暂地化解了玄宗皇帝的危机。然而，节度使们野心勃勃，点燃的叛乱之火，当然不会因为一个女子的死而熄灭。这场叛乱彻底摧毁了如日中天的盛唐，埋葬了一位倾国倾城的美人，也将一段爱情传奇化为泡影。随后百余年，诗人们只能从逐渐凋零的遗老口中，抢救出一段逸闻，几章诗歌，试图拼凑起一个王朝的全盛时代。

诗仙李白为杨贵妃写下《清平调》的故事，便是从那时开始流传的——

盛唐开元年间，我们已经不记得是哪一个春天，只记得那年的春天仿佛无穷无尽。春风暖蓬蓬地吹起来，吹得牡丹花寸寸盛开，吹过长安城三百六十间酒楼，每一座酒楼里都流传着同一个传说——天才诗人李白奉诏进了长安城，走到哪里，哪里便留下酣畅淋漓的墨迹，而你要找他，却怎么也找不到。他仿佛化进了这无边无际的春天里，不知所踪。

不过，太监高力士把李白从不知名的小酒馆里揪了起来。

高力士说："李白啊，你的荣华富贵就要到了。你看这张金花笺，乃是皇帝所赐，命你立即进宫，为杨贵妃做诗一首。"

原来，玄宗皇帝正在宫中安排这无边春色。那一年，宫中的牡丹刚刚被培植出来，开出红、紫、浅红、纯白四种颜色。这种花朵与春风最为相宜，只要春气一暖，不过几天，便全部盛开。玄宗将四色牡丹移植到沉香亭外，又精挑细选，从教坊中选出十六位出色乐人，其中更有一位李龟年，以清歌出名，乃是一代乐人之中独占鳌头的人物。此时万事俱备，就等李龟年清歌一声，一场盛宴便要徐徐开场。

玄宗皇帝忽地挥手道："且慢。赏名花，面对爱妃，怎能唱旧的歌词？"

这时，所有人的目光都投向了帷幕背后，贵妃杨玉环就坐在那里，若隐若现之间，她像一尊拈花端坐的佛像，带着辽远而神秘的微笑。人们终于了然，玄宗皇帝精心布置，究竟是为谁而设。这样一位不世出的美人，必得要裁剪一万种春色，才配供她观赏；必得要这世间前所未有的诗篇，才能换她嫣然一笑。

于是，天才诗人李白半醉半醒，手持那张金花笺，一路摇摇晃

晃被抬进了宫。兴庆池边，沉香亭外，牡丹盛放如同云霞，李白浑然不知。中国历史上最灿烂的时代，最繁盛的名花，最风流的帝王，最美丽的妃子，已经齐聚在沉香亭外，他们正在等候一个天才诗人，等这位诗人绣口一吐，大笔一挥，将无穷无尽的春天凝成永恒。

谁知，诗人开口的第一句就令人惊愕不已。

“云想衣裳花想容。”古往今来诗里写美人，有一种驾轻就熟的比喻，他们将美人的衣衫裙裾比喻成云，将容颜比喻成花，向天地借一段风流气。可是，李白理直气壮地将这段比喻整个打翻过来——谁说衣裳如云，明明是云如衣裳，谁说容颜如花，明明是花羡容颜。人成了这个审美世界唯一的向心力，天地万物都心怀羡慕，向美人的裙边倾倒下来。

玄宗皇帝又何尝不是其中一位呢！他半辈子杀伐决断，现在却带着惊人的温柔安排一园子牡丹，安排歌人、美酒和诗篇，只期盼它们在美人面前，不至于相形见绌。一代帝王也成了那一朵想衣裳的云，想容的花。这种迷恋却埋下一丝危险，有哪个活生生的女人能永远做美的神灵呢？

诗人的敏感让李白捕捉到了这一丝危险，但是，盛宴的气氛立刻又将他拖入其中，酒劲涌了上来，第二句诗也奔涌而出：“春风拂槛露华浓”。

无穷无尽的春风里，牡丹寸寸盛开，姚黄魏紫，连花瓣上的露水都显得浓艳。然而，也许连李白自己都没有察觉，他用了两个最转瞬即逝的意象：风，还有露。一个无从把握，一个转瞬即逝，浓则浓矣，艳则艳矣，终究是不可复来。沉醉在盛宴中的诗人、帝王和美人都不知道，这一刻将是历史上最华彩的片刻，但这一刻转瞬即逝，永不重来。

“若非群玉山头见，会向瑶台月下逢。”李白用一组神话给这首诗收了个尾，群玉山是神仙出没的地方，瑶台便是嫦娥的居所，我将向何处寻你呢？想来，如果不在群玉山头，便是在瑶台月下吧。这个结尾缥缈恍惚，像一个不确定的邀约，天才诗人在开头的十四个字里耗尽了力，现在，也只能喃喃自语，这样的美人，这样的时代，去何处能够再见呢？

后来，陈凯歌的电影《妖猫传》演绎了李白作诗的场景，扔下笔之后，诗人自己也恍惚了，他只能摇着头，寻思着说：“这诗不是写给娘娘的。”

不是写给娘娘的，是写给谁的呢？李白是写给盛唐本身的，他和玄宗皇帝一样，不惜以美人为神灵，拜倒在石榴裙下，其实，拜的不是美人，而是美人所代表的承平盛世，万里河山。

那是杨贵妃承恩的头一年，不过，唐玄宗很快就会知道了，贵妃杨玉环不是木雕泥塑的佛像，也不是春风一度的牡丹，她是一个有血有肉的人。

（独白）杨贵妃：说来好笑，进宫五年了，我还是会和陛下吵架赌气，气得他赶我回娘家去，别在宫里碍着他的眼。走就走，一看到这沉香亭、牡丹园，我就心烦意乱。花都谢了，只剩个光秃秃的叶子，男人的心思比花谢得还快。我还不如回家图个清静呢。陛下，这回你可别又茶饭不思的，让高力士三催四请，叫我回宫，那也不顶用了。

玄宗皇帝和杨贵妃这对情侣，年纪差着三十余岁，钱锺书有一句笑谈，说老年人谈恋爱是老房子着火，要么不烧，烧起来便一发不可收拾。这种迷恋在玄宗身上体现得淋漓尽致：不仅杨玉环一人，连她的三位姐妹也获得夫人的称号。杨玉环的哥哥杨国忠，原本只是一个在赌场里算算筹码的小无赖，竟也一跃成为支部郎中，身兼十余个官职，炙手可热，气势空前。

杜甫的《丽人行》记录下了皇帝带着杨氏族人的一次春游，“绣罗衣裳照暮春，蹙金孔雀银麒麟”。繁花似锦的车队远去后，地上到处是她们遗落的珠宝，在草丛里闪着悠悠的光。这惊鸿一瞥的奢侈，已经够外人浮想联翩，更不要说身在繁华中心的杨贵妃享受了多少恩宠。

对大多数人而言，恩宠像枷锁一样捆住他们的手足，把他们的额头按到地上去，但杨玉环没有捆住自己，不仅如此，她始终抬着头，不止一次地跟玄宗皇帝吵架。

天宝五年（746年），因为一场不知从何而起的争吵，杨贵妃回了娘家。人们等着看这场恃宠而骄的闹剧如何收场。谁料到，玄宗就此茶饭不思，饮食不进，直到贵妃回宫才好转。同样的争执不久后再次发生，这回，贵妃剪下一缕青丝表示决绝，玄宗大惊，立刻又将她请回宫来。

这时，人们才意识到事情根本不能用恃宠而骄来解释，年近六旬的玄宗皇帝像是牵了一缕魂儿在贵妃身上，而贵妃要的，也只是那一缕魂，那里边有真情、有迷恋、有妒忌、有争执。真情迷恋之时，赠你天下富贵，又何尝不可；妒忌争执之时，恨不得永不相见，又何尝不可。这些属于普通恋人之间的真爱真恨，玄宗皇帝年过半百，才第一次尝到。

此时，距离沉香亭盛宴已经将近十年，玄宗皇帝偶尔回想，觉得当年牡丹花丛中的杨玉环只是一个幻觉，用来象征他亲手缔造的开元盛世。而现在，他垂垂老矣，更喜欢身边这个真实的女子，带给他磕磕碰碰的陪伴、肌肤相亲的温暖。

帝王和妃子变得越来越像寻常夫妻，某一年七夕，夜色深沉，他们在长生殿后仰望牛郎织女星，便许下一个秘密的誓约："愿生生世世为夫妻。"此刻，他们不再被万众环绕，用来作为见证的定情物，也只有多年前玄宗亲手插在杨玉环发间的金钗。金钗钿盒表此心，天上人间会相见。

他们约定了来世相会的信物，却没有想到这一世的分离来得如此惨烈，猝不及防。

天宝十四年（755年），安禄山、史思明起兵叛乱，史称"安史之乱"，很快，长安城在叛军的刀锋下岌岌可危，唐玄宗不得不带着杨贵妃逃往蜀地，然而，这竟是贵妃的赴死之旅。离开长安的路上，随行的禁军队伍突然发起了兵变，他们乱刀杀死杨国忠，然后将矛头指向贵妃。奸臣已经诛杀，可奸臣的亲妹妹还在皇帝身边，军队怎能安心？军队不安，如何保皇帝的平安？

（独白）杨贵妃：陛下，您不必开口，我听得见外面的禁军在喊什么。你我先是君臣，后是夫妻，要论君臣之恩，我杨氏一族荣华富贵，皆是拜您所赐，今日合该拿性命还给您。不过，要论夫妻之情，陛下，我倒有些好笑，昔日在长生殿，你我发下千般誓言，说尽了同死同生，可曾想到有今天这一日，要用一个人的死，来换另一个人的生？

当夜，贵妃被赐死于佛堂前的一棵梨树下，暂时安抚下来的禁军护送着皇帝继续逃窜。绝代美人最终为缔造了她的盛世殉葬，传奇收场，如同大风刮过，三春已逝。

这时，再回头看诗仙李白当年信笔泼洒的绝句，“云想衣裳花想容，春风拂槛露华浓”，才能明白其中真味。这诗不是写贵妃的，这诗甚至不是李白写的，那一刻，是命运攥住了诗人的手，记录下这万年不可一遇的盛世，却又在背后，轻轻地叹气。

14 《息夫人》

◎唐·王维

> 莫以今时宠，难忘旧日恩。
> 看花满眼泪，不共楚王言。

桃花树下，一位穿着宫装的绝色女子，黯然神伤站了许久。桃花开得恣意灿烂，女子却满脸哀戚，她轻抚着桃花瓣，脸上滚落下晶莹的泪滴，她在思念她的夫君，更准确地说，她在思念她曾经的夫君。因为她现在已经嫁给了另外一个男人，一个在一起三年，却未曾说过几句话的男人。

多年后，诗人王维，设身处地怜悯那女子的处境，为她写下一首《息夫人》：莫以今时宠，难忘旧日恩。看花满眼泪，不共楚王言。

寥寥二十个字，就写出息夫人的两难处境，面对着两个深爱自己的男人，一个旧日恩，因为自己亡了国成了奴；一个今时宠，对自己万般宠爱，还生下两个儿子，爱不得，恨不得，忘不掉，丢不开。一颗心撕心裂肺百转千回汹涌出愤怒和委屈，她想歇斯底里喊一场，可最终，她将所有情绪深深咽下，就像冰雪飞落大海，水深无声，就像看花满眼泪，旁人无解。

（独白）息夫人：分开三年了，息侯，你过得好不好？一想你心就痛，可我还是克制不住地想。楚文王说，我在息国得到的一切，他都会给我；我在息国没得到的一切，他也会给我。他确实给了我很多，恨不得把整个天下都捧到我的眼前，可是，他不知道，你在息国给我的，我在息国得到的，他穷极一生都给不了我。

公元前 684 年，陈国陈庄公的小女儿妫翟，以和亲公主的身份，嫁给息国国君息侯，被封“息夫人”。息夫人美貌无双，史书记载，其目如秋水，面若桃花，长短适中，举动生态，世上无有其二！因此，又被尊称为桃花夫人。虽是联姻，却也是郎才女貌。情切切，意绵绵，息夫人像朵含苞待放的桃花花蕾，从此，深深浅浅牵住了息侯的心。

可惜啊，命运之手翻云覆雨，最爱开有情人的玩笑。因为一场“归宁省亲”，这对神仙眷侣的生活被彻底改变。

那一日，息夫人借道蔡国回娘家，她的姐姐是蔡国国君的夫人，息夫人特意停留蔡国去看望姐姐。姐夫蔡哀侯是个好色之徒，早就听闻息夫人貌若天仙，于是，他设下酒宴，热情款待妻妹，袅袅丝竹声入耳，惊为天人的息夫人就在眼前，推杯换盏间，蔡哀侯借着醉酒轻薄息夫人：“息国那弹丸之地，实在配不上你，干脆和你姐姐一起，留在我蔡国如何？”

身为息国夫人，被他国国君如此侮辱，息夫人愤然离席，连夜回息国向夫君哭诉。爱妻被辱，连带着息国的尊严被践踏，息侯勃然大怒。只是，息国兵力弱，根本无力发动一场战争。为此，他不顾息夫人反对，跑到楚国，向楚文王借兵，并定下“借刀杀人”的计策，让楚国佯装攻打息国，息国再借故向蔡国求助，等蔡国援兵一到，早已埋伏在四周的楚国兵士便将其歼灭。

鹬蚌相争，渔翁得利。楚文王当然毫不犹豫地答应了息侯，就这样，楚文王灭掉了蔡国。

成为阶下囚的蔡哀侯，恨息侯恨得咬牙切齿，为了报复，他故意在楚文王面前大力夸赞息夫人美貌：“我是一时贪念，酿成灭国悲剧，但为了息夫人，别说是灭国，就算让我去死也值。坐拥天下的楚文王没能拥有这样的绝色美人，真是太可惜了。”

楚文王动了心，又或者说，他对天下动了心。

公元前 680 年，楚文王以宴请为名，诱出息侯，将其捉住，逼迫息侯献出息夫人，不然就要息侯的性命。

这个消息传到后宫，息夫人仓皇奔入后院，欲投井自杀，却被楚国大将拦下，献到楚文王面前。美人入眼，楚文王一见倾心，连他自己也没料到，他的后半生会彻底陷入这场没有回应的爱里，他温柔低下声音，小心询问：“随本王去我大楚如何？”

（独白）息夫人：要我与夫君分开，除非生死。可他们威胁我，若不同意嫁，便杀了我的夫君；还说，我若敢自杀，便下令屠城三日，让息国都城不留一个活口。夫君的性命，息国的百姓……我既连死都不能。那么至少，用这条苟活的命，去换夫君和息国的平安吧。

世人都说红颜薄命，女子薄情。国破家亡时，最终站出来的，却是这个女人。纵然知道自己无路可走，息夫人仍懂得利用楚文王那点“占有”的心思，为息国和夫君争取更多。她提出要求：不仅要楚文王放了息侯和息国的子民，更要让他们在原地生息，安居乐业，以及，不得更改息国国名。

楚文王一一应允，带着息夫人回了楚宫，封其为王后。为了讨她欢心，甚至专门在楚国别都建造了一座紫金山，刻意凿建了桃花洞，里面种满了桃花，供四季欣赏。

若息夫人是个“能以今时宠，忘记旧日恩”的女子，或许她的日子会好过很多。偏偏她是个忠贞的女子，就像那炽热的桃花，热烈地开过，便再也没有余力向别人献媚。

《左传》记载，息夫人生堵敖及成王两子，未一言，楚子问之，对曰：“吾一妇人而事二夫，纵弗能死，其又奚言？”

（独白）息夫人：楚文王一次又一次地追问我，为什么不与他说话？我的心总是揪成一团，我知道楚文王对我很好，人非草木，孰能无情。可我本是一个刚烈忠贞的女子，却伺候了两位夫君，即便求死不能，又有何面目言语？有时候我也问自己，爱到底是什么，是不是一场荼蘼的幻觉？春消夏长，朝朝暮暮，息侯却总是那样模糊又清晰地存在我心里。

公元前675年，楚文王暴病而亡，成王即位。外忧内患之下，息夫人倾力辅佐儿子楚成王，勤勉政事，爱护百姓，使其成为一代明君。现在很多地方，还有专门为息夫人建的庙，立的碑。在民间，息夫人更被百姓尊称为“平安神”。

事实上，“千古艰难惟一死，伤心岂独息夫人。”息夫人无可

奈何地活，远比自杀更让人心疼，明明她才是受害者，她才是被守护者，却担着灭国和不忠的罪名。“三年不语”大概也是息夫人维系尊严的最后挣扎。命运摆布下，她未曾自怨自艾，还将一颗心放在辅佐明君护佑百姓上。她的一生，实在是风雨摧残下，却如桃花般努力绽放的一生。

幸好，今天的女子比息夫人幸运，更多了对命运的掌控。红唇长裙也能杀伐决断，温柔似水也能坚韧不屈。所谓红颜祸水，早已成为笑谈；如今的红颜，已能自己上马打天下！

15 《佳人》

◎唐 · 杜甫

绝代有佳人，幽居在空谷。
自云良家子，零落依草木。

（独白）佳人：乱世来的时候，就像是风。前一天还是热热闹闹的长安，热热闹闹的东市西市，大明宫里的丝竹歌舞不曾有一日停歇，然后风过去，就什么都没有了。

铁蹄踏碎每个人的时光，流血的也许是亲友，号哭的也许是骨肉，所有人都在逃亡，逃出这里，又逃向哪里？我也曾是一个良家女子，出身官宦人家，有父母疼爱，有兄弟照拂，也曾觅得良缘，举案齐眉，我在爱和自由中无忧无虑地生活了这许多年，可现在也什么都没有了，只得一孤女子独居在这幽谷山林间……

天宝十五年（756年），安史之乱的叛军攻陷了长安，连天战火将长安城的繁华安乐付之一炬，大唐帝国人口骤减。多少人被战火吞噬，多少人家破人亡，而“佳人”就是其中不幸的一员，她在战乱中无所依凭，流落山野。

佳人原本也是别人眼中高高在上的贵族女子，她的兄弟皆为高官，却在这场战乱中惨遭杀戮。

关中昔丧乱，兄弟遭杀戮。

官高何足论，不得收骨肉。
世情恶衰歇，万事随转烛。

在叛军的刀剑之下，富贵权势，不值一提，高官厚禄，无甚差别，就连他们的尸骨，也无人去收。万千风华转眼之间就像风中的残烛一样，说灭就灭了。家族的衰败使得佳人飘零无依，只能倚仗夫家庇佑，谁曾想，丈夫竟是薄情寡义之人，眼见妻子娘家失势，竟喜新厌旧，转眼接了新人入门。

夫婿轻薄儿，新人美如玉。
合昏尚知时，鸳鸯不独宿。
但见新人笑，那闻旧人哭。

（独白）佳人：合欢花朝开夜合，鸳鸯鸟成双成对，而你，我的丈夫，却只见新人笑靥如花，哪还听得到我的悲伤啼哭。

我以为，你真心待我，一如我倾心待你。过去有人说你是忌惮我家里的权势，我只道恩爱两不疑。噩耗传来，我简直不敢相信，是你把我紧紧拥在怀中，温声细语地宽慰我。你说，别怕，有我在；你说，你会护我一生平安无忧。话音未落，你的怀中却已拥入别的女子，我的衣襟上似乎还残留着你的温度，但我知道从此以后，你的温存细语都会是别人的。今晚的夜色冰冷如水，一如我的泪水凉了枕巾。

迫于无奈，佳人带着微薄的行囊和贴身婢女离开了夫家。

她想去找曾经的亲眷故交，却只讨得一顿白眼和闲言碎语，没人愿意收留一个无家可归、孤苦伶仃的弱女子；她想要离开这片伤心地，却只是被路上逃难的流民裹挟着前进，不知去往何方。

泥泞的路途沾污了素雅的衣裙，只盼着天黑前能找到一个庇身歇脚的地方；饥渴难耐的时候，没有温热精细的饭菜，只能啃一口干粮先垫垫肚子；总有故意刁难的兵卒前来盘查，也只能低声下气地恳求军爷通融一二，卸下钗环，散作买路钱。

难以想象，这样一个柔弱可怜的女子在战火纷飞的年代颠沛流离，到底遭遇了多少艰难苦楚。

在山泉水清，出山泉水浊。
侍婢卖珠回，牵萝补茅屋。

（独白）佳人：从前我无知无觉，好像白活了这几十年，走出那深宅大院方知生活的苦痛，我看到了曾经的贵女匍匐在豺狼的脚下哭着抢着委身为奴，我看到了瘦弱的女子背负起沉重的柴火只为换一把下锅的米……

世道艰难，我带着婢女躲进山里，寻了一处废弃的茅屋暂且居住下来，山间虽清苦，却比外面安稳清净。现在，我和婢女二人就在这山林间安顿下来，相依为命。

今早，我让婢女去附近的城镇变卖首饰贴补家用，应该也快回来了，今天我们要一起牵引藤萝，修补破旧的茅屋。日子再难，总是要过下去的，为今天的生活而忙碌，总比自苦于伤怀的往事来得有意义。

佳人为丈夫所弃，独自隐居山林，在世人看来，她就是一个从

云端跌落泥潭的“弃妇”，甚至在“弃妇圈”里，她也是个另类的存在。古往今来，文人墨客笔下的“弃妇”比比皆是。

《诗经·卫风·氓》中被弃女子以大量的铺陈排比控诉那个变了心的男人；汉代才女班婕妤因汉成帝宠爱新人赵飞燕而被抛弃，所作《怨歌行》成为后世宫怨诗的开端。班婕妤将自己比作一把团扇，诉说女人对于帝王来说，不过玩物，终将被遗弃，全诗无一“怨”字，却处处是冷宫女子的怨恨。无独有偶，汉武帝曾对陈皇后许诺“金屋藏娇”，到头来，空余一曲《长门赋》，“妾人窃自悲兮，究年岁而不敢忘”，最终，与阿娇相伴长门宫的只有日日夜夜的悲伤和怨恨。

这些女子一旦被抛弃，人生似乎便只剩下了无穷的怨恨，她们恨命运的不公，怨男子的薄情，但她们无一例外地都在等待男子的回心转意。她们的生命除了爱情，似乎别无他物。

而佳人和她们都不一样，她经历了国家战乱、家门变故、婚姻破裂，被丈夫抛弃加重了她命运的悲剧性，但也仅仅是她人生路途上无数厄运中的其一。

在阅尽千帆后，对于这段往事，佳人似乎已经能够将自己剥离出来，平心静气地说与他人听。她的平和来源于她不同于其他“弃妇”形象的厚重感。佳人明白，她的人生在被丈夫抛弃之后，依然还要继续，她在山林间活出了态度，活出了烟火气，她从一朵十指不沾阳春水的富贵花转变为一株扎根山林的秀竹。

摘花不插发，采柏动盈掬。
天寒翠袖薄，日暮倚修竹。

文学作品中，女子总是被比作娇美可人的花朵，而青竹翠柏一类意象总是和风雅的君子联系在一起。佳人却不喜用艳丽的花朵装饰鬓发，独爱采摘散发着清香的翠柏。夕阳余晖之下，佳人身披翠衣，倚竹而立，也好似一株青竹。这棵竹子在熠熠晨光中破土而出，挨过了烈日的炙烤、狂风的侵蚀、暴雨的摧残，终于在日暮之时修身玉立，在星光璀璨之下静谧生长，只为迎接下一个日出。

这首诗的名字就叫《佳人》，是唐代大诗人杜甫在乾元二年（759 年）秋季所写。那是安史之乱发生的第五年，杜甫被迫辞掉华州司功参军的职务，为生计所迫，携带妻子，翻山来到边远的秦州，在那里负薪采橡栗，自给度日。

所以有人说，“佳人”其实并不是在写某个命运悲惨的女子，而是杜甫在写他自己。

出身官宦之家的杜甫，少时家境殷实，无奈后来家道中落，晚年更是颠沛流离。杜甫青年时志向高远，却在考场上屡屡落第，空有一腔忠君爱国、济世安邦的热忱。安史之乱爆发后，杜甫历经千辛万苦投奔唐肃宗，被封左拾遗。但是很快，因上疏救宰相房琯触怒皇帝，又有奸佞进谗，杜甫不得已辞官，举家来到边远的秦州，凄凉贫苦。

客居秦州的杜甫就像被抛弃后无奈隐居山林的佳人，佳人遭遇的是婚姻的背叛，而杜甫遭遇的是理想的破灭，壮志难酬的苦闷。这时的杜甫已近知天命之年，他也对自己一直以来信奉的“奉儒守官”的理念感到迷茫和绝望，他也想过归隐，“对门藤盖瓦，映竹水穿沙”，就此过上桃花源式的隐居生活。

但杜甫归隐的愿望最终没能实现，他在茅屋为秋风所破的苦难下，依然呐喊着“安得广厦千万间，大庇天下寒士俱欢颜”。他郁郁不得志，却始终不能放下忧国忧民的情怀，他无法像佳人一样，抛却世间种种就此隐居山林。

杜甫在诗中写道，“在山泉水清，出山泉水浊”，泉水在山林间清澈澄净，流出山谷，就沾染了世间的污浊。后来人都说，这是杜甫对于“佳人”坚贞品性的推崇和赞赏，换个角度来看，这或许是杜甫对“自己”、对“佳人”美好的期望，隐于山林间清净避世虽是清苦，但始终是为自己而活，走入尘世，却时时为这世间苦了自己。

杜甫明白，自己无法放下，无法摆脱内心的执念和抱负。他只能把这一切美好的期盼寄予“佳人”，他希望“佳人”能完成自己无法实现的隐居之志，远离世间种种纷扰，真正为自己而活。

千年时光倏忽而过，文人早已走出“雷霆雨露俱是君恩”的时代，女人也不再相信三从四德，她们踏踏实实站在大地上，哪怕像这首诗里的佳人一样遭遇不幸，无法再依靠父兄，无法再依靠爱情，她们还能依靠自己，长成一根修竹，供自己倚靠。

16 《月夜》

◎唐 · 杜甫

今夜鄜州月，闺中只独看。
遥怜小儿女，未解忆长安。
香雾云鬟湿，清辉玉臂寒。
何时倚虚幌，双照泪痕干。

月光如水，夜色朦胧，一名女子赤脚站在院中，双手合十，祈求月亮保佑她的夫君。夜深露重，雾水打湿了她乌云似的长发，如玉的臂膀透着凉玉的光芒……

男子心急如焚："夜色这么凉，你冷不冷啊？怎么，哭了呢？"

他想伸手抱住女子，把所有的想念都揉进拥抱里，可一用力，男子就醒了。呵，又做梦了，又梦到妻子了，已经一年多没有妻子和孩子的消息了，他们还好吗？思念折磨着男子无心再睡，于是，他写下了这首流传千古的情诗《月夜》。

这名男子就是被后人称为"诗圣"的杜甫。当时正值安史之乱，潼关失守，唐玄宗仓皇西逃。太子李亨即位于灵武，史称唐肃宗。杜甫将妻儿安顿在鄜州羌村避难，一心忧国忧民的他，试图投奔新帝肃宗为国效力。谁曾想，杜甫在路上遇到叛军，直接被抓到长安囚禁，没人救，逃又逃不掉，连个口信都无法捎给妻子。

夜深人静，睹月思人，《月夜》写得极其委婉。明明是杜甫在长安，看着月亮，思念妻子，落笔却写成妻子在鄜州看着月亮，思念在长安的杜甫。

杜甫把“我想你”写成“我知道你在想我”，这反其道而行的独特写法，将内心的思念衬托得异常心酸。所谓夫妻同心，心有灵犀，正是“换我心，为你心，始知相忆深”。

而一句“遥怜小儿女，未解忆长安”，则更让人心疼。小儿女年幼，未谙世事，无法理解母亲为何思念长安。思念不被理解，妻子闺房独看月亮，思念也就更进了一层。

清代仇兆鳌在《杜诗详注》里说：“意本思家，而偏想家人之思我，已进一层。至念及儿女之不能思，又进一层。”

（独白）杜杨氏：我已经一年多没有夫君的消息了，其实，自打我十九岁嫁给他，我们总是聚少离多。我知道，他的心里装着家国天下，大丈夫理当忠君报国，我是支持他的，只是，现在外面兵荒马乱，我这颗心始终悬着，我担心他受伤，怕他冻着饿着，更怕他找不到回家的路……

杜杨氏是官宦人家的小姐，嫁给杜甫那年，才十九岁，而杜甫当时已经三十岁了，还是个没有功名的穷酸诗人，因杜杨氏的父亲很欣赏杜甫的才华，才欢欢喜喜地把女儿嫁了过去。

虽然老夫少妻，但杜杨氏知书达理，是个很好的贤内助，杜甫也很懂得心疼人，他向妻子许诺，一定会考取功名，一定会对妻子好。

遗憾的是，杜甫个性执拗，仕途始终不顺，一生颠沛流离，杜杨氏也跟着吃了不少苦，庆幸的是，“对妻子好”的诺言，杜甫做到了，他们夫妻拥有了那个年代难得的“一生一世一双人”的爱情。

从古至今，很多让人销魂荡魄的爱情诗，很多写婚外的浪漫，或者纪念死去的妻子。

李白有一首《陌上赠美人》，“美人一笑褰珠箔，遥指红楼是妾家”，诗是极美，女子却是外面的姑娘。

苏轼的《江城子》，一句“十年生死两茫茫”让人落泪，却终究也是妻子死后才有的深情。

杜甫不一样，他的诗大开大合，沉郁深刻，大多描述忠君爱国、忧国忧民的心境。而国家大事之外，他所有的深情只给了妻子一个人，只为妻子一人写诗。杜甫大概在二十多首诗歌中“闲话家常”似的提到妻子，还总谦虚地称呼妻子为“老妻”或“瘦妻”。后世不少学者都认为《月夜》是人类最美好的爱情诗，百读不厌。

杜甫对妻子的爱是克制的、隐忍的，他从未直接向妻子表达过爱，以杜甫忧思深重的性格，确实“老”“瘦”更符合他的一贯文风，但在诗里，依旧能清晰地感受到夫妻相处的温馨，艰苦日子下夫妻二人始终同心同德的美好。

“经年至茅屋，妻子衣百结”“何日干戈尽，飘飘愧老妻”是杜甫对没能让妻子过上好日子的愧疚。“老妻忧坐痹，幼女问头风”“瘦妻面复光，痴女头自栉”则记录下了杜甫对家人的关心。

但这一次，杜甫被囚禁，生死未卜。他愤懑又孤独，无奈又迫切地期待与家人重逢，内心的情愫被逼出，相思来得特别猛烈，他第一次肆无忌惮地敞开心怀，坦露心迹，将对妻子的想念和恩爱表达得尽致直白！也就使得这难得外露一次的“情不知所起”显得异常动人。《月夜》的主题简单明了，就是想念妻子。

香雾云鬟湿，清辉玉臂寒。

这一次，诗中的妻子不老也不瘦，头发是“香雾云鬟”，手臂是“清辉玉臂”，实在是个美不胜收的女子，如此略带香艳的描述，一改杜甫往日的文风，可见思念之浓烈。

月夜之下，他又担心妻子“云鬟湿”“玉臂寒”，诗里心里满满都是怜惜。

太过浓烈的思念，让杜甫开始幻想重逢！

“何时倚虚幌，双照泪痕干。”老妻啊，到底什么时候，我们才能依偎在一起共同欣赏月亮？为彼此擦去脸上的泪痕呢？

（独白）杜杨氏：夜深了，我没有一丝睡意，我给孩子们盖好被子，突然好想他，他说家书抵万金，但这次他离开这么久，却没托人带回半点消息，他是被叛兵抓了？病了？还是已经……不，我相信他，他一定不会抛下我们，他一定会回来。等他回来，我们就可以一起赏月了。

其实，杜甫从春天被囚后就开始逃跑，逃跑了好几次，都没有成功，反而被叛军抓回来毒打，一直到夏天，遭到沉重打击的叛军自顾不暇，夏天的草也长得很高，杜甫藏匿在草丛之中才得以逃脱。

杜甫归家心切，据记载，朋友给了他一匹马，杜甫靠着这匹马，走完了回家路程的三分之二，可是，一路都是乱兵，一路都是流民，最终，杜甫丢了马，他拄着拐杖，步行完成了剩下的归家路。八月，杜甫终于回到了老家鄜州羌村。

（独白）杜杨氏：他回来了，我简直不敢相信，我怔怔地站在那里，听到邻居们络绎不绝的恭喜声问候声。终于，他站在我面前，那般憔悴，那般瘦弱，幸好，也那般平安。我气得拍打他，质问他为什么不给家里写信。他用力地抱着我，我窝在他怀里哭得难以自禁，孩子们也围了上来，真好，我们一家人终于团圆了。

不久，叛乱被平，皇帝大赦天下，杜甫在友人的帮助下，带着妻儿，在成都浣花溪畔修建了杜甫草堂，和妻子度过了人生中最为安定平和的日子。

他再次称呼妻子为“老妻”，诗歌开始出现难得的惬意和温情。

他陪妻子去划船：“昼引老妻乘小艇，晴看稚子浴清江。”

他写妻子下棋：“老妻画纸为棋局，稚子敲针作钓钩。”

闲话家常，简单平淡，却又沉浸着满满的温暖和幸福。

（独白）杜杨氏：真好啊，我们一家人在一起，游船、下棋、看花开、等花落，这个世界上，还有什么能比他在我身旁更好的呢！

世界纷纷扰扰，爱情似乎也越来越缥缈，我们总担心，婚姻是爱情的坟墓，但事实上，好的婚姻里永远有爱情，更有尊重，扶持和守护。

丈夫疼爱妻子相思入骨，妻子不离不弃同甘共苦，也才能有那段“一生一世一双人”的月夜爱情。

17 《杨柳枝》

◎唐 · 刘禹锡

清江一曲柳千条，二十年前旧板桥。

曾与美人桥上别，恨无消息到今朝。

（独白）我从没想过这是个陷阱，我从没想过这场宴会会变成我走不出去的噩梦。我一直抱着琵琶，等着上场的那一刻，然而天黑了，丝竹声却迟迟没有响起，整座宅院安静得令人心慌，是哪里不对劲，是谁骗了我吗？

我扔下琵琶向门外冲去，府上的其他乐伎却抓住了我的衣服，我哭着，一遍遍地求她们放我回家。她们也哭了，却不敢松手，她们说：别闹了，你认命吧，我们做乐伎的，哪有资格自己选一个家呢？

唐朝大和初年（827 年），东都洛阳发生了一场奇异的宴会。在主人的邀请下，赴宴的宾客都带上了自己最得意的家伎，这些客人当中，也包括了诗人刘禹锡。对于上司的宴会邀请，刘禹锡非常重视。他挑选了一位歌喉出众的家伎一同赴宴，这位美人的声名，其实早就传遍了洛阳城，只是许多人只闻其名不曾见面罢了。

然而，这一晚发生的事情令人大跌眼镜。

乐伎们盛装打扮，进了后堂，前厅的酒宴便热热闹闹地开幕了，酒过三巡，主人李逢吉忽然声称自己身体不适，愿与各位同僚改日再聚，歌伎们也从后堂鱼贯而出，回到各自的主人身边，只有刘禹锡的家伎再也没有回来，刘禹锡慌了，找到深夜还是一无所获，他突然意识到：这位盛名在外的歌伎，很可能早就被李逢吉惦记上了，所谓的宴会根本就是陷阱，他的歌伎一进后堂，就成了美丽的猎物。

第二天，刘禹锡鼓起勇气，再次登门拜访李逢吉。这位长官言笑晏晏，仿佛昨夜的闹剧根本没有发生。刘禹锡最终长叹一声，忍下了这场横刀夺爱。之前的几十年里，他早已忍过了命运一次又一次的掠夺。

这场夺人所爱的闹剧，被收录在北宋的《太平广记》里，书中指出，最早记载此事的，乃是唐朝的《本事诗》。然而，《本事诗》根本没有提及主人公的名字，半个世纪的流传，阴差阳错之下，它才落到了刘禹锡头上。民间传说向来喜欢假托于名人，所谓刘禹锡被李逢吉横刀夺爱，戏谑的成分远远高过真实。我们在恍然大悟之余，也不由得产生一个问题：

“为什么偏偏是刘禹锡呢？”

这其实和刘禹锡曾写的一首诗《杨柳枝》有关——

《杨柳枝》这首诗讲述了诗人和一位美人无端离别的经历。刘禹锡用短短二十八个字，将时间和空间作了一个巧妙的折叠。弯弯曲曲的江水，还有低垂的柳枝，不仅是今日眼前的实景，也是二十年前记忆中的景象，你看，就连当年的旧板桥，也还坚固得如同往昔。但是，在永恒的天地之间，却闪耀着转瞬即逝的东西，那便是爱情——曾与美人桥上别。诗人故意把离别说得很轻，但美人两个字，在这首平淡如话的诗中，化成了唯一的焰火，焰火昙花一现，留下无穷的谜题——

美人是谁？

美人因何与“我”分别？

一别之后，她又去了哪里？

没有人能够给出回答，甚至没有人再传来她的音讯，“恨无消息到今朝”。所谓的今朝，已经是二十年后。于是，我们明白了诗人的言外之意，诗人说着“恨无消息”，心中却明白是“永无消息”——也许永远不会再有美人的音讯了，毕竟，人生能有几个二十年呢？

（独白）美人：洛阳的那个夜晚，把我的前半生都连根拔起了。这二十年里，我再也没有遇到他，但每个春天我都会想起他，每个春天，每次柳树变绿的时候。你知道折断柳枝的味道吗？如果你把它送给谁，你们的双手，都会沾染上那种味道，久久不会消散。往后的每一次离别，我都会折下柳枝送给对方，郑重地对他说再见、再见。你们也许笑我，但我知道，我只是再也承受不了一次不辞而别。

不过，如果说刘禹锡因为《杨柳枝》而成了夺伎故事的主角，那么，另一个人似乎比刘禹锡更有资格，他便是白居易。因为《杨柳枝》其实是以白居易的一首诗为基础，裁剪而成的，白居易的原诗名为《板桥路》。

梁苑城西二十里，一渠春水柳千条。
若为此路今重过，十五年前旧板桥。
曾共玉颜桥上别，不知消息到今朝。

这首诗更像一篇纪实文学。一开篇，白居易就老老实实地交代了地点："梁苑城西二十里"。紧接着，又交代了时间："十五年前旧板桥"。十五年在刘禹锡笔下变成了二十年，虽然时间相差无几，但意味却大相径庭。二十年是一个虚指，就像是李白笔下的"飞流直下三千尺"，强调的是那种弹指一挥，光阴已逝的惆怅。而十五年太精确了，像一把尺子一样，令人想要沿着诗人的年谱向前丈量，锁定离别发生的那一日。联想起白居易的风流传闻，我们很容易相信这就是他亲身经历的一场无果之恋。

那么，为什么李逢吉横刀夺爱的传说没有以白居易为主角，而是放在了删改这首诗的刘禹锡身上呢？

这和围绕刘禹锡的另一个传说有关。所谓有得必有失，有失必有得，在刘禹锡身上，竟然还有一个意外获得歌伎的传说。据说，刘禹锡在参加一位司空的宴请时，喝得酩酊大醉，对着美丽的歌伎失了态，写下一首诗：

高髻云鬟宫样妆，春风一曲杜韦娘。
司空见惯浑闲事，断尽苏州刺史肠。

你司空大人万花丛中过，把这位美人看得寻常极了，可我这个江南刺史，却因她的美貌而思之断肠啊。

第二天早上，刘禹锡一醒，发现这位歌伎就坐在他的床榻边。他完全没有想起昨晚的事，傻里傻气地脱口而出："哎，这不是我家的人啊。"

（独白）歌伎：刘郎君，您醒了？怎么，您不记得了，是杜司空让我来服侍您的。昨夜您写的那首诗，可把司空大人给乐坏了，他说："'司空见惯浑闲事，断尽苏州刺史肠'。妙句啊！看来老夫如入芝兰之室，已经是久而不闻其香，再把美人留在身边，岂非辜负了？不如，成人之美，你就跟刘郎君走吧。"

就这样，刘禹锡得到了一位梦中的美人，"司空见惯"这个耳熟能详的成语也由此衍生出来。如果说意外的获得是一种佳话，那么，搭配上意外的失去，才更像是真实人生。也许，这就是为什么在李逢吉的故事里，刘禹锡又变成了被夺走歌伎的倒霉蛋。诗人如果知道，自己在民间传说里经历了这么多跌宕起伏，恐怕也会笑出声吧。

其实，民间传说里的无端得伎，无端失伎，恰好像是刘禹锡人生的一个隐喻。

在现实世界里，他同样经历了命运突如其来的垂青，一跃来到当朝太子身边，成为备受信赖的人物。那时，刘禹锡还不到三十岁。他雄心勃勃，认为自己参与的革新将会让衰败的帝国起死回生。然而，仅仅五个月之后，革新惨遭失败。自此，刘禹锡开始了二十三年的贬谪生涯。

五个月，换二十三年，曾经降临在他身上的幸运，很快，又被命运一桩一桩收了回去。当刘禹锡再次回到洛阳城，他快要六十岁了，昔日那个意气风发的少年早已经不复存在，与那位少年一起指点江山的旧友们，或者磨平了棱角，或者早就死于权力的绞杀。"巴山楚水凄凉地，二十三年弃置身。"刘禹锡想，他很幸运，他没有死在流放之路上，他甚至还不算完全的颓唐，如果碰到一个晴朗的秋天，他还可以像年轻时一样登楼放歌。但是，更多的东西被彻底改变了，比如洛阳城的春天，比如他的白发，比如终生无法再见的故人，还有那些物是人非的往事。

现在刘禹锡知道了，物是人非，说的从来都不是一个人的个体经历，而是一个时代。所以，当看到老友白居易的《板桥路》时，刘禹锡提起了笔，他要删之，改之，他要把一个人的意难平，改写成千千万万人的意难平。

“清江一曲柳千条，二十年前旧板桥。”他一上手便删去了具体的地点，又模糊了具体的时间，这一笔，就像是剪掉了束缚着这首诗的两根绳子，从此，每一个读者都可以用自己的人生经历，重新构建这首诗。

你看，二十年前的旧板桥，不就代表着我们人生中那些永恒的东西吗？“曾与美人桥上别，恨无消息到今朝”，不就代表着我们人生中极度爱恋，而又失之交臂的东西吗？“恨无消息到今朝”，一个“恨”字当中，其实包含了人和时间的对峙，有谁能在这场对峙中取胜呢？一个人何其渺小，时空又何其漫长。

从此，我们再读到这短短的二十八个字，看到的便不再是横刀夺爱的传说，或者梁苑城西那场失之交臂的艳遇，我们低下头来，看到了自己，看到了自己一生当中，以为能凭一腔炽热与时间对抗，却又终究被时间带走的东西。如同诗中美人一样，翩然而来，一别而去。

18

《题都城南庄》

◎唐 · 崔护

去年今日此门中，
人面桃花相映红。
人面不知何处去，
桃花依旧笑春风。

（独白）少女：当爹爹打开院门的时候，那个读书人孤零零站在门外，一袭素衫，身形略显消瘦，笑容里带着些落寞。临近清明，陌上往来游客总是格外得多。可爹爹和我，都偏爱清静。爹爹说，渔樵耕读，琴画诗书，就值得一生。所以我家远离郊道，很少有人到我们这里来。

那是中唐时期一个明媚的春日，长安的科举考试结束了，来自全国的士子们寄宿在寺观、旅舍里，忐忑不安地等待放榜。来自博陵的年轻人崔护也在其中。崔护今年二十四岁，虽说博陵崔氏是高门大户，可崔护本人的家世乏善可陈，他的父祖几代都没有人当官做宰，在族内的影响甚微。唯有苦学，是他晋升的最佳途径。他考的是进士科，如果得中，他将为这个不起眼的家庭开启仕宦之门。

崔护不怎么爱说话，人们经常会把这种沉默误认为是谦卑。他也不怎么合群，同伴们相约去南城外的水畔踏青游春，他没有同去。不是不爱春色的美好，他只是不适应他们忘我的嬉闹。熟悉历史的朋友都知道，那时盛唐已过，唐朝进入了下行的曲线，可是在当时来到长安应考的士子们心中，人生正要开启一场朝气蓬勃的冒险。这不仅是一场考试，更是一场“天南地北来相会”的终极聚会。左手有酒，右手有诗，口中有歌，身侧有美人，春天召唤出来的这一切，为什么不好好享用呢？前途虽然暧昧不明，眼前的欢乐却是实实在在的。

（独白）少女：他见爹爹开了门，神情中似乎有些惊喜。他深深作了个揖：老丈，晚生有礼了。我躲在桃树后面，悄悄地看着这一切。家里突然来了个年轻男人，我想看看他到底是个什么样子。我已经十六岁了……

桃花庄院的老丈有些惊讶，他很少看到单独出门、连小僮都不带一个的读书人。眼前这个士子，不仅孤单，还有一种同龄人身上少见的内敛和隐忍。第一眼，他就给人一种感觉，仿佛他开门说每一句话，都需要下攻取一座城那样大的决心。

崔护礼貌地向老丈解释，自己喜欢独自出游，随性，方便，不拘束。他说着他不喜拘束，手脚倒着实拘束，一双手不知道该往哪儿搁。他说他从水边走来，一路探寻桃花的踪迹，不知不觉远离郊道，口渴难耐，能不能求一口水喝。老丈似乎已经看透了这个年轻人，觉得他毫不危险，也便放心地回头看着女儿，和缓地吩咐：丫头，去为客人倒一碗茶来。

（独白）少女：他双手接过茶碗，却不敢看我，眼神只投向微微荡漾的茶水表面。他的耳根红了。我觉得有趣。我转身走开，躲到桃树后，又看他的脸上。我将脸藏在桃枝间，花瓣的纷纷红云淹没了我。他放下茶碗，向这边走来了，我的脸，忽然热了……

崔护走向桃树。那是他从未有过的轻软脚步。桃花正灿然饱绽于枝间，浓密得像山，饱满得像水，如果那就象征着无限美好的前程，他希望它们冲自己兜头而来。离得越近，花树的轮廓越模糊，色彩的召唤却越急切。一瞬间，他有些恍惚：是谁看破了他离群索居、惴惴不安的心怀，将他送到这样一片温存的绮梦中，让他心中的焦渴得到抚慰？

正当此时，他发现了掩映在花丛中的那张娇憨的脸。没有发现也就罢了，他读书的时间太久，患了眼疾，看不清远处的东西，原本在他眼前，一切只是红通通的一片。可是一瞥之间，那张少女的脸忽然从花瓣的层峦叠嶂中浮现。

这是刚才那个为他捧茶的少女。他不敢注目，却用眼角的余光将她悄悄扫描过。现在，他看不见少女曾经捧过茶的双手，看不见少女倏然扭转离去的腰身，少女留在他视野里的，只有一张红光灿烂的脸。这张脸甚至不需要细节，就形成了一种让人呼吸急促的压迫感，惊心，动魄。崔护的耳朵，比桃花更红了。

两个人的视线刚一接触便闪开了。崔护垂下眼，又忍不住再次抬起。少女的视线再次碰上他，又倏然转开，桃花的颜色浸润到少女的目光中。他听到一阵脚步声，少女跑开了。

“桃之夭夭，灼灼其华。”崔护二十四岁了，但他目前没有资格考虑家室。他的人生前路正面临着脆弱的不确定性。一旦登上天子堂，他便如鲤鱼跃入龙门，到时候，自然有门第显赫之家看上他这个绿衣郎。而如果不能得中，他就只好退回博陵，娶个勤快踏实的农家女，替他照顾寡母和家里那几亩薄田，以便他几年后再次参考。院内栽种了大桃树的这户人家，干净，整洁，殷实，沉稳，比上不足，比下有余。而他，恰恰不在中间。

（独白）少女：那个人在桃树下呆呆转了几圈，很快就告辞了。我在屋子里，透过窗缝看着他向爹爹作揖致谢。我见过的读书人不算多，年轻的农夫和游商倒是不少。那些小伙子见了我，眼神难免有些肆无忌惮。这个读书人的羞怯让我心动。啊，他长得也还不错。只是，他为什么急匆匆就走了？一碗茶水足以解渴吗？我希望，过几天他还会再来。春天的桃花，是可以开很久很久的……

崔护在那年中了进士，然后进入秘书省做了正字，成为唐朝的一个小公务员，从此开始了在宦海风波中的沉浮。

中唐以后的政局暗潮汹涌。这一年，皇帝是唐德宗，整个皇朝治下的区域，都仍旧处于安史大乱后的不时余震中。高门显户没有注意到崔护这个绿衣郎。其实，自从他鲤鱼跃龙门后，他的眼神就自信了很多。如果他们肯放下架子向他投来关切的目光，他们会发现，他并不是一个庸碌之辈。三十多年后，他甚至会成为节度使。

可是，宦海无常，一个底层官员的未来，眼下谁说得清呢？

崔护中进士的次年春天，仍旧是清明前夕，他再次独自出门游春。他不由自主便往去年那个有着大桃树的庄户院落走去。一年间，捧茶少女的脸也曾偶尔浮现在他眼前，但他无暇顾及。这一年中，他要应付的大事太多了。但往去年的道路上一走，便就发现：当时那惊鸿一瞥的震撼，依然留在心头。

院门紧闭，门上有一把锁头。高出院墙的桃花花枝，正肆无忌惮地吐露着最明媚的颜色。春风让它们的笑意微微颤抖。

“桃之夭夭，灼灼其华，之子于归，宜其室家。”少女正当妙龄，一年过去，她是不是已经找到了归宿？

那张比桃花更娇艳的少女脸庞的每个细节，忽然清晰地出现在崔护眼前。他只想再看她一眼，而这已经不可得。无边的惆怅在心底蔓生，诗句脱口而出：去年今日此门中，人面桃花相映红。人面不知何处去，桃花依旧笑春风。

这首诗让他名留青史。回到家中，崔护又对诗句进行了反复斟酌：“人面不知何处去”有些突兀，没有指明时间的流逝，所以，他改成了“人面秖今何处在”，让“今天”与“去年”形成对比，为此不惜挑战重字的雷区，让“今天”的“今”字出现两次。可是，后人仍旧偏好他的第一个版本——“人面不知何处去”。桃花丛中的那个少女，到底去了哪里呢？

人们好奇于崔护的这次遭逢，急着给他们一个结果。唐人孟棨在《本事诗》里将崔护的故事进行了翻天覆地的敷演。他说：崔护与少女第一次见面后，少女患上了严重的相思病。次年，崔护再访，恰逢少女与父亲临时离家，崔护便题诗于门。过几日崔护再去，老丈告知崔护，少女见了留诗，竟已绝食而亡。崔护抱尸痛哭，少女竟因此复活。于是，两人成了亲，从此幸福地生活在一起……

这个落入俗套的改写不是一个好故事。

当初惊鸿一瞥的见面，并没有引起惊天动地的后果，也没有人发表生死相随的宏愿。《红楼梦》中，宝玉在农庄遇到荆钗布裙的“二丫头”，虽觉“此卿大有意趣”，最多也只是回首一顾罢了。张爱玲的文章中，小康之家的女孩子，跟对门的年轻人，在一棵桃树下遇见，这一生的交情，也不过是说一句：“噢，你也在这里吗？”

从未开始过的爱情，也许是最好的爱情。

再访不遇，美便在他的心中凝结了，从而获得了永恒。他的惆怅，因为这首诗的缘故，从此成为中国文人共同的惆怅。他们似乎都曾错过一个姑娘。他们绕过一节远路去找她，却终于没有见到她。她不是他们的什么人，也不会在他们生活中掀起什么巨浪云雨，就像后世所说的邻家女孩儿，看见她时便满心欢喜，看不见她，则略含惆怅。

（独白）少女：我离开了桃花旧宅，开始了全新的人生旅程。偶尔，我会想起那年桃花开时，到我家来讨水喝的那个读书人。他真是我见过的最害羞的男子。可惜我没能再多看他几眼，如今他的样子，在我心中已经模糊了……

19 《离思五首》（其二）

◎唐 · 元稹

曾经沧海难为水，
除却巫山不是云。
取次花丛懒回顾，
半缘修道半缘君。

（独白）韦丛：我听过那些流言。流言说，我丈夫年轻时，与他的表妹一见钟情，他们花前月下，海誓山盟，然后，我丈夫就进京赶考了，再也没有回去。不是长安的名花令他流连忘返，而是长安的高门大户唤醒了他的野心，他放弃了爱情，换来了一个名门望族的妻子。那个妻子，就是我。

唐代诗人元稹，在历史上一向有两副面貌：一副是负心薄义的情郎，另一副则是深情不渝的丈夫。

他写过《会真诗》，纪念他和表妹的相遇，那更像是一场艳遇，很快就春梦无痕了。他来到长安之后，两人便断绝了关系，元稹另娶他人。像陈寅恪先生在《元白诗笺证稿》中说的那样，元稹抛弃表妹，娶韦丛为妻，看上的不过是京兆韦氏的高门第。

在人们看来，这是一场立足于现实的婚姻，用婚姻换取门第，是那时贫寒士人常用的伎俩。他们不相信元稹会爱韦丛，这位小姐没有表妹的七窍玲珑心，写封信都很勉强。除了门第之外，非要说优点，也不过是传统女人最常见的勤俭持家、安贫乐道而已。

果真如此的话，唐诗的风景便要发生改变了。

韦丛去世后两三年间，元稹写下了三十余篇悼亡之作，放眼有唐一代，再没有诗人把如此多的篇幅写给自己的亡妻。就算是前代的潘岳，他的《悼亡诗》一出，令读者无不掩面而泣，从此，“悼亡诗”成为悼念亡妻的专门诗篇，再不是悼念其他死亡者的诗篇。而他也不过写了三首《悼亡诗》而已。这个在传言中见惯风月，笔下颇多艳诗的才子，在悼亡诗中，一改他华美的笔调，放弃了那些流光溢彩的、美人图一样的描写，只用一个最平白、最简单的“君”字代指韦丛。

元稹笔下的“君”，从此只有一人，那就是亡妻韦丛。

“曾经沧海难为水，除却巫山不是云。取次花丛懒回顾，半缘修道半缘君。”他说，曾经见过沧海，别处的水就不能称之为水了。同样，除了巫山，还有什么值得一提的云呢？你去世之后，我也并不是没有遇见如花美眷，但我和她们擦肩而过，甚至懒得回头看一眼。这其中的缘故，一半是为着修行，另一半全是因为你。你就像沧海之水、巫山之云一样，是无可替代的。

这并不是元稹刚刚丧妻，被巨大的悲痛所驱使，一时冲动写下的夸张的誓言。事实上，《离思》写成之时，韦丛已去世一年，若她像人们所传闻的那样寻常，怎么会在死别一年之后，仍然拥有着不褪色的眷恋呢？翻检元稹的悼亡诗，我们慢慢发现了真实的韦丛。二十岁到二十七岁，在那些穷困潦倒的婚后岁月里，这个小女子织起了一张细细密密的网，本该一地鸡毛的生活就这样被她给兜住了。

（独白）韦丛：我嫁了一位进士，一位年轻的校书郎，这听起来前途无量。然而，踏进新家的大门，我才发现，我面对的第一个难题是：怎么用紧巴巴的俸禄维持全家的一日三餐。不过我觉得总有办法，要么，把一天的饭分到两天去吃，要么，摘点野菜回来，烧烧好也是一顿。至于来了客人没钱买酒……算了，这根金钗我戴不着，拿去当掉吧。

这个娇生惯养的小女儿，从未吃过生活的苦，而现在，她必须习惯择野菜做饭、收拢槐树的落叶做柴烧，甚至典当了金钗换酒。如果换一个人，换一对夫妻，这样的生活可能鸡飞狗跳，而韦丛却抵挡住了贫穷的磨砺。做女儿时，她学装饰、学针线、学琴瑟，学习如何做优雅的贵族少女。现在，她用同样的诚恳，来学习如何做一对贫贱夫妻。她的温和里蕴含着一种韧劲儿，足以把满地尘埃的现实生活擦擦亮，再放放好，让家里那些寻常器物，也散发出高雅的光彩。《离思》当中，元稹写到她是如何评价家里粗糙的纱帘的。

红罗著压逐时新，吉了花纱嫩麴尘。
第一莫嫌材地弱，些些纰缦最宜人。

市面上的红罗，总是追逐着时兴的款式。而家里只能用得起纱帘，颜色自然没有红罗那么鲜亮，是一种嫩嫩的酒曲红，上面绣着几个秦吉了，也就是八哥。韦丛说，你不要嫌它的材质弱，它稀稀疏疏的，用起来舒服，那才是家常的雅致。你看，她明明被生活逼得捉襟见肘，却还有雅兴邀请夫君共同欣赏一番那“些些纰缦最宜人”。

韦丛和大多数的“才子之妇”都不一样。

人们总觉得，嫁了才子的女人，就算不能像李清照那样赌书泼茶，至少也要像苏轼的王朝云，说得出几句聪明的体己话，如同一朵解语花。但韦丛正好相反。如果说，元稹“取次花丛”时看到的那些花，她们的美在于惊艳人心的风情，在于不同寻常；那韦丛的美，恰恰在于她安于寻常，更能从寻常中拆解出诗意来。那日常的一粥一饭，春衫上的一路针脚，就是她的诗句。

但是，这还不够称得上“曾经沧海”，沧海多么深沉，一粥一饭的温存顶多算是海面上的波澜。相爱的人之间，另有一种最深刻的情意，那就是相知心。

元稹恰恰是一个不易知心的男人。

人们皆知道他与表妹之间的那场恋情。那就像一场仙境的游历一样，他们互赠合欢结，来表示同心结发，永不分离。然而，年少的狂热却如同昙花一现，他再也不去踏表妹的门，只是把这段艳史津津乐道地讲给长安的人听。讲了还不算，他还写下来，在士人当中传看。他为解释三十首《会真诗》，而写了传奇《莺莺传》，在这篇小说中，他给表妹拟名“崔莺莺”，他自己化名“张生”。对于自己始乱终弃的行为，他也如实写了下来。

他说，由于张生再不去看崔莺莺了，莺莺不知他为什么不去，出于对他的思念，对他们爱情的担心，托人给他带来了花胜一盒、口脂五寸这些礼物，还有一封缠绵的长信。这封信中所蕴含的哀怨和深情的确打动了他，他没有去跟莺莺复合，而是欣喜若狂，把信拿给别人看，以示他有一个多么富于才情的情人，而这情人有多么爱他。

“衣香犹染麝，枕腻尚残红。”《会真诗》中所描绘的一段情，是这样的香艳、这样的令人称羡。

为什么要分手？

元稹是这样解释的：莺莺太美，所以是尤物。莺莺太有才华，所以是妖。让商纣王灭亡的，是妖；让周幽王上演烽火戏诸侯的可笑戏码的，也是妖。我的德行不足以战胜妖孽，所以我要控制我自己，不去跟她见面。

痴情与滥情、孤介与圆滑、锋芒与委婉，像一张张面具，走马灯一样从他面前闪过。以至于他终生与争议相伴，直到今时也未休止。

元和元年（806年），人们分不清这个刚刚在朝堂上崭露头角的年轻人是世故还是耿直，他看起来野心勃勃、知情识趣，凭着一枝春风妙笔到处结识权贵，甚至攀上了京兆韦氏的高门。这样的年轻人，往往会赔着小心度过政治生涯的前几年，然后逐渐获得权力和地位，彻底洗雪他贫贱的前半生。

然而，令所有人都没想到的是，元稹刚做上左拾遗这么一个小官，就屡屡上书，直言抨击不公正的时事，以至于激怒了朝中权贵，一道诏命，他就被拘禁下狱。他的老友白居易，不无怜悯地把他比作秋天的竹子，“昔公怜我直，比之秋竹竿”，即便迎面而来的是一个冬天，他仍然要以这一身骨鲠，在寒风中挺立。而面对这样的丈夫，韦丛曾竭力规劝，出身于仕宦之家的她，天生就比别人更懂政治。

公无渡河音响绝，已隔前春复去秋。
今日闲窗拂尘土，残弦犹迸钿箜篌。

韦丛对元稹的谆谆劝告的内容，是“公无渡河”。“公无渡河”来自古乐府诗《箜篌引》，那位妻子紧紧追在丈夫身后，大声喊：不要渡河！不要渡河！然而，她的丈夫疯癫了，仍然朝着黄河的滚滚波涛冲去，一去不回。

（独白）韦丛：郎君啊，你面前波诡云谲的朝堂，正像那黄河一般。仗义执言，何尝不是以身犯险呢？我不劝你明哲保身，因为我知道，你不是不会，但是，当那种嫉恶如仇的天性涌上来的时候，所有的明哲保身统统被抛开，你还是只能冲向惊涛骇浪里，不惜撞得粉碎。这何尝不是你的疯癫呢？我无计可施，我只能做最徒劳的事，在你背后呼喊着：公无渡河！

而现在，没有人对他呼喊“公无渡河”了，一春过去，又是一秋，元稹只能独自擦拭着韦丛留下来的箜篌，箜篌上厚厚的尘土像是岁月留下的痕迹。

元稹这一生，万花丛中过，从不缺红颜知己、诗朋酒侣，唯独缺的是知心人。韦丛说得对，元稹的锋芒出自天性，何尝不是一种癫狂。它像一把出鞘的剑，无论是困顿、贬谪，还是牢狱之灾，都无法磨灭它的光华，它伤人，也自伤，却无法停止。正如同元稹自己说的那样：

金埋无土色，玉坠无瓦声。

剑折有寸利，镜破有片明。
我可俘为囚，我可刃为兵。
我心终不死，金石贯以诚。

这样的一个男人，敏感地意识到：如果自己不改，不仅将贫贱以终，甚至会折戟而死。韦丛对他的规劝起了作用。只不过她寿命不永，在二十七岁的芳龄，溘然长逝，留下无尽的遗憾。

所以多年后元稹感慨：

同穴窅冥何所望，他生缘会更难期。
惟将终夜长开眼，报答平生未展眉。

他站在时间的洪流里发问，如果我们夫妇同葬，是否便意味着再次相见呢？如果将希望寄托在来生，来生是否能再续前缘呢？他想了又想，最终不得不承认：黄泉碧落，缥缈难期。

当死亡冰冷地把我们分开，当我终于意识到我永远再也见不到你了，我还是决心用一夜一夜醒着的思念，来铭记你，来报答你平生未展的眉头。即便你将不会知晓，即便我们再也不会相见。

这和曾经沧海、除却巫山一样徒劳。沧海之水、巫山之云都已回归了造化，无知无觉，“取次花丛懒回顾”的坚守，又是为了谁呢？

当我们对比元稹的艳诗和悼亡之作，才终于发现：那些流连过的、缠绵过的，都不重要，都可以随春梦而逝。而真正的爱情，便是即使你已经与草木同毁，无知无识，你已归入天地，万唤不回，就算是这样，就算我再念着你也是没有用了，我却依然要想你。

20 《赠别》（其二）

◎唐 · 杜牧

多情却似总无情，唯觉樽前笑不成。

蜡烛有心还惜别，替人垂泪到天明。

（独白）张好好：夜色越来越深，蜡烛的影子在窗纸上越来越短。杜郎，你会带我走吗？这句话悬在我的舌尖，却怎么都问不出口。我想他不会。或许我应该换一个问题，问他是否爱我？

他此去前程似锦，我原本该举杯相贺，但是一想到可能从此之后再没有相见的机会，我就笑不出来。我说："杜郎，我们就要分别，你能为我写首诗吗？"

他沉默了片刻，回答我说："好。"

晚唐诗人杜牧出身关陇大族。当时民间俚语"城南韦杜，去天尺五"，说的是住在长安城南的韦家和杜家，门第之高，离天只有一尺五。有唐一代，杜家出了六个宰相。杜牧的祖父更是辅佐过三位君主。

唐文宗太和二年（828 年），二十六岁的杜牧进士及第，他拒绝留在京城做个闲官，接受了江西观察使沈传师的聘请，入洪州幕府为从事，也就是在这里，他遇见了十三岁的歌伎张好好。

在沈传师宴请的那个晚上，张好好姗姗来迟，还是个没长开的小姑娘，青罗襦，双环髻，身量未足。众人无不诧异，不知道这个小姑娘何以名震一时。到她甩袖、开腔，声遏行云，方才惊艳。

自那之后，张好好便成了沈传师座上常客。杜牧也因此得以与她常常相见。他们登上龙沙山，看“秋水共长天一色”，也泛舟东湖，赏明月如霜。才子佳人，难免诗歌唱和，眉目传情。杜牧写诗说“自此每相见，三日已为疏”，可见往来之频繁。

张好好一天比一天长大，也一天比一天出落得美丽，她就要到及笄之年，而杜牧却得到了淮南节度使牛僧孺的赏识，受聘去扬州为官。

杜牧离开的那天，沈传师照例摆酒为他践行，席间照例有张好好献艺。所有人都能看出来，这个三年前技惊四座的小姑娘已经长大了，但不是所有人都能看出她芳心所属，也许也不在乎。

一个歌伎，她喜欢谁，无足轻重。

她不可能决定自己的命运，她的美丽和盛名让她不可避免地成为权贵的猎物。但是那晚，她得到了一个机会：杜牧醉酒，沈传师命张好好服侍他。

张好好很清楚这是她的机会，也许是最后的机会。

烛光摇曳，影子在窗纸上，像是能将两人合成一人。

张好好等杜牧开口说带她走。

她也想开口问，但没有勇气。杜牧这样的名门贵公子，张好好怎么敢奢望他会钟情于一个歌伎。漫漫长夜，两个人就这么眼睁睁看着蜡烛一点一点燃烧殆尽，天欲晓，人将行，从此各奔前程，两不相干，就只剩下一首诗的承诺，虚无缥缈到让人抓不住。

如果对于男人来说，最要紧的莫过于前程，那么对于当时的女人来说，最要紧的也许是归宿。

这年秋天，张好好嫁给了沈传师的弟弟沈述师为妾。后来杜牧在诗里说，“聘之碧瑶佩，载以紫云车”。

张好好的夫君给了她足够的尊荣，只是从此之后，她不能再抛头露面，放声高歌，她成为一个人的所有物。“洞闭水声远，月高蟾影孤”，就像月亮里的嫦娥，从此人间不见踪影。

（独白）张好好：我以为这是我想要的生活，至少在杜郎之后是这样。宠爱，富贵，一个出身卑微如我这样的女人还能期待什么呢，期待琴瑟和鸣，郎才女貌吗？我偶尔也会想起杜郎的承诺，但是仔细想来，似乎又只是敷衍。我疑心那晚只是一场梦。我一个人的梦。他怎么会答应为我写诗，他都没有想过带我走，他都没说过爱我。春末的一天，我路过花园，听到有人唱歌：“多情却似总无情，唯觉樽前笑不成。蜡烛有心还惜别，替人垂泪到天明。”他们告诉我这是杜郎新篇《赠别》。这首诗像是一个霹雳响在我耳边，震得我站立不稳。我没法不想起杜郎离开的那晚，我忽然明白过来，那晚不是梦。我怨恨过杜郎为了前程离开我，但是他的诗这样缠绵悱恻，每听一次，我心里的弦就动一次，它越来越响，就像随时可能绷裂。

第一首“娉娉袅袅十三余，豆蔻梢头二月初。春风十里扬州路，卷上珠帘总不如。”全诗并无一字写离别，只说那个女孩儿有多美，就像二月初枝头春光。春风十里扬州路，所有的美人都不如她。

后来有词人写“相思只在：丁香枝上，豆蔻梢头”，便是化用此句。

第二首实写离别之苦：“多情却似总无情”，多情看起来反而像是无情，美酒当前也笑不出来。“蜡烛有心还惜别，替人流泪到天明。”蜡烛像是知道你我心事，默默垂泪一直到天明。

杜牧没有说这组诗是写给谁的，人们便只能猜测那是个身不由己的烟花女子，他们相遇在女子十三岁那年。

张好好知道这组诗是写给她的，也因此听到更多来自远方的消息，人人都说杜牧在扬州眠花宿柳，放荡无度。张好好不信这种诋毁之言。

她知道那个为了前程离她而去的杜郎胸怀天下，他的志向是辅佐君主，海晏河清。

事实也是如此。

杜牧为扬州写了许多诗，留下许多才子佳人的传说，最著名有“二十四桥明月夜，玉人何处教吹箫”，他自嘲“十年一觉扬州梦，赢得青楼薄幸名”。一直到南宋，都有人念念不忘“杜郎俊赏”。

但杜牧在扬州只待了两年。

这两年里，杜牧是扬州节度使倚之如左右手的掌书记，公务繁忙，而且在这期间完成了他的时政代表作《罪言》和《原十六卫》，《罪言》论藩镇，《原十六卫》论军制。又注解《孙子兵法》十三篇。

可以推知，大多数时间里，杜牧都在忧心国事，想要有所作为。他写了无数的谏言和策论，奈何最终传遍天下的，还是艳词浮曲。

公元835年，杜牧被任命为监察御史，去洛阳上任。

监察御史虽然官不过八品，职权却包括分察百僚，巡按郡县，纠视刑狱，整肃朝仪，非常重要。所以杜牧当时是抱着十分明朗的心情去洛阳的，但就在这年十一月，朝中发生了“甘露之变”。

自此之后，天子被宦官劫持，政令都出自权宦，连宰相都没有了说话的余地，何况区区一个监察御史。

国事如此，杜牧也无可奈何。

天子在位，也许还在意藩镇、边防，试图重整山河，但是宦官把持朝政，日常不过争权夺利，谁会理会天下安危？失意之中，杜牧借酒浇愁，他就在这时候再次遇见了张好好，在洛阳城东的一家酒肆里。

（独白）张好好：我无法忍受这样的煎熬，无论是相思，还是他们对杜郎的诋毁。所以，我离开了我的夫君沈述师，在洛阳城东开了间很小的酒肆。杜郎好美酒佳人，如果我们能重逢，但愿我们能重逢，可以相对坐饮。我无数次想过，该以何种面目相见，是沉默和眼泪，还是高歌一曲，就仿佛当年初见。我以为是我痴心妄想，没想到真有这样一天。当初离别是在暮春，重逢却在秋日。斜阳灿灿，染得柳枝柳叶一片金。我脱口问：“杜郎一向过得不好吗，怎么竟然生出白发了？”从前辗转多少话，所有别后相思，料不到出口竟然是这句。

所有相遇都是久别重逢，所有重逢都难免悲喜交加。

当所有你放弃过的，你以为不可能再得到的，重新到眼前来，物是人非，上天给你第二次机会，你会怎么选？

杜牧失声痛哭，为张好好写下长诗——《张好好诗贴》。

《张好好诗贴》曾经为宋徽宗收藏，又辗转收入清内府，为乾隆所欣赏，若干年后，由末代皇帝溥仪仓皇携带出宫，流落民间，最后被收藏家张伯驹先生发现，重金购入，捐献给故宫博物院。

于是一千两百年之后，在杜牧跌宕的笔势之中，我们仍然能够看到豫章名姝张好好的风姿。杜牧欣喜于他们的重逢，但不得不悲哀于命运的无法自主。无法自主的不只是命若飘萍的歌伎，是每一个人。

杜牧虽然是宰相之孙，但父亲早逝，家道中落。

相依为命的弟弟眼疾失明，杜牧甚至没有经济能力将弟弟接到身边照顾。他并非传说中风流倜傥、一掷千金的贵公子，他自负济世之才，奈何官场昏暗，朋党倾轧。他性情刚直，始终得不到施展拳脚的机会。

他无法给出承诺，无论是三年前，还是三年后。

所有无法诉诸言语的愁苦，最终也只能借由蜡烛点点滴滴，流泪到天明。

（独白）张好好：我不觉得这是一场辜负。杜郎，无论如何，我终于等到你，你没有对我食言。我得到你的诗，也得到你的眼泪，这一次，你总算没有再让蜡烛替你言说。我与你相对而坐，相对而饮，到酒终人散，就此别过，愿君此去，鹏程万里。我爱过你，我不后悔。

21 《望江南·梳洗罢》

◎唐·温庭筠

梳洗罢，独倚望江楼。过尽千帆皆不是，斜晖脉脉水悠悠。肠断白蘋洲。

（独白）鱼玄机：我的丈夫发誓他会来接我，从此我每天一睁眼，就站在望江楼上等他。太阳落山时，我发现他又撒了谎。可第二天，我还是会来，他骗我，我也骗自己，我们成了同谋，共同掩盖一桩早已惨败的婚姻。直到有一天，我拦住一条船，不管不顾地问：走吗？去长安吗？

我花了七天，自己回到我丈夫曾经发誓要接我回去的地方，从此，我不再相信任何誓言。

鱼玄机回到长安不久，城外的咸宜观就多了一位女道士。咸宜观，老少咸宜，更不要说她还挂出招牌，秉笔直书：“鱼玄机诗文候教。”香艳的流言像火一样烧起来，鱼玄机成了一只扑火飞蛾。

谁还记得她曾经守着滔滔江水苦等一个人？不重要了。她等的那条船始终没来，那不妨招手让过路的每一条船停下，沉醉于一场接一场的露水之欢。

而这时，鱼玄机的启蒙恩师温庭筠正在蜀地流浪。他断断续续听闻这位得意门生的遭遇，自然也听闻，他曾经一字一句教给鱼玄机的锦绣诗文，如今化成了道观门口一块香艳的招牌。

温庭筠始终保持沉默，他总觉得鱼玄机的放纵是暂时的，就像他以为自己的漂泊是暂时的，终有一天他能回到长安，而鱼玄机也能再度被正常的人生轨道所接纳。

然而不久之后，温庭筠接到了鱼玄机的死讯，二十七岁的女诗人被当众处斩于长安。而温庭筠自己的人生也在同一年戛然而止，几个月后，温庭筠死于蜀地。

这一对师徒像两只纸鸢，被命运放断了线。

温庭筠这一首小词《望江南》："梳洗罢，独倚望江楼。过尽千帆皆不是，斜晖脉脉水悠悠。肠断白蘋洲。"

词中的女子，清晨刚梳洗过便倚着栏杆遥望，她整个人是新的，她的热望也是新的，却随着时间的流逝一点点地磨旧。船只接连过去，却没有一艘为她停下。直到暮色降临在江面上，斜晖脉脉，说的是时间的悠远；水悠悠，说的是空间的无限。在无限的时间与空间中，她空落落的，像一艘不系之船，只能"肠断白蘋洲"了。

这首词没有明确的系年，我们无法断定温庭筠为何人而写，但它像极了另一首诗——鱼玄机写给丈夫的《江陵愁望寄子安》："枫叶千枝复万枝，江桥掩映暮帆迟，忆君心似西江水，日夜东流无歇时。"

（独白）鱼玄机：我不知道江水要流到哪里去。我也不知道，我想你，什么时候是个尽头。子安，明明哪一条船上都没有你，可我还是会对每一片孤帆的影子燃起希望，燃起来，再破灭。仿佛我一生里所有的美梦都是以燃烧开始，以破灭收场。对你，对温先生，我都用过心，动过情，动得义无反顾，我敢大声说出来接受全世界的审判。但人人都沉默了，你们对一颗炽烈的真心避之唯恐不及。

你也是，当初的温先生也是。

大中十一年（857年），温庭筠第一次见到鱼玄机。

这次会面，是年近五十的文坛名士登门拜访十来岁的小女孩，而且发生在灯红酒绿的平康坊，难免沾染几丝香艳。然而，令温庭筠为之一震的，并非少女的青春美貌，而是生命力，那种纯粹的、孤介的，近乎不管不顾的生命力，在鱼玄机身上展露无遗。

“以‘江边柳’为题做诗一首吧。”温庭筠说。

他想要测试这位少女的诗名是否言过其实，“江边柳”这个题目也带着居高临下的戏谑。唐人把歌伎称为章台柳，任人攀折。对于从小生长在烟花之地的鱼玄机来说，意味不言而喻。由男人们书写的传奇可能会把这个命题当作风流的一部分，但对鱼玄机，这不友善。

少女一言不发地接下，很快，一首《赋得江边柳》被反呈给了温庭筠。

翠色连荒岸，烟姿入远楼。影铺秋水面，花落钓人头。
根老藏鱼窟，枝低系客舟。萧萧风雨夜，惊梦复添愁。

（独白）鱼玄机：你若把江边柳看得可轻可贱，那便错了。我要让你看看这生命本身多精彩。它的绿，绿到足够把河岸点燃，多高的楼上也能一眼看见。渔人在树荫里穿行，偶尔一片柳花落下，像一个轻飘飘的吻，你以为柳花就是这样轻狂。但是啊，在你看不见的地方，它的老根紧紧抓住河岸，它的枝干甚至可以容纳客船停泊。而你，一个旅人，在风雨潇潇之夜，听见柳枝拍打船篷的声音，难道不会从梦中惊醒吗？江边柳永远扎根在这里，扎根在流水和风雨里，而你，才是那个随流水而去，被风雨催老的人。

温庭筠已经是一个被风雨催老的人了。

十几年前，他便开始应试科考，却次次都名落孙山。宰相令狐绹一度将他奉为上宾，然而，温庭筠出言不逊，宾主之欢实难长久。一次酒宴，令狐绹问他典故，温庭筠张口就来："此典出自《南华经》，并不是什么偏僻的典故，还望宰相您在政务之余，多读点书。"

人人都爱温庭筠的才华，但人人都无法应对他的张狂和傲慢，以至于他只能在一个小吏的职位上耗光了青春。回到长安，遇见鱼玄机时，温庭筠年近半百。"萧萧风雨夜，惊梦复添愁"。眼前这位和他一样骄傲恣意的少女，令他从半生尘梦中惊醒。

只有绝代的生命力，才能孕育出绝代的才华。然而，这对于女子的一生是幸运还是不幸呢？温庭筠没多想，他一眼识破了鱼玄机的天才之资，执意要将这星星之火吹亮，到那时，整个长安都将在这位少女面前黯然失色。

温庭筠收鱼玄机为弟子，将诗中精妙的道理传授于她，即便后来温庭筠动身返回襄阳，书信往返也从未间断。慢慢地，一种情愫在诗篇间蔓延。鱼玄机有一首诗《遥寄飞卿》，直呼了温庭筠的表字飞卿，与这种大胆恰好相反的，是欲语还休的情绪，像雾气飘散在秋天的明月下。

阶砌乱蛩鸣，庭柯烟露清。

月中邻乐响，楼上远山明。

凉风一起，人的心绪也变得透明，阶下的虫声，邻家的音乐，还有半梦半醒之际从枕席之间浮起的凉气，一丝一毫都能感受到，这便是所谓的秋情。

珍簟凉风著，瑶琴寄恨生。
嵇君懒书札，底物慰秋情。

可我连飞卿你的一封信也收不到，还有什么能让我从秋情当中脱身呢？

温庭筠停止了回信。现在，他可能要面对这样一个问题：是让这位天才少女继续悬停在诗的世界，还是接受爱意，将她拉入自己的人生？

答案不言而喻。他自己五十年人生全是坎坷，正因如此，他才在现实国土之外又造出了诗的幻境。幻境之中是照花前后镜，花面交相映；而幻境之外，温庭筠甚至没有一方净土，供养他的小花神。

但温庭筠觉得自己能找到拥有一方净土的人，不久，他找到了李亿。这位才子年纪轻轻便已高中状元，怎么看都是女子托付终身的良选。在温庭筠的介绍下，鱼玄机嫁给李亿做妾。

（独白）鱼玄机：我在初恋里一败涂地，也许就因为他是我的老师。他甚至不用拒绝我，只是轻轻一提，我就像个牵线木偶一样，被放到了婚姻里。他说那是对我好，不管做妻做妾，婚姻才是一个女人正确的位置，正确的位置上才能长出爱情。不然，爱得再真也像是种子掉进岩石缝里，长得歪七扭八的。我相信了，然而我很快就发现，婚姻才是岩石缝，压得人喘不过气来，一面是我的丈夫，一面是他的正房妻子。

适合结婚的男人无一例外地早已结婚，放在现代也一样。李亿早有妻室，河东裴氏的高门贵女，但这位夫人的嫉妒和凶悍令人难以招架。李亿与鱼玄机短暂的蜜月期令她醋意大发，一顿鞭子把鱼玄机打出了家门，李亿不敢作声。

此后李亿便只能收到鱼玄机的书信了，她短暂地去过汉江一带，期待李亿能来接她。

江南江北愁望，相思相忆空吟。
鸳鸯暖卧沙浦，鸂鶒闲飞橘林。
烟里歌声隐隐，渡头月色沉沉。
含情咫尺千里，况听家家远砧。

家家远砧，是冬天即将来临之际，家家户户捣棉絮制成棉衣的声音。棉衣也许要穿在孩子身上，也许要寄给千里之外的远人。砧声饱含了家常的温暖，就像温庭筠曾经向她描绘过的，能把万种爱意妥善安放的一段婚姻，一个家。但现在鱼玄机知道她的老师错了，爱就像火一样，哪有家能够经得住火呢。

她把关于婚姻的幻想烧了个一干二净。

再次回到长安的鱼玄机没有再走进任何人的家，她走进了咸宜观，挂上"鱼玄机诗文候教"的牌子，候教的不仅是诗文，还有她本人。才华横溢的鱼玄机，孤独寂寞的鱼玄机，纵情风月的鱼玄机，此刻都敞开在世人面前，恭候任何人的指教。

唐人笔记记载了咸宜观的盛况，"于是风流之士，争修饰以求狎，或载酒诣之者，必鸣琴赋诗，间以谑浪，懵学辈自视缺然。”

男人们纷纷成了扑火的飞蛾，他们带着酒，带着诗，带着隐秘而香艳的想象，在咸宜观前车马流连。这之中，也不乏有人动了“救风尘”的心思，想用爱动摇她，想用贞洁束缚她，但鱼玄机用一句诗清楚地挡了回去：“早知云雨会，未起蕙兰心。”

（独白）鱼玄机：别多想，不过是云雨之会罢了。真可笑，那些所谓坚贞的爱情，我双手捧出来的时候，从来没有人接得住。现在，我扔掉了，却有那么多人跟在我身后捡。

她的身边走马灯似的更换着情人，她的人生终止在二十七岁。据说因为争风吃醋，鱼玄机打死了自己的侍女，被京兆府审判，而主审官恰好是曾经被她拒绝的男人。死亡无法避免，鱼玄机终于湮没在了七情苦海之中。

“梳洗罢，独倚望江楼。过尽千帆皆不是，斜晖脉脉水悠悠。肠断白蘋洲。”鱼玄机短暂的一生，便是“梳洗罢，独倚望江楼”的一生。她的生命力超越时代，而她的选择却被时代紧紧束缚着，前半生捧着一颗真心，换旁人赐她一点爱，给她一个家。这颗心交出去，没人接得住，便只能把自己烧成了灰烬。

付出热忱而被辜负的爱情直到今天仍在上演，幸运的是，今天的女子如果有交出一颗真心的力量，也便有愿赌服输的勇气，如果你接不住，那是你和我不对等。我不妨从从容容地收回这颗真心，驾一只小船在江上游戏。

浩荡之清风，与山间之明月，享受不尽，如果哪天，有一只船碰巧停泊，与我共看这清风明月。他也许就是对的那个人了。

22 《无题·昨夜星辰昨夜风》

◎唐 · 李商隐

昨夜星辰昨夜风，画楼西畔桂堂东。
身无彩凤双飞翼，心有灵犀一点通。
隔座送钩春酒暖，分曹射覆蜡灯红。
嗟余听鼓应官去，走马兰台类转蓬。

（独白）柳枝：今天晚上，李义山先生就要到这里来了。金樽已经布好，酒馔也已陈列。他们谁也不知道，整个下午我脸色绯红究竟是为什么。我的双手在颤抖，把为腰带绣的花绣得歪歪扭扭。李义山先生要来了，他要来了，他要来李十将军家里做客，今晚就是为他接风的酒宴，晚上他就住在这里，接下来可能会住很多天。我有机会跟他朝夕相处了！

晚唐的诗人李商隐，字义山，那年不过二十六岁。那是开成四年（839年），他刚刚被授予了秘书省的官职。他在长安的落脚点，是李十将军家。李十将军家的歌伎柳枝知道了这个消息，激动万分。她默默地爱着李商隐，已经有很多年了，可自从洛阳一别经年，再也没有相见。整个下午柳枝都喘息不匀，她觉得：上天恐怕是怜悯她相思太苦，特意把这个人送到了她身边。

当晚酒宴中，有十多个人，都是长安城里最为少年英俊的才子，而在他们中间，李商隐是最为俊美的一个。有人喊着柳枝去为客人们把盏，她走到李商隐面前，却走了过去，她走到坐在他身边的韩瞻身边。她害怕自己倘若为李商隐把盏的话，会把酒洒到裙子上，或者打翻了碗。

（独白）柳枝：我不……不敢看他。我……为什么还在发抖……我们现在几乎挨着坐了，我身边就是……李义山先生，这是梦境吗？酒杯，酒杯怎么还是碰翻了？！酒，怎么洒到了义山先生的衣衫上？这大概是个噩梦吧。

正当柳枝回过神，以为自己出了很大的丑，巴不得掉进地缝的时候，有人却在大声地嘲笑李商隐，原来那杯酒并不是柳枝碰洒的，而是李商隐他本人碰洒的，眼前的李商隐满面绯红。

柳枝顺着李商隐的目光抬头望去，从眼前飞过一团红雾。刚才，是节度使王茂元的小女儿，身着红衫的王晏媄翩然而过。

“隔座送钩春酒暖，分曹射覆蜡灯红。”在柳枝看来，他们二人，从头到尾不曾交过一言，可是，晏媄的目光，总是似有似无地同隔座的李商隐交缠。他们两人构成一个完整的世界。大家玩藏钩的时候，柳枝看见，晏媄对着李商隐一笑，李商隐便将目光投向某人，晏媄便站起来，说那钩子定是藏在某人手中。没人知道她是怎么猜对的。而射覆的时候，晏媄和李商隐的答案经常是一样的，他们脱口而出的词语一模一样，然后会心而笑，只有柳枝注意到了这一幕一幕。

（独白）柳枝：春酒暖而蜡灯红，眼前这番景象真是让整个微凉的春夜都醺然了。夜已经接近亥时，酒宴还在继续，有人高谈阔论，有人击节鼓琴，到处都是乱糟糟的，我的心空洞而惆怅。我从十七岁起就爱着的那个人，他整晚都没有看过我一眼。他不知道我在这里，我也不想让他知道。此刻，他俩的座位都空了。

就在满天的星光下面，在让她颤抖的风中，侧身在一旁楼阁中的柳枝看到了一切。她看到晏媄那双小小的手，被李商隐又惊又喜地握在手里，她听见两个人的说话。原来他们早就认识了。原来李商隐来到李十将军家，为的就是见到晏媄。原来晏媄这一两年始终对李商隐念念不忘，她离开泾原的家，来到长安她姐夫李十将军的家里，就是因为她知道，李商隐已经考中了进士，将会被选官了，他一定会来到曲池的。她怀着渺茫的希望来到这里，没有人知道她的心事，而老天爷成全他们，今夜终于让他们重逢了。柳枝终于明白了一切。

柳枝坐在寒凉的石阶上，紧紧地捧着自己的双臂。柳枝已经感受不到这风的寒凉了。她听见两个人在切切地商议着。他们在说，相会的机会不多，如果不抓紧机会的话，恐怕以后永远也见不到了。柳枝听到，李商隐说，不会见不到的，无论如何，我都要娶你做我的妻子。柳枝的眼泪，肆意流淌。

（独白）柳枝：李义山，李义山，你是天底下第一痴情的人了！你这般深情，就像泰山一样重，谁得着了你的爱，便是这世上最被怜爱着的女子。纵然她不是我，你也总是我认识的那个义山……

“昨夜星辰昨夜风，画楼西畔桂堂东。身无彩凤双飞翼，心有灵犀一点通……”这是酒宴后第二天李商隐写的一首诗。就在那样有星、有风的一个夜晚，他得到了一生的爱情。这样的一夜，是整个星空都在旋转的夜晚，是风把从前所有的寂寞全都吹散的夜晚，是他在一个女人的眼睛当中看到连天空都盛不下的柔情，同时宁愿粉身碎骨，也要跟她在一起的夜晚。

他们在画楼西畔和桂堂的东边幽会，他们谁也没有跟谁说出幽会的时间和地点，却各自逃席，在那里遇到了。这是上天向人间显示的神迹：当你太爱一个人的时候，一切轨迹都会为之发生改变。

（独白）柳枝：这是我亲眼见证的李义山的故事了。我从十七岁起，开始读李义山的诗，他流传于世的每一首诗我都读过，我都背过。我常听到有人说，李义山写下那些香极艳极的诗，为人不知如何的下流呢！当此之时，我总会愤怒地为之辩解：你看懂义山诗了吗？再也没有一种深情，能跟义山比拟了！

那一年，李义山二十六岁，就在两年前，他在洛阳拒绝了因诗而倾慕他的里中少女柳枝。他写了几首诗给她，却没有去赴她的约会。那一天，柳枝在水边等候到天黑。她手里捧着博山炉，作为两人相见的信物，却也早已香销烬灭了。

在那些沉静的深夜，那些清香的早晨，李商隐的诗陪着她度过了少女时代。后来她到了长安，入了李十将军府。她常听李十将军家的客人们说，李商隐是老相国令狐楚最为赏识的人。她知道李商隐不能跟王茂元的女儿结婚，王茂元跟令狐一家冰炭不容，分属于两个不同的政治阵营。如果跟王茂元的女儿结婚，就意味着他被令狐绹提拔的机会再也没有了。但是她眼睁睁地看着李商隐兑现了他的诺言，娶了王晏媄。他，就是那样一个人。

这样的一个夜晚，一个为柳枝亲眼所见的夜晚，诗人李商隐让星辰和画楼见证了他今生的甜。这一夜太过销魂，他反复思量着自己爱着一个人，恰好也被那个人所爱的幸运，他反复记忆着春酒之暖、蜡灯之红，隔座少女的含情一瞥，只有两个人彼此心照的灵犀暗通。这一夜，转侧无眠。

“嗟余听鼓应官去，走马兰台类转蓬。”

只是他此时，还是秘书省的一名官吏，等到更鼓敲到五下，他便当起床，去衙门报到。残月还挂在天上，残月下的马儿在路上嘚嘚地走着，马车上的人，还沉浸在昨宵的梦幻里，衣香鬓影，软语呢喃，携手诉相思。当此之时，这些公务显得这般不合时宜。然而李商隐一生中所做到的较好的官，就是此刻了。果然如柳枝忧虑的那样，后来的李商隐，虽然娶得最心爱的女人为妻，可这一生辗转飘蓬，流连幕府，再也没有秘书省兰台令这样清贵的官给他做，他也永远地与长安无缘了。

（独白）柳枝：他是最好的情人，但不是我的。他就像天上的星辰，永远照耀，永远闪烁，却不是我的。我仍旧读他的每一首诗，仍旧在早上和夜中想他。我想象过他会怎样去描绘那样的一个夜晚，我读了他那么多诗，可还是想象不出来，直到这首诗呈现在我面前，“昨夜星辰昨夜风，画楼西畔桂堂东”，让我潸然泪下。这样的一个男人，永远深情，永恒凄苦。这是他一生中最幸福的一个夜晚，恐怕他永远不会知道，那样的一个夜晚，在我心里，他是跟我一起度过的。

23 《无题·相见时难别亦难》

◎唐·李商隐

相见时难别亦难，东风无力百花残。

春蚕到死丝方尽，蜡炬成灰泪始干。

这首家喻户晓的《无题》诗，作者是唐代诗人李商隐，字义山，据说，他是世上最懂爱情的人。据说，他这一生写下很多无题爱情诗。可是从来没有确定的证据表明：他在与谁相恋，没有人知道这些诗是写给谁的。他不像元稹，生怕旁人不知道自己的风流韵事，特地做了很长的诗作，来写他的情人，和他们之间的情事。他也不像白居易，把小妾的名字都写进诗里，以此作为一种情趣。没有人知道李商隐恋人的名字。终其一生，他对他们之间的事情守口如瓶，从未对任何人谈起。

这些无题诗，也因此成了千古诗谜。没有恋爱的证据，有人便说他没有恋爱过，所有的无题诗都是写给君王的。可有情人都能看得出来：这些无题诗当中，包含着真挚、哀婉、浓烈、伤感的爱情，它不同于元稹的艳情，或白居易的多情，它是一个男人和一个女人平等灵魂的相爱。

他的恋人是谁？就让我们从“相见时难别亦难”说起吧。

“相见时难别亦难，东风无力百花残。”这是我们所知道的，关于情人间的离别最痛彻心扉的句子了。

春蚕一直在吐丝，一直到变成蛹；蜡烛一直在流泪，一直到把

全部的自己都燃烧尽。这一句诗蕴含了两种力量：第一种是爱的力量，吐丝的“丝”，与相思的“思”同音；第二种力量，是死。死的意象是如此明确、如此醒目，以至于我们由此出发，才能一下子全部理解整首诗的意境：为什么离别是如此艰难呢？因为以后永远也不会见到了！春天为什么如此哀愁？连春风都没有力气了，这是因为你不在了！

（独白）无名女子：我就要死了。我到死依然爱你。就像春蚕吐丝，一直到死，都思念着你。而你……流了那么多泪，仿佛眼泪再也没有干的时候。以前你说过，一寸相思一寸灰，蜡烛的眼泪就是用相思烧成的！你说，如果我不在了，往后余生，你的眼泪再也不会干了。

1927年，古典文学研究者苏雪林先生透过李商隐的许多诗，猜测出了他恋人的身份和名字。与其说是猜测，不如说，她用李商隐的一系列的无题诗拼凑出了一个故事，就像把无数碎片拼成了一幅地图。

李商隐的恋人是谁呢？在苏雪林看来，她是一个身份特别的女子，这特别的身份决定了他们之间的相见，必然是很难的。

（独白）无名女子：当我这样爱你的时候，每天困扰着我一个难题，一个让我心肠都要被搅碎了的难题，是如何能够与你见面。怎么样能见一面呢？在整个漫长的秋天和冬天，都是无法相见的。只有在春天和夏天的时候，有希望见到你。所以一到春天临近了，我的心就狂跳不已：出发吧，启程吧，我们明天就走吧。主上，到时候了，每年春天，您不是都要移驾曲江离宫吗？

苏雪林说，李商隐的恋人是宫中的妃嫔，他们于每年春夏，在曲江离宫附近约会。什么样的相见，比见到深宫中皇帝的女人更难呢？

在苏雪林的想象中，那一年，也就是开成二年（837年），二十四岁的李商隐跟那个女人在一个春夜中相会。

（独白）无名女子：你在诗中所写："不惊春物少，只觉夕阳多"。你也是在想我吗？过了黄昏，便是春夜，一个又一个夜晚，都在白白地等待。见面，是太难了。我想了半个春天，才终于见成了一面。

唐代的宫廷，它跟后来的宫廷还是有一些不同的，那些宫女和妃嫔，常常都在思春。有人在树叶上题诗，随着流水流出宫墙，被人看到了，于是有男人也写诗流回宫里，后来皇帝把写诗的女人放了出来，由着她跟自己所恋爱的男人结婚。还有人借着给前线战士寄寒衣的机会，把情诗写在棉衣的里子中，这棉衣就像漂流瓶一样，到达了某个士兵手里，那人到皇帝面前请求，他便得到了这位宫女做老婆。

正是因为发生过这些浪漫的故事，让苏雪林展开了她的想象。她想象着李商隐是什么时候、通过什么机缘入宫的，怎样认识了那位妃子。她想象他们见面的方式，由于许多无题诗中提到的景物，都有“板桥”“溪”“柳”“荷”，她认为他们一定是在曲江一带相见了。这位妃子是如何走出离宫，来到李商隐面前的？

（独白）无名女子：你在诗中吐露我们会面的秘密：吴王宴罢满宫醉，日暮水漂花出城。趁着满宫的人都在忙乱，我顺水把自己送了出来，送到了你的怀抱中。我说，既然出来了，那就当作下一刻就会死一样，不顾一切地相爱吧。

苏雪林认为，诗人李商隐的相貌是异常俊美的。他曾称赞自己的儿子李衮师“美秀乃无匹”，儿子有这样的容貌，多半是继承自父亲。在后世传说中，为了安慰寂寞的生活，唐代的宫嫔会由某位中间人的介绍，私下里幽会街上的清俊少年。有人专门从事这类勾当，把睡梦中的少年们送入宫廷，再把他们从梦中送回去，并且告诉他们：你看到的一切都不是真实的，你曾在梦中跟神仙相会。

假如这些都是真的，我们禁不住想象：清俊少年李商隐是用这种方式跟宫嫔约会的吗？

（独白）无名女子：我看着自己在镜中的容颜。韶华易逝……

那曾经惊动州府、上达天听的容颜，已经快要枯颓了！啊……在我未老之前见到你，可谓死而无憾了！

在这场姐弟恋中，作为姐姐的宫嫔起身之后，对镜长叹，一边思恋着不能相见的情人，一边惆怅年华易老，大概是在长久的离别中每天所做的事了。而对着月光吟诗的李商隐，也无数次地想象着姐姐所居住的宫殿，想象着她的生活。他的很多诗都被冠以“无题”的名字，“风波不信菱枝弱，月露谁教桂叶香”，这样一个娇怯敏感的女子，怎么样去承受这样的孤独，这样的被忽视和遗忘啊！“曾是寂寥金烬暗，断无消息石榴红”，他追忆别离那天的情境，宫人们随着长长的车队返宫了，他一人站在路边，只是远远地看见了她的侧影。他在漫长的、无法见面的秋冬吟着这些诗，不仅月光是寒冷的，连他的梦都一片冰凉。

然而这首《无题》，这首“相见时难别亦难”，究竟还是在那一刻写出来的。那一刻就是情人死去的时刻。

开成四年（839 年），春天从此离开了他的生命，让生命只剩下无尽的哀毁。他的情人死了，当得知这个消息的李商隐匆匆赶回京华，他所眷恋的宫娥已经化为尘土。

“蓬莱此去无多路，青鸟殷勤为探看。”

曾经那些汹涌不止的相恋与相思，无计消除、愈演愈浓的寂寥与惆怅，都随着佳人的长逝而化为往事。他边走边流泪，要送她一程，却不知道她在哪里。究竟到哪里，还能够跟她有一丝一毫的联结。他想着她一定是做神仙去了。她那样的一个人，只有海外神山配得上她去住。所以在这个连春风都哭断肠的春天，在这个让他永失所爱的春天，他的魂魄从此离开了他自己，化为一只青鸟，等候在她会经过的路上。

有人说，李商隐的“无题”诗是千古诗谜，每一句都勾魂摄魄，可是却没有人知道他写的是什么事、什么人。这首《无题》，很像是一首写给死去的恋人的哀歌，可我们不知道，他的恋人是谁，因为什么而死。苏雪林大胆的猜测未必是真实的，可她所想象的情境，却极为符合这首诗的诗意。

李商隐，的确是中国古代很懂爱情的一个男人，真正的爱情中，男人和女人是等量齐观的。正因为这种感情稀有而罕见，李商隐的无题诗才动人如斯。我们曾在女诗人的诗，或者以女子为主人公的诗中读到：“愿得一心人，白首不相离”；“何处结同心，西陵松柏下”……我们几乎不曾在其他男诗人的诗中读到这种倾心相许、死死生生的真情。

李商隐这个人，他知道真正的爱情中，痛苦多于欢乐。他知道真正的秘密只能随着两个人的生命而一同消亡，因为没有人有权评价它。他知道当爱情走入离别和死亡，才会真正地靠近永恒。他不为占有更多青春貌美而存在，他珍惜恋人的白发如同她的黑发。痴情不过李商隐，真可谓千古知心人也！

24 《赠去婢》

◎唐 · 崔郊

公子王孙逐后尘，绿珠垂泪滴罗巾。
侯门一入深如海，从此萧郎是路人。

（独白）婢女：我是被四十万钱卖进襄州刺史府的。入府那天，前一辆车装满了钗环首饰，后一辆车装满笙箫琵琶，我坐在珠光宝气中间，像是一个会呼吸、会眨眼的物件。车前车后挤满了仆婢，我听到她们羡慕地说：真豪华啊，明明是买个婢女，却像是娶个娘子。只有我知道，我再也不能被心爱的人娶进门了，我再也做不了他的娘子了。绝望忽然抓住了我。我恨自己，就算穷得一起讨饭，也好过陷在这深宅大院里，做一个任人摆布的物件。

唐朝德宗年间，一个婢女被卖进襄州刺史的府邸，我们不知道她的名字，至于她前半生的故事，和后半生的结局，也差一点就湮没在深宅大院里，从此再也无人知晓。

然而，一首诗改变了她的命运，把她从深深的侯门中救出来，与恋人再度团圆，他们得以幸运地消失在历史中，而不是作为一桩悲剧被铭记。

这首诗来自她的恋人，秀才崔郊。崔郊的生平故事也无从查考。可以说，我们差一点就不会知道这对恋人存在过。他们是小人物，却奇迹般地被一首诗打捞起来，浮出历史的海面。这一首短短的七言绝句，是他们一生的沧海遗珠，让他们的悲欢离合永远留在了《全唐诗》中。

当崔郊遇见自己的心上人时，他只是一个小书生，寄住在汉南，与姑母时常走动。在姑母家里，他不可能不注意到那个女孩子，她的美貌惊艳汉南，更不要说她还有一副好歌喉，当她沉醉地拨动琴弦，轻声歌唱时，那些只在传说中存在的美人仿佛在她身上复活了。金谷园中的绿珠，中秋月下的貂蝉，可曾有这样的轻歌曼舞，可曾有这样的明眸善睐？年轻人陷入恋情，往往就是一瞬间的事，而后，便天真地相信什么力量都不能把他们分开。

就像阮咸，这位魏晋时代的名士，年轻时也曾经对姑母家的婢女一见钟情。后来，姑母搬家离开，带走了婢女。当时，阮咸正为母亲守孝，得到消息的那一刻，什么礼法的规训、世俗的非议，都被他抛诸脑后。他借了客人的驴，连丧服都没脱，就动身去追她。两个人同乘一驴，摇摇晃晃地回到了家。恋人回到身边，阮咸才又想起了礼法，找补着说："这是为我家传宗接代的人，可不能失去啊！"

我们遇到爱的方式，往往是相似的，但错过爱的方式却可能有千百种。阮咸听说恋人离去，可以立刻跳上驴去追，然而，同样的消息传到崔郊面前，他却只能愣在原地。他的心上人被姑母卖进了一个响当当的权贵之门，襄州刺史于頔的家中。

唐朝人的笔记小说里，于頔被称为于连帅，这是对地方高级长官的尊称。这位于连帅俨然是汉南的土皇帝，借着平息叛乱的由头，大肆收买武器，招募军队，手下的人稍有差错，便被军法从事。他的骄横天下闻名，人们甚至造出了"襄样节度"这个词，专门来指代那些横行枉法的封疆大吏。

崔郊的心上人落进于頔府中，何异于落进虎口。崔郊没有虎口拔牙的勇气，但少年人的一腔热忱却让他无法认命、无法放下，日夜被无能为力的痛苦煎熬着。自己是自由之身，尚且如此，那被困在深宅大院里的心上人又该如何难过呢？从前，崔郊沉醉于她像绿珠一样的美貌和脾性，而现在，他却担忧她和绿珠一样走上绝路。

“绿珠垂泪滴罗巾”，这句诗中提到的绿珠，是晋朝富豪石崇的宠妾，她美艳动人，一曲笛音足以令人心动神驰。没有人能逃脱她的魅力，无论是爱人，还是敌人。石崇的政敌孙秀就是在绿珠的笛声中心动神驰的那一个，他倚仗权势，点名索要绿珠，石崇愤而拒绝，不久便被下狱。他明知这噩运来自谁，却只能不无遗憾地对绿珠说：“我今天为你而获罪了啊。”

绿珠泪流满面，她回答了一句同样直接却决绝无比的话：“那么，我就为你而死。”

“百年离别在高楼，一代红颜为君尽”，绿珠当着石崇的面纵身一跃，坠楼而亡。

崔郊寝食难安，他很清楚心上人的刚烈个性，也在漫长的煎熬中做出了决定。无论如何，他希望她活着，不要学绿珠，为了夭折的爱情赌上自己的生命。他写下了这首《赠去婢》，等待着寒食节的到来。那天，闺中的女子相约出外踏青，他等在府邸门口，也许能看见自己的心上人。

（独白）婢女：那是他吗？骑着马，在柳树下徘徊的那个人，他瘦得脱了相，只有眼睛里还燃烧着昔日的热情。我惊叫了一声，跑过去，抓住他的马鞍。我们紧紧抱在一起，但好像再怎么拥抱，也触碰不到对方。我们已经隔着一条波涛汹涌的银河。我努力擦干眼泪，问他："你还记得昔日的誓言吗？"他沉默了，从怀里掏出一封折好的诗笺，他说："这是我的回答。"

公子王孙逐后尘，绿珠垂泪滴罗巾。
侯门一入深如海，从此萧郎是路人。

古人常用萧郎来代指情郎，它来自秦穆公小女儿弄玉的传说。弄玉嫁给了风流多才的萧史，两人奏乐相和，引得彩凤翩翩起舞。最后，这对神仙眷侣便骑凤而去。传说如此旖旎，现实却冰冷无情。一道侯门将有情人分隔两地，它像海水一样深不可测，也像海水一样冰冷无情，我们的爱情，我们的悲欢，在它面前不过是一点微弱的声音，就算碰得头破血流，也无法撼动它分毫。所以，崔郊说，忘记吧，从此把我当成一个陌路人，在我看不见的地方好好活着。

"侯门一入深如海，从此萧郎是路人"。这两句诗看似在波澜不惊地叙述一个事实，而水面之下，却包含着巨大的反差：权力与爱情，萧郎与陌路，过往与现实，一重一重的对照形成了强大的张力。以至于你可以将它理解为不同的主旨，有人从诗中读到了诀别，有人读到了讽刺，有人读到了认命，有人读到了誓死不渝的决心。

不知道婢女的新主人，那位生性暴虐的于頔从中读到了什么，但他确实读到了什么。

有人妒忌崔郊，将《赠去婢》在宴会上宣扬开来，很快，它就传到了于頔的案头。就连身边的侍从，也无法判断于頔会怎么发落这对苦命鸳鸯，他读完诗，只说了五个字："把崔生叫来。"

（独白）婢女：我听说崔生被传进了府中。我知道事情败露了。

这一刻，我反而感受到一种解脱的快乐。我看着楼外的那棵桃树，一阵风吹过，飞花如雪，每一片花瓣都那么潇洒而自由，当年纵身一跃的绿珠，也是这样吗？也许在半空中飞落的时候，我也能获得真正的自由吧。

崔郊战战兢兢地进了于頔府，没想到，于頔见了他，一握手，说道："'侯门一入深如海，从此萧郎是路人'，就是你写的吗？四十万钱不是什么大事，你要是早些修书一封，告知于我，我早就将这位婢女归还给你了。"

接着，他命人将婢女装扮一番，另外送了她不少首饰钗环，对于两个毫无根基的年轻人来说，得到这笔资助像是发了笔小财。他们简直不敢相信，就在命运的风波差点毁灭他们的当口，竟然能轻轻一握手，归于皆大欢喜。他们做好了余生长恨的准备，却在于頔的成全下，收获了现世的美好姻缘。

但《赠去婢》却并不是爱情的胜利，它并非在讲一个不法权贵被坚贞的爱情感动，自惭形秽地从崔郊和婢女的爱情里退场的故事。恰恰相反，它是于頔主动的成全。这位节度使摧毁过很多小人物的命运，也用他雷厉风行的手腕兴农田、修水利，挽救过无数小人物的命运。面对崔郊和婢女，他深知只要自己动一动手指，他们便会遭遇灭顶之灾。但那有何必要呢？相反地，他只是松一松手指，这对年轻人却能有情人终成眷属，何乐而不为呢？横行无忌的于頔，在这一刻表现出了对命运的悲悯和洞察。崔生和婢女，是他面前的小人物，其实，如果更高的权力向他压下来，他又何尝不是小人物呢。

多年后，宪宗元和年间，大诗人白居易的一封奏表，无意中补全了事实的另一面："时议云，前件所进者，并是于頔爱妾，被普宁公主暗欲选进……"

我听说宫里新进的歌舞人，原是于頔的爱妾，却被普宁公主送进了后宫。建议皇上赐还给他，而不是出于补偿，给于頔这样的恶人擢升官位。

这时的于頔，早已失去了"襄样节度"的威权。为了显示恭顺，他为儿子求取公主，又被公主夺取爱妾，在家中忍气吞声，在朝中举步维艰。权力的天平一朝倾覆，他也成了一个需要被成全的小人物。

再回头看《赠去婢》，诗的世界和现实奇妙地相互映照起来。真实的于頔在接连贬谪后死去。然而，崔郊和婢女却在诗的世界里拥抱了幸福。漫长余生里，他们大概也会像所有情人那样赌气、争吵。但曾经这段一入侯门，失而复得的经历，是他们永不失散的保证。在权力的高压之下，仍不熄灭的爱情，像心头一抹烈火，足以令我们一生就着那火光取暖。希望他们用那笔小钱，好好地安置人生。这是另一个曾经拥有权力，却毁于权力的人，力所能及的成全和祝福吧。

25 《铜官窑瓷器题诗》（其一）

◎唐 · 佚名

君生我未生，我生君已老。
君恨我生迟，我恨君生早。

火光从窑炉里透出来，红得像傍晚时候的云霞。潭州的夏天漫长又炎热。窑炉边参差摆了上百个素坯，等着上釉，再次入窑，烧制成远销海外的瓷器。老人拿起一只壶，他觉得这只素坯拉得很完美，吩咐女儿在上面写几个字。有字的瓷器往往能卖得高价。

女孩儿嘴上应了，却没有动笔。一直到太阳落山，夜深人静，女孩儿从床上起来，擦亮灯，借着灯光，找到那只最完美的素坯。她已经想好了在上面写点什么。

（独白）女：我爱上了一个人。这份爱情灼热如同窑炉里的火，无时无刻不在炙烤着我。这份无法诉诸言语的爱情，让我拿起笔，仿佛我蘸的不是颜料，是我血管里滚烫的血，每个字都美得惊心动魄：君生我未生，我生君已老。君恨我生迟，我恨君生早。

在诗词浩瀚如星辰大海的唐朝，这首诗寂寂无闻，像春天里一朵不起眼的野花，自开自谢。没有人知道它诞生的确切年代，也没有人知道是谁写了这样一首五言追悼自己生不逢时的爱情。

它用词浅显易懂，没有修辞，没有典故，没有生僻字，直白如话，就像是有人在面前和你说起这样一件事：我爱上一个人，但他比我大很多岁。

这首小诗被写在瓷壶上。瓷壶不同于瓷枕，瓷枕常用情诗装饰，瓷壶则不然。瓷壶会摆在人人都能看见的地方，所以通常以诗言志，比如“男儿大丈夫，何用本乡居。明月家家有，黄金何处无”。但偏偏就有了这样一个例外。也许是因为总有些情思找不到出口。

那是在安史之乱之后了。

长沙窑始建于初唐，盛于中晚唐。安史之乱给偏安一隅的湖南带来了经验丰富的北方窑工。中晚唐时期，藩镇林立导致北方陆地交通不便，而长沙窑正好借助水利，得以漂洋过海，远销海外。

如果没有意外，这件写满相思的瓷器原本该和其他瓷器一样按时装船，经湘江到洞庭，然后沿长江顺流而下到扬州，再从扬州到广州，在广州换船南下，经马六甲海峡，去到东南亚，或者更远的阿拉伯。

那些陌生的国家，有着完全不一样的文化，没有人认识汉字，也就永远没有人知道有人在深夜里，在窑炉透出来微弱的火光中，在蒸笼一样闷热的湘江之畔写下这些字的时候是什么样的心情。

“他出生的时候我还没有出生，我出生的时候他已经老了；他恨我出生太迟，我恨他出生太早。我们相遇，没有在彼此最合适的时间。”

千回百折，字里行间流转的恨意都是在说爱：我知道他爱我，就像我爱他；我知道我们没有办法在一起，就好像我知道太阳从东边出来，从西边落下去，泥土进入窑炉，会变成坚固的瓷器。

瓷器摔在地上，会发出清脆的声音，然后粉碎。

就像我们的爱情，如果说出口，就会粉碎。

（独白）女：我所处的王朝，有很多勇敢的女孩子，红拂女会在半夜叩响李靖的门，说丝萝非独生，愿托乔木；步非烟与美少年私通，被拷打至死，仍大声说出来：生得相亲，死亦何恨！我没有她们勇敢，我只能恨。

我的恨意都写在素坯上。素坯晾了几天，挂上釉彩。釉彩遮住了字，我心里稍感安慰。它即将和别的瓷壶一起被推进窑炉，等着红色的火舌卷上来，一点一点舔过深灰色的釉彩，釉彩变为透明。

然后它会大白于天下，就像我和他的情愫。从此以后，只要有人见到它，只要有人好奇多看它一眼，只要有人把这二十个字念出来，便是有人在见证我与他这段不能见天日的爱情。

人的幸运也许是在对的时候碰上对的人。

民国才女张爱玲写过一个短篇，题目叫《爱》。那故事里说：于千万人之中遇见你所遇见的人，于千万年之中，时间的无涯的荒野里，没有早一步，也没有晚一步，刚巧遇上了，那也没有别的话可说，惟有轻轻地问一声："哦，你也在这里吗？"

但不是人人都有这样的运气，哪怕是张爱玲自己。

《爱》这个小故事是张爱玲从胡兰成那里听来的。胡兰成大张爱玲十四岁，相遇时已经有妻有子，却还是热烈地追求张爱玲。纠缠几年，两人约定手写婚书，胡兰成写道："愿使岁月静好，现世安稳"。

不知道他在写下这十个字的时候，有没有想起他的妻子。

但千年前被写在瓷壶上的这首小诗里的男主人公却是个真正的君子。虽然我们无从知道他和爱人之间相差了多少年岁，但是我们都知道，在古代，很多男人在择偶的时候并不需要考虑自己的年龄，以及婚否。

传说有北宋词人在八十岁的时候迎娶十八岁的小妾，有诗调侃说“一树梨花压海棠”。

但是这个男主人公没有。

诗里女子反复嗟叹，我恨他出生太早，没能赶上他青春正好，见证他曾经有过的青涩与美好；他恨我出生太迟，不能够长长久久陪伴我，从青丝到白发，从年少到沧桑。

这个语意已经很明显，男人拒绝了这个女子，无论他们爱得多么热烈，热烈如同窑炉里的火，足够将素坯烧成瓷器。

也许是因为这个男人足够成熟，他不忍心爱的女子因为他失去正常的人生。因为与众不同的人生，注定艰难和磋磨。

他已经步入人生的后半段，而他爱的人还年轻。

他不想他死去之后，他的爱人一个人孤零零在这个世界上，独自走完剩下的旅程。

有人说，喜欢就会放肆，但爱就是克制。爱比喜欢更进一步，它不仅仅是炽热的情愫，还有责任。我爱你，我会希望你过得好，而不仅仅为了满足我一己之私，陷你于不利的处境。

《唐传奇》里的名篇《柳毅传书》就说了一个类似的故事。那也是发生在湘江边上的传奇。书生柳毅为洞庭龙女传送家书，救龙女于水火，龙君要将龙女许配给柳毅，柳毅明明很喜欢龙女，但还是拒绝了这桩婚事。

他爱的女子，他愿她找到一个真心喜欢的人。

多少故事里都有“小女子无以为报，愿以身相许”，就好像历史上多少“一树梨花压海棠”，但是柳毅拒绝了，就好像这首小诗里的男主人公，拒绝远比接受艰难，也远比接受来得深情。

当然，人们喜闻乐见的是柳毅离开龙宫之后，辗转仍娶了一个神似龙女的女子，在他们的孩子满月那天，妻子盛装，含笑问柳毅："郎君还记得我们以前的事吗？"是的，龙女没有放弃。

（独白）女：我也不想放弃，我也想要洞庭龙女的勇气，天涯海角，海角天涯，认定一个人。

哪怕人神殊途。熊熊烈火烧了整整七天七夜，终于熄灭。瓷器出炉，余温尤在，如无意外，再过几天，这炉瓷器就要漂洋过海，去到远方。

如无意外，再过几天，就会有官媒上门提亲，我也许再没有与他见面的机会。我必须去见他最后一面，带着这只瓷壶，给他看壶上的字，最后一次。他伸手摩挲，一个字一个字，瓷釉光润如玉。他说他不是柳毅，他让我忘了他。

他说我们都是凡夫俗子，肉体凡胎，他说我迟早会忘了他，因为人的一生这样长。我说我不会。他笑着说不要紧，你总会长大。

长沙铜官窑发掘于 1956 年，载有这首小诗的瓷壶出土于 1974 年。时光在它身上打下温润的印记，它并不知道千年已经过去，而第一个读到它的人，心里该转过多少惊涛骇浪，温柔缱绻。

一个埋藏千年的爱情故事。

没有人知道故事的后半段，是有情人终成眷属，还是擦肩而过，彼此成全。你成全我对你的心意，我成全你一生平安喜乐，都已经不得而知。

我们所知道的，只是这件本该漂洋过海去到异国他乡的瓷壶最终没能成行，它残缺了，它被就地掩埋，等候千年之后的惊艳。

（独白）女：我举起瓷壶，恶狠狠往石头上砸去。没有碎，但是残缺了。它从此永远残缺，就像我的人生。它被埋在地下，和所有残次品一起。我不知道会不会有一天它会重见天日，我只知道，只要它留在故土，就有机会被人认出这些字，会有人一个字一个字念出来，那就是我千年不散的怨恨。

后来有人说“湘女多情”，有人写“郴江幸自绕郴山，为谁流下潇湘去”，就是《红楼梦》里，也非得给林妹妹排个雅号叫“潇湘妃子”。

湘山湘水，孕育出这样的女子，她们的眼泪不是掉进江水里，被滔滔流水卷走，而是落在山间翠竹上，凝结成斑斑血泪；落进火焰里，熔铸出光洁如玉的瓷器，让千年之后的人们，仍然能够品尝到其中的热烈。

湘江沉默，见证千年前生不逢时的爱情，也见证千年之后，人们有更长的青春可以相爱，更长的岁月可以厮守。只要相遇，哪怕不是一生一世，能同行一段，也是人生幸事。

26 《金缕衣》

◎唐 · 杜秋娘

劝君莫惜金缕衣，
劝君惜取少年时。
花开堪折直须折，
莫待无花空折枝。

（独白）杜秋娘：云雀在窗外叫个不止，春光惨淡。我被囚禁在掖庭已经有不短的时间。这天来了个宫女，说要带我去见天子，我很害怕。我不知道天子会怎样处置我。但我还是央求宫女给我一支眉笔，好歹让我画上一点颜色稍稍修饰容貌。宫女嘲笑我，说我年华已过，却还痴心妄想，“淡扫蛾眉朝至尊”。

这是发生在公元 808 年唐朝宫廷里一个不起眼的插曲。

此时距离安史之乱已经过去半个世纪，皇皇大唐像一驾笨拙的马车，跌跌撞撞，几次到悬崖边，又几次以毫厘之差避免了车毁人亡。但是无论驾车的马还是车上的人，都在一轮一轮歧路中眼睁睁看着国势下行。

所有人都知道回不去了，回不去贞观清政，回不去天宝风流，似乎所有传奇都终止于半个世纪前那场惊世骇俗的盛宠。

而后来的人甚至已经开始怀疑，那个富足美好的时代并不是真的存在过。

比如杜秋娘。

杜秋娘是金陵城的歌女。

晚唐诗人杜牧在诗里写："京江水清滑，生女白如脂。其间杜秋者，不劳朱粉施。"说的就是杜秋娘。

美貌歌女在烟花之地蹉跎岁月,在年老色衰之前找个男人嫁了，像白居易笔下的琵琶女，虽然"商人重利轻别离"，但在当时人看来，也不失为一种归宿。

杜秋娘就没有这样的幸运。

杜秋娘十五岁那年被年过半百的浙江节度使李锜看中，收为侍妾。十五岁，现代十五岁的女孩子在做什么？担心中考？盼望暑假？在阳光充沛的校园里憧憬明天？有无数种可能，无数个梦想，但绝对没有一种，是去服侍一个年过半百的老头，哪怕他权势熏天。

但在那个年代，杜秋娘没有选择。我们也无从揣测那个十五岁的女孩儿在节度使的后宅里过的是什么日子。多少年后，《红楼梦》里提到平儿，可怜她红颜薄命，活在"贾琏之俗，凤姐之威"的夹缝里。

那时候女子的命运大抵如此。

而这样的日子，杜秋娘过了十几年。

任何一种生活过上十几年，生活的栅栏都会深深嵌进肌肤里，成为生活本身，无法挣脱。大多数人都会认命。也许杜秋娘也已经认命了，但是命运偏偏在这时候来了个一百八十度大拐弯，不容她认命。

因为，认命就是死路一条。

李锜是个节度使，但他不仅是节度使，还是宗室。李锜是唐高祖李渊祖父李虎的八世孙，是唐宪宗的曾祖辈。他一度很得唐德宗的宠信，先后担任润州刺史、浙西观察使、盐铁转运使，垄断天下漕运。

野心是一步一步膨胀的，到终于再抑制不住，就开始招兵买马，企图造反。

年轻的皇帝唐宪宗及时发觉了李锜的造反动向，于公元806年挫败了他的阴谋。次年，李锜父子被送入京师，腰斩。

李锜死了，杜秋娘还活着，杜秋娘和李锜的其他侍妾一起，被关押在掖庭等候发落。没有人知道结果是什么，是死亡、囚禁，还是为人婢仆。种种可怕的猜想，伴随着粗糙的饮食，一天一天过去。

没有什么比等候更难熬。

杜秋娘在终日忐忑中，在认命与不认命的纠结和徘徊中，终于等到了皇帝的召见。

但也许没有什么比尘埃落定的前一刻更可怕。

杜秋娘觉得自己像龙门前的一尾鱼，奋力一跃，她无法预知结果是搁浅死亡还是化身为龙，但是她确实尽力了。

（独白）杜秋娘：我不敢抬头。目之所及，是金丝线绣的衣袍下摆。我听见年轻男子的声音，他问我会不会唱歌。他让我给他唱一曲。我知道这是我的机会，也许是唯一的机会。

虽然年过三十，在大多数人眼里，我已经老了。我就该服输，就该认命，我之后的命运就像千疮百孔的大唐，在往下走。这条路就像是竹子，一节一节，它的根深扎在暗不见天日的地底下。

但是我不甘心。我还没有爱过，我怎么甘心就此老去？

我抬起头，看见年轻的天子英姿勃发，我看到他衣上的金丝绣，像最美好的青春年华。我想我应该唱《金缕衣》。

劝君莫惜金缕衣，劝君惜取少年时。
花开堪折直须折，莫待无花空折枝。

这首七言乐府诗只有短短二十八个字，它反反复复地吟唱，不要珍惜华贵的金缕衣，要爱惜眼下的青春年少，就好像花开的时候，要及时将它折下来，不要等花谢了，只剩下光秃秃的花枝。

这是唐宪宗李纯登基的第三年。藩镇割据、党派林立的大唐占去了李纯绝大部分的时间和精力。他野心勃勃，励精图治，他想像他的先祖唐太宗一样，再创一个海晏河清的天下。他在朝着这个目标努力，虽然所有人都和他说很难。

他听出了这个女子歌声里的情挑。

这对于年轻的君王，既新鲜又有趣。这个女子已经不年轻了，早已不是十五六岁的女孩，但是她的眼睛没有老。女子在命运面前的不甘心，不认输，不服气，年轻得就像春日清晨花瓣上的露珠，闪闪发光。

过往不公平的命运没有打败杜秋娘，她站在这个王朝最尊贵的人面前放声歌唱，她说现在就是她最好的时光，陛下你一定要珍惜啊，趁着花还在枝头，尽情欣赏，不要等时间过去，空留遗憾。她说虽然你穿着昂贵的金缕衣，但是我比金缕衣更美，我的青春年华比金缕衣更有价值。

在这个暮色深重的时代，李纯不记得自己什么时候听过这样大胆热烈的告白，就好像他不记得自己有多少年没有见过这样的生机了，他留意到杜秋娘甚至画了眉，在被囚禁大半年之后。

这样的生机，像旭日初升，春草才绿，像李纯自父亲、祖父口中听过无数次的盛唐。他们说盛唐年间，没有人会觉得自己衰老；李纯甚至想起了开元天子写过的词，那词里说："彼此当年少，莫负好时光"。

眼下就是最好的时光。

握在手里的这一分这一秒，就是最好的时光。

唐宪宗李纯被杜秋娘的歌声打动，他将杜秋娘留在身边，荣宠有加。

唐宪宗死在公元 820 年的早春，春草离离，尚未来得及绿遍大江两岸。唐宪宗在位期间重用贤良，改革弊政，削平藩镇，史称"元和中兴"。在他的努力下，伤痕累累的大唐依稀可见旧日荣光。

杜秋娘没有孩子。唐宪宗死前，安排杜秋娘做皇孙的傅母，也就是乳母。在唐朝，傅母拥有很高的地位，对于她抚育的孩子来说，是个等同于生母的存在。也许唐宪宗是希望杜秋娘的后半生能够富贵无忧。

但是唐宪宗之后，短短十年不到，唐朝换了三任君主。

唐宪宗的继任者们并没有像他期待的那样将他的治国成果发扬光大，曾经雄姿英发的帝国又走回到了步履艰难的老路上。杜秋娘也在这一轮一轮的政治变动中经历着之后的命运。

她曾经得宠，但是她的君王死去；她曾经抚育皇子，但是皇子遭遇变故。杜秋娘最终离开宫廷，隐居润州。

又过了很多年，诗人杜牧经过润州，拜访了这位荣宠一时的昔日歌女。杜牧再无法从这个苍老的女人身上，看到她曾经有过的青春美貌。她已经老了，所有人都知道她老了，她的生命即将走到尽头。

就好像所有人都知道大唐帝国日落西山，曾经的中兴如回光返照，之后又是漫漫长夜，他们梦想中的大唐，盛唐诗歌里的大唐，就像这位歌女的生命一样，会慢慢沉到地平线以下。从此之后，只存在于记忆里，传说里，诗歌里。

诗人杜牧撰写了长诗《杜秋娘》，在百年之后，千年之后，人们仍然传唱它，就好像传唱盛唐时光里那许多传奇佳人。

（独白）杜秋娘：我没有在我青春正好的时候遇见我的如意郎君，但是我在他身边的每一天，都是花在枝头，年少风流。

我知道不是每个人都有运气遇见盛唐，但是只要我的声音不老，我的眼睛仍然年轻，我就还有勇气再唱一曲《金缕歌》。在那首歌里，我永远年少，我的青春与爱情，比君王的金缕衣更为珍贵。

斗转星移，一切过往，皆为序章。

对于现代女性来说，三十岁风华正茂，四十岁风华正茂，五十岁风华正茂……我们活着的每一天，都是风华正茂。

爱情可以在任何一个时刻降临。爱情在任何一个时刻降临，都是最美好的样子，花在枝头，人在青春。

五代

Five Dynasties

一种相思

27 《长相思·云一涡》

◎南唐·李煜

云一涡，玉一梭，淡淡衫儿薄薄罗。轻颦双黛螺。
秋风多，雨相和，帘外芭蕉三两棵。夜长人奈何。

（独白）小周后：这是我进宫的第三个秋天，今年秋天雨水好像格外多，一叶叶，一声声，打在芭蕉上，显得一夜格外长。国主说：再长的秋天也会结束，秋天过了，我们就大婚，让我像姐姐一样成为他的国后。他抚摸我的眉头，笑着说：那时候，这么好看的眉毛就不会这样皱着了。

南唐后主李煜的一生中，有两位国后，她们是亲生姐妹，彼此却完全不同。

上一任国后娥皇的妹妹女英将要成为新的国后。宫女们用前所未有的目光偷偷打量这个十八岁的少女。她几乎不着任何装饰，只用一根玉簪绾起头发。即便在册封皇后的典礼上，她面带微笑，仔细看，眉目间仍然像是被某一丝哀愁牵绊着，她有心事。没人能看得透她的心事，但她们终于看出来，国主那首《长相思》是写给了谁。

云一涡，玉一梭，淡淡衫儿薄薄罗。轻颦双黛螺。
秋风多，雨相和，帘外芭蕉三两棵。夜长人奈何。

诗中的女子太简单了，她站在窗前，好像一幅白描的画，只有云一样的发髻，被玉簪挽着。你明明已经距离她很近了，近到能够看清她眉头微微皱起，但你无法问她，你在烦恼什么呢？只能跟着她，把目光同样投向窗外，那里是秋风秋雨，数棵芭蕉，也同样简单无比。

（独白）小周后：我不叫女英。从小，亲戚们拉着我的手，他们说：你姐姐叫娥皇，那你一定叫女英了。每当这时，姐姐总会骄傲地一笑。我爱姐姐，但我恨那笑容。那笑容轻而易举把我变成了一个附属。所以我从来不穿姐姐喜欢的华丽衣裙，姐姐明艳，我清淡，姐姐热闹，我就安静。后来，姐姐察觉了，她又是那样骄傲地一笑，说：放心吧，至少我们不会嫁给同一个人。我嫁的那个人，是国主。可谁能想到，我最终爱上的也是他呢？

女英从来不想入宫，但她不知道，她第一次入宫，就是为了迎接姐姐的死亡。

她曾经听人说起过姐姐一手打造出来的长春殿。那里一年到头铺着红锦地毯，宴会经常通宵达旦。黎明前后，人也疲倦了，酒也冷了，香也烧残了。那时，娥皇会从座位上站起来，命令宫女拿来她最心爱的烧槽琵琶，走下台阶，坐到乐人的队伍里去，忽然间，琵琶声就像凤凰的鸣叫一样，照亮了整个长春殿。舞者们欢呼着，再次旋转起来，衣裙抖开，红锦地毯上开出一朵又一朵牡丹。

但是，女英没有机会目睹这一切。南唐宫的热闹一去不复返，国后周娥皇重病不起，将不久于人世。娥皇的家人没有进宫探望，却送来了她十八岁的小妹妹。名义上，女英是来照顾姐姐的。但在大部分人看来，事情没那么简单，流言在大周后的病榻前沸沸扬扬。

（独白）小周后：进宫好几天了，我终于见到了姐姐。但我几乎认不出她了。印象中的姐姐永远梳着高高的发髻，但现在，一头黑发散在枕头上，衬得她的脸苍白无助。她抓住我，问："母亲呢？"我迟疑地摇了摇头，她先是不可置信，然后眼神黯淡下去，过了很久，姐姐低声问："那，你进宫很久了吗？你来干什么？"

娥皇、女英，这两个名字几乎注定了她们一生的命运。在古老的传说里，舜的两位皇后，也叫这两个名字，也是姐妹，后来舜死在洞庭湖，娥皇女英泪洒湘妃竹，最后双双投水殉情。她们嫁给同一个男人，也因同一个男人而死。现在，女英成了姐姐的替代品，被送进宫来，要取代她的位置。

理想的爱情是两个人之间的，但李煜和女英的爱情，却不得不从她的姐姐娥皇开始说。

娥皇在十八岁那年嫁给了李煜，二十九岁去世，被称为大周后。她的妹妹女英，在她去世那年入宫，先是和太后钟氏住在一起，接受宫廷的教养，钟太后去世后，女英继续留在宫中守孝。并在守孝结束后被扶上国后的位置，史称小周后。与大小周后相伴而生的，是一些香艳的，甚至违背伦理的传奇故事。

有人说，在大周后重病的那几个月，李煜和小周后就已经暗度陈仓，彼此留情了。碍于大周后还躺在病床上，他们只能偷偷相会，那首著名的《菩萨蛮》就是某一次幽会的纪念。

花明月黯笼轻雾，今宵好向郎边去。
刬袜步香阶，手提金缕鞋。
画堂南畔见，一向偎人颤。
奴为出来难，教君恣意怜。

在一个花影摇曳、月色黯淡的夜晚，小周后想要溜出去见李煜，却怕脚步声惊动了宫人，她干脆把鞋子脱下来拿在手里，只穿袜子，飞快地跑上台阶去见心爱的人。我们很少在古典文学中看到这样私密、灵动的少女形象，更不要说它出自一个君王的笔下。让这首《菩萨蛮》成了无人不知的名篇，让人忍不住想要窥视当年的真相，究竟是怎样？

女英被正式册立为皇后前，曾经在宫里生活了两三年，期间，还经历了钟太后的丧事。一来，身份尚未分明；二来，守孝的礼法限制，她和李煜自然不能随心所欲地相会。《南唐书》中写小周后的性格，用了“警慧有才思”这五个字，警是敏锐，慧是懂事，可以想象，在无名无分，宫中等待的岁月里，这个敏感少女正在慢慢变成一个不自由的大人。在皇家，谁都不可能自由。

（独白）小周后：我最终像姐姐一样，当上了皇后。我接受了女英这个名字，同时接受了我不再有自己的人生。国主说，他年轻时登上采石矶，眺望长江，非常羡慕江上的渔人，渔人只有一叶小舟，却能在万顷波中随意来去，自由自在。而他贵为皇子，这一生却与自由无缘。现在，我也是一样。

《长相思》这首词，在李煜的作品中是非常特别的。因为它太内敛，太含蓄。

王国维说，李煜赤子之心，有话都是直说。做皇帝的时候写的词，简直要极尽世间的欢乐——“归时休放烛花红，待踏马蹄清夜月”，宴会都散了，他还余兴不尽，要自己骑马兜风，一路踏过清澈的月光；做囚徒时候写的词，则是极尽世间的悲苦——“小楼昨夜又东风，故国不堪回首月明中”，同样的一轮明月，同样的千里东风，在这时的他看来都成了伤心之物。快乐比别人都快乐，悲伤比别人更悲伤。

但这首《长相思》，却完全不是这样。因为诗中的女子太简单了，却太不容易懂了。

（独白）小周后：我从没想到他会写我，回过神来，我的眼泪已经落在了纸上。他笔下的那些女子，她们梳着高高的发髻，簪着芍药花，每一个都是我姐姐娥皇的倒影。我以为他只会写这样的女人，也只会爱这样的女人。而我，连胜任一个倒影尚且不够格。

我忽然涌出一个大胆的想法，是不是我也能拥有独一无二的爱情？就像他能写出这首独一无二的小词一样。也许我们不能共有欢乐，却能共有哀愁，在不自由中相互陪伴，直到白头。这或许也是一种爱。

小周后女英延续着姐姐的专宠，她和李煜的婚礼排场惊人，以至于朝臣专门上了奏折来劝谏，李煜也只是一笑置之。每到春天，宫女们在一座小亭子里布置上许多竹筒，竹筒中注水，插满花枝，让亭子看起来就像锦绣洞天一样。李煜和女英在亭中赏花、饮酒，一待就是一天，没有人知道他们谈了什么，因为这座亭子，只能容两个人对坐。

人们始终觉得，李煜和女英的爱情，是基于这种不为人知的相互理解。古代所谓优秀的皇帝，就是最习惯放弃人格换取权力的一群人。而李煜显然不是一个合格的皇帝，就像女英从未想过做个好皇后一样，他们只是共同陷入了权力的摆布中。权力让他们结成婚姻，而共同的“不自由”让他们的心慢慢走到一起。

对于李煜来说，这样的“不自由”，他已经承受过一次。当他和女英一样年轻的时候，他也试图不做国主李煜，而是做一个钟山上的读书人。为此，他逃到寺庙里去隐居，他一次又一次对他野心勃勃的大哥表示臣服。但命运弄人，他最终还是被推上皇位。从此，他再也不能说：我想做个读书人。他只能鼓起勇气，试着将这个穷途末路的国家再度点燃。

一个无可奈何的国主，和一个无可奈何的国后。

在女英身上，他看到他自己。

所以《长相思》的那个夜晚，只是一个平常的秋夜，李煜只是不经意地望向这个女孩的背影，却能把她看得那么透。

“秋风多，雨相和，淡淡衫儿薄薄罗”，有一种从皮肤上透出来的寒冷。

“轻颦双黛螺，夜长人奈何”，有一种在时间中消磨不尽的无奈。

他用最家常的、最平淡如话的笔调来写她，把她写得淡淡的，几乎融进夜色里。他不用去煞费苦心，挑选辞藻，因为这一刻他和她是一体的，在这漫漫长夜，在这深宫里，共享着同样的寒冷与无奈。

28 《相见欢 · 无言独上西楼》

◎南唐 · 李煜

林花谢了春红，太匆匆，无奈朝来寒雨晚来风。胭脂泪，相留醉，几时重？自是人生长恨水长东。

无言独上西楼，月如钩。寂寞梧桐深院锁清秋。剪不断，理还乱，是离愁，别是一般滋味在心头。

曾经，南唐后主李煜觉得，离别只是离别而已。

所有的离别，都像是酒宴歌席之后的曲终人散，欢乐之后，略感疲倦，接踵而来的，还有明日的欢会。然而，他不知道，命中注定，他将尝尽离别凄楚的滋味。

离别爱人，离别国家，生离接踵着死别。这些巨大的惆怅和痛苦，将成全他的词，让他写下那些让人肝肠寸断、让人永生不忘的词句。

但年轻的时候，他是一个无忧天子，只流连于风花雪月，时光在他的生命中，显得太柔软了。那时，他刚刚登上皇位不久，有赖于他的父亲和祖父的经营，江南快三十年没有战争了。科举早已恢复，中原文士举家迁入，艺术也在慢慢地苏醒。秦淮河畔，丝竹声直到破晓才停息，令人有一种身处大唐盛世的错觉。

李煜是一国之君，却不是这片艺术世界中唯一的君主。他的国后周娥皇，和他一样才华横溢。更重要的是，他们在审美趣味上如出一辙，都喜欢春天，喜欢永不散场的宴会，喜欢盛开到极致的美。

娥皇和李后主，与其说是夫妻，是君臣，不如说，他们是艺术世界中的一对双生子。

（独白）周娥皇：国主，这《霓裳羽衣曲》的结尾，要怎么改呢？待诏们和我争个不停，他们说，“霓裳羽衣”这样盛大的曲子，结尾要缓缓而终，就像一场盛大的宴会慢慢退场一样。可你知道，我最怕看曲终人散，更别说写了。这些旋律在我心里徘徊了好久，像一团乱麻一样，剪也剪不断，理也理不清。唉，我不擅长写离别。

周后是已故司徒周宗的长女，小名娥皇。十九岁的时候，她便嫁给了比她小一岁的李煜。她有一个举世公认的绝技：琵琶。李煜的父亲，中主李璟，就是那位以“小楼吹彻玉笙寒”的句子而闻名后世的另一位绝代词人，曾经极为欣赏儿妇的技艺，把一具“烧槽琵琶”特赐给她。这具宝器可以媲美蔡邕的“焦尾琴”，周后用它创制了很多新曲。其中最重要的成就，就是根据残谱，重现了象征着开元盛世的太平法曲《霓裳羽衣曲》。

南唐宫常年举办着大大小小的宴会，有一年冬天，下了大雪，为了欢迎某位宾客，周后特地在景阳楼前，传召宫娥，当筵起舞。这样的情形落在她的丈夫李煜眼中，自然可以成就一首绝世好词。

（独白）周娥皇："晚妆初了明肌雪，春殿嫔娥鱼贯列。笙箫吹断水云间，重按霓裳歌遍彻。"国主在楼前写了半阕词，便逃席而去了。《霓裳羽衣曲》他看过多遍，每次都看不到结尾。那些清词丽句把国主缠住了，让他沉醉其中。照我看，国主词的上阕，多半是铺陈写实，下阕却要发些警人耳目、出人意料的感慨。读罢了上阕，只觉得齿颊留香、余音袅袅，迫不及待地去读下阕，却让人惝恍迷离，不知身处何处了！却不知这首《玉楼春》，又当如何收稍呢？

从清词丽句，到轻歌曼舞，娥皇和李煜，是同一个世界中的人。富有这样的才华，又是一个国家的王和后，闺房之乐，自然与别人不同。他们的逸乐也充满了创造力。多年来，娥皇和李煜一直在搜寻《霓裳羽衣曲》的残谱，他们像当年的明皇和杨贵妃一样，亲自演奏，补写已经丢失的篇章，花了不知多少心血，终于将这首盛世之音再次带回到人世间。传说中，唐明皇梦游月宫，回来后，和杨贵妃一起排演了这场仙乐。它像开元盛世的一场梦，随着安史之乱的战火被付之一炬。

就在《霓裳羽衣曲》再度上演的那天，聪明人听出了弦外之音。

据说，南唐的一位大臣徐铉听完之后，私下和乐师曹生讨论："我听说，大曲的结尾，莫不是缓缓而终。而《霓裳羽衣曲》的收稍却反而急促，这是怎么回事呢？”

曹生，这位琵琶名手，同时也是宫廷的首席乐师。他沉吟了一下，还是说了实话。“恐怕，不是吉兆。”

像一个隐喻，曹生的担心不久就应验了。乾德二年（964年），宫中突然传来大周后娥皇重病不起的消息。

那时，她只有二十九岁。

（独白）周娥皇：国主，我已经足够幸运，此生能把自己托付于你。十多年间，你用你的词句，写尽了你我之间的缠绵。遇到了你，像遇到世界上的另一个我。我要怎么抛下自己，孤零零去另一个世界呢？记得我说过吗？离别对我来说太难了，我走了以后，秋风乍起，冷雨敲窗，你又怎么样一个人度过长夜？

三天后，周娥皇支撑着身子沐浴更衣，亲自把陪葬的玉蝉放在嘴里，去世了。她在后主的生命中打开了一个沉重的话题，那就是离别。

“无言独上西楼，月如钩。寂寞梧桐深院锁清秋。”

虽然没有秋风秋雨，可寂寞的长夜倍增凄楚。多年之后，当他彻底看淡了这段往事，不再长夜难眠时，他曾经用不乏怅惘，浸透了往日甜蜜的口气写道：高楼谁与上，长记秋晴望。跟周娥皇相连的记忆总是跟秋天有关。此刻，西楼上只见一弯明月，向下照着一树梧桐，秋天被锁在这个庭院里。

“剪不断，理还乱，是离愁，别有一番滋味在心头。”

在这个庭院里，我们没有别的选择，只能和离愁面面相觑。这是他今生第一次独自面对离别，而且是这般无可挽回、无法追悔、无法释怀。她不会再回来了。时间仿佛被一把锋利的匕首切成了两半，前一半是跟你在一起的日子，说不完的旖旎畅快，浓情岁月，后一半则冰凉透骨。后主说，剪不断，理还乱，他是永远无法忘记娥皇了，他们之间的往事历历，他不想再追忆，却身不由己，有些事只有他们两人知道，一个人走了，事情也就渐渐消散了。就像他曾经把一枚翡翠扔到柜子的夹板后，再也没有人看见过那一粒翡翠，只有他知道，他知道它将永远在那里。这种无法对人说明的小情绪，别有一番滋味在心头。当你失去一个重要的人，离愁就成了你人生的一部分，在每一个“无言独上西楼”的时刻浮现。

南唐三代，一直崇信佛法，后主和周娥皇也是忠实的佛教信徒。在他们的儿子仲宣不幸夭折时，后主写过诗，求告佛祖的帮助，他说：“空王应念我，穷子正迷家。”

佛家认为一切皆空，那么，佛就是空王。佛祖啊，你应当怜悯我，我现在像一个小孩子，找不到回家的路。

爱人已经不知去往何处，落花满地，一切皆空，我没有地方可以问、可以求告，我只能满怀着巨大的悲痛，一直站在东风中，是与东风对峙，也是与命运对峙。

到了《相见欢》，他已经不再去追问东风，表面上看，这种悲痛被柔化了，却更长久，更坚定了。《相见欢》，单单点出了一轮亘古不变的弯月，它平平无奇，每一个夜晚都如常地爬上天空，如果不去留心，甚至没有什么存在感，但它一直在，正如同离愁经年累月，一直在。

在《相见欢》这首词中，我们可以找到一个人抵御离别的武器：我可以一直把你留在我的生命里，我用的方式是永不忘记。

宋

Song Dynasty

此生一诺

情詩

29 《蝶恋花·伫倚危楼风细细》

◎宋·柳永

伫倚危楼风细细，望极春愁，黯黯生天际。草色烟光残照里，无言谁会凭阑意。

拟把疏狂图一醉，对酒当歌，强乐还无味。衣带渐宽终不悔，为伊消得人憔悴。

（独白）谢玉英：柳郎啊，众人都说这首词是你为我而作的，我何尝不知呢？你我曾日夜相依，情同夫妻，你和那些看不起歌伎的男子，自是不同的，你始终尊重我等姐妹，把我们当知己，为我们作词，听我们吟唱，我爱慕你的才华，更爱慕你的人品。只可惜，命运弄人，你我相爱却无法相守，但我愿意为你闭门谢客，等你回来……

那一年，北宋著名词人柳永，途经江州，遇上才色第一的名伎谢玉英。

谢玉英最爱唱柳永的词，更专门用蝇头小楷抄录《柳七新词》藏于书房之中，两人才情相配，一见倾心，纵然柳永从来都以青楼为家，在不同的歌伎中辗转缠绵，但遇见谢玉英后，惊觉遇到知心人，从此情投意合如同夫妻一般。

奈何，柳永要为仕途努力，只能暂别爱人，只身离开。临走前，他承诺：“赴任不便，若果有此心，俟任满回日，同到长安。”谢玉英当即立下誓言："从今为始，即当杜门绝客以待。"

《蝶恋花》，是用来表达"男女相思"的词调，柳永在这首词里借景抒情，表达对远方恋人的思念，其中，"衣带渐宽终不悔，为伊消得人憔悴"更成为传颂千古的名句。

柳永，原名柳三变，排行老七，又被称为柳七。

他从小饱读诗书，满腹经纶，十岁时就写下流传极广的《劝学文》："学，则庶人之子为公卿；不学，则公卿之子为庶人"，大意为：勤奋读书，老百姓也可以成为王侯将相；不读书，王公贵族最终也会沦为平民百姓。

家族自然对他寄予厚望。谁曾想，命运弄人，柳三变仕途坎坷，后来更流连于青楼，一身才华倾注于为歌伎们填词，自称"奉旨填词柳三变"。

仕途不顺，思念的爱人在远方，柳三变的笔触自然带着愁苦。“伫倚危楼风细细，望极春愁，黯黯生天际。草色烟光残照里，无言谁会凭阑意。”明明是登高远望，春色正好，可作者形单影只，满腹愁绪，以至于看到的春景都自带萧瑟。烟光，残照，一声“黯”，一个“残”，道出他凄楚又悲凉的心情，更无奈的是，没人能理解他落寞凭倚栏杆的心情。

或许别人不知，谢玉英肯定是理解的。

（独白）谢玉英：我的爱人啊，你为了仕途与我分离，我们一日不见如隔三秋，这离别的愁苦真的令人肝肠寸断！幸好，我总能听见姐妹们唱你的词曲。姐妹们都说，“不愿君王召，愿得柳七叫；不愿千黄金，愿得柳七心；不愿神仙见，愿识柳七面”。能得这样的你青睐，我真的万分感激。我知道，你是真性情的好男儿，你写了那么多词，大多为别人眼中轻贱的女子而作，你把我们比作梅花、芙蓉、海棠，为我们求怜惜与疼爱，愿意俯身看我们的内心伤痕，这样的你，当然能得到我的真情与崇拜。

柳三变有才情，更有名气。所作曲词风传天下，号称“杨柳岸边，凡有井水处，即能歌柳词”。歌伎但凡作了新曲，都抢着去请他填词，只要是他填的词，一旦吟唱起来，连赏金都能多得十倍，大家自然对他趋之若鹜。

遗憾的是，获得天下女子的芳心，却不得皇上的看重。他在《西江月》中写道：“纵教匹绢字难偿，不屑与人称量，我不求人富贵，人须求我文章。”结果，惹得当朝丞相嫉恨，上奏弹劾，宋仁宗一句“汝自取浅斟低唱，要功名何用”，大笔一挥让他“且去填词”，便彻底断送了他的功名。

柳三变也想在仕途上有所作为，他的祖父以儒学名世，父亲为国子博士，两位哥哥都是进士及第，到他这儿，却屡考屡败，更被当今圣上赶去填词，打击可见一斑。

仕途不顺，柳三变干脆混迹于勾栏瓦肆之间，流连于红香绿玉之中，本来还能与谢玉英喝酒吟词，在她的温软怀中寻求安慰，可如今佳人不再，焦灼之心实在难熬。

“拟把疏狂图一醉，对酒当歌，强乐还无味。”

罢了，还是醉酒当歌痛快醉一回吧，醉了就不会难受了吧？奈何抽刀断水水更流，借酒消愁愁更愁。推杯换盏之间，强颜欢笑之后，终究还是自欺欺人，心情更加低落。

（独白）谢玉英：才子佳人蜂拥而至，只盼你能为他们填词一二，如此盛名，你却依旧愁眉不展。其实我知晓你的苦闷，你愁苦无法与我日夜相守，渴望我能在你身边红袖添香，听你倾诉衷肠。其实，虽然我在远方，但我也日夜心疼你满腹才华却无处施展的痛苦。我知道，你一直在努力，你写下《望海潮》，邀来歌伎作曲，欲送给达官贵人，为你在朝中多美言几句。以你的才气，歌伎自然欢欣雀跃，贵人也欣喜约你饮宴。词自然是极好的，歌伎歌喉婉转，唱得也是千娇百媚。我听闻此事，心痛至极，不知你听着那些曲子会不会心酸？你柳三变一身才气，却要做如此谄媚之事，那香艳的酒喝到嘴里，是香醇，还是苦涩？

只是，即便心情愁苦，相思蚀骨销魂，词人也甘之如饴。为此，柳三变写下了全词的点睛之句：衣带渐宽终不悔，为伊消得人憔悴。

我的爱人啊，再孤独寂寞，再惆怅消瘦，只要是为了你，所经历的苦难，所坚持的振作，都是值得的，一个“终”字，一个对爱情忠贞不渝的才子词人形象跃然纸上。

而作为全词的神来之笔，这两句不但把天下有情人的情感表达得淋漓尽致，荡气回肠，更重要的是，这个“伊”可能是“心中的佳人”，更可以是词人一心想大展宏图的志向！

词句朗朗上口，主题境界从情爱上升到家国大志，这两句词，自然成为千古传颂的佳句。

后来，王国维先生就将这句话引用到“人生三境界”里。说古今之成大事业，大学问者，必经过：

第一境界，是“昨夜西风凋碧树。独上高楼，望尽天涯路”。

第二境界，便是柳永的这句“衣带渐宽终不悔，为伊消得人憔悴”。

第三境界，则是“众里寻他千百度，蓦然回首，那人却在灯火阑珊处”。

（独白）谢玉英：世人都说你“游戏青楼”，但你说，遇到我后，便从此一心专一于我。你为了我衣带渐宽终不悔，我也同样为了你不顾人憔悴，可你我夫妻一体，我更懂你内心的愁苦，我知道，让你日渐憔悴终不悔的，是我，也是你念念不忘的仕途理想。

柳三变确实是有心成就仕途大业的，他连续参加了四次科考，都失败而归。四十一岁那年科考，他离功名最近，官员册上，他的名字却被宋仁宗一笔画过，最终留下的批注，只一句：且填词去。

柳三变五十岁那年，更名“柳永”，再次参加科考，这一次，他轻松考进三甲。这一此成功，让他彻底明白，他仕途不顺，并不是没有才华，而是当今皇上宁愿要一个没有名声的柳永，也绝对不会要一个艳名在外的柳三变。

从此，柳三变成为柳永，做了一名小官，在任期间，他清廉正直，官声甚好，却也没什么大作为。

仕途不顺，幸好，才华却横溢。后人论起柳永，常说他科举之路的不幸，实是诗词的大幸。《四库全书总目提要》更给了柳永非常高的评价："诗当学杜诗，词当学柳词"。

柳永以前，慢词总共不过十余首，而他一人就创作了八十七首。除了数量，他还是第一位对宋词进行全面革新的词人。在形式上，他把过去只有几十字的短令，发展为百字的长调。

语言上，他创造性地大量使用民间俚语，甚至会加入大白话。例如，他在《小镇西》中写道："意中有个人，芳颜二八。天然俏、自来奸黠。最奇绝，是笑时，媚靥深深，百态千娇，再三偎著，再三香滑。"直白又有趣。

不仅如此，柳永的词，很多是描写市井百姓生活的。而他的作品中，有百分之七十都是"为情而写"，尤其爱为歌伎们写词。为舞姿优美的舞伎写下："英英妙舞腰肢软。章台柳，昭阳燕。"为歌声婉转的歌伎写下："何当夜名入连昌，飞上九天歌一曲。"

抒情词里，事中有人，情由事生，像"今宵酒醒何处，杨柳岸晓风残月""此去经年，应是良辰好景虚设。便纵有千种风情，更与何人说？"都是情景交融又精妙无比的千古名句，开创了婉约派的先河。

只是，晚年的柳永，落魄潦倒，去世时，连丧葬费都没有，是歌伎谢玉英召集姐妹凑钱为他出葬的，为他举行了隆重的出殡仪式，歌伎们排成长队，哀悼的哭声不绝于耳。

这段故事，即为著名的“群伎合金葬柳七”。后来，每逢清明，歌伎们会带着酒，去柳永墓前祭奠，久而久之，清明祭奠柳永更形成风俗，称之为“吊柳会”，也叫“上风流冢”，这种风俗一直持续到宋室南渡。

（独白）谢玉英：柳郎啊，你就那么去了，我的心也随你而去了。我以妻子之名，为你戴重孝，召集姐妹们送你最后一程，你听到我们的哭声了吗？你知晓我的不舍了吗？

柳永去世后，谢玉英哀伤过度，两个月后也随柳永而去，姐妹们将她葬于柳永墓旁。

一首《蝶恋花》，情深至此，也当得起“衣带渐宽终不悔，为伊消得人憔悴”的许诺了。

30 《雨霖铃·寒蝉凄切》

◎宋·柳永

这是发生在公元1024年的一场离别。

时已深秋，雨过，汴京城外十里长亭，寒蝉嘶鸣，如泣如诉。设宴作别的情侣，酒已经喝到薄而无味。男子舍不得走，而船上人已经在催促出发。该说的话早已说尽，只剩下两两相望，依依惜别。

女子问：“柳郎可有词赠我？”

男子抬头远眺，陷入沉思。诗仙李白写离别是“孤帆远影碧空尽，唯见长江天际流”，王维写离别是“劝君更尽一杯酒，西出阳关无故人”，而属于柳永的离别，是“千里烟波，暮霭沉沉”。于是，男子手执牙板，清唱给情人听：

寒蝉凄切，对长亭晚，骤雨初歇。都门帐饮无绪，留恋处，兰舟催发。执手相看泪眼，竟无语凝噎。念去去、千里烟波，暮霭沉沉楚天阔。

女子哽咽点出词牌名：“好一曲《雨霖铃》！”

（独白）虫娘：都说柳郎的词如今已经不易得，我独占多首，原本不该再贪心，但是我贪心了。于是，我得到这首《雨霖铃》，他用这首词写我们的离别，写寒蝉、长亭，他握住我的手，千言万语无从出口。最后只能畅想他的远行，千里烟波，暮霭沉沉，没有

我在身边。

一切就如这词中所写，帆船渐行渐远，渐渐就看不到了。

我斟酒满杯，洒水入江，涟漪微微。柳郎，你这一去，是你我缘尽，后会无期。

虫娘和柳永相遇很早。

柳永原名柳三变，生于福建崇安县，是中古士族河东柳氏。北宋大中年间，柳永年满二十，进京赶考，已经是才名在外。此时的他踌躇满志，放话“对天颜咫尺，定然魁甲登高第”，是料想今科必中。

也就在这一年，柳永遇见了虫娘。

那是个无比美丽的开始。

柳永用一首《木兰花》记录了他们的相遇。词中开篇“虫娘举措皆温润”，古人以温润形容玉，以玉比君子，柳永却用它描述风尘歌伎，而摒弃了“千娇百媚”这等俗词滥调，可见珍重。

接下来笔锋一转，却是“每到婆娑偏恃俊”：那样温润文雅的女子，舞姿却偏能跳出险象环生，明明知道女子是炫技，但提着的一颗心就是放不下去，跟着鼓点，随着莲步缓急，一直到曲终，余韵袅袅，让人久久回味。

（独白）虫娘：那些睡不着的晚上，我会反复吟诵这首《木兰花》。他夸我温润，他说我恃俊；他赞我舞姿，他知我虚荣。

你不会知道一个舞伎每天要面对多少人，歌舞多少场，那些慕名而来的达官贵人、公子哥们不过贪图美色。你不会知道我等一个知音等了多少年，那些蹉跎的岁月，仿佛漫长的序曲。

好在，我等来了柳郎。

虫娘欣喜于得到柳永这样一个知音，但是柳永落榜了。

大中祥符二年（1009年）正月，宋真宗下诏“读非圣之书及属辞浮靡者，皆严谴之”。封建社会，天子意向便是朝廷风向标，宋真宗不喜歌词浮靡，偏偏柳永“好游狎邪”“善为歌辞”名声在外，落榜是意料之中。

虫娘陪伴柳永度过了那些失意时光。

那些灯前月下，风中雨后，都被柳永写进词里。流传至今的有《集贤宾》：“小楼深巷狂游遍，罗绮成丛。就中堪人属意，最是虫虫……”

虫虫是柳永对虫娘的爱称。

柳永甚至在这首词里表明了更长远的打算，他说“待作真个宅院，方信有初终”，他和虫娘发誓会白头偕老，待有日登科及第，有能力购置宅院，他会为虫娘赎身，他们这一段情，才算有始有终。

柳永是盼着有始有终的，虫娘也是。那时候他们还年轻，以为岁月绵长，过完今日，还有明日，谢了春花，还有秋月。

但是天不从人愿，柳永多次落第。雪上加霜的是，柳永的父亲过世了。

父母在，尤有来路；父母故去，人生便只剩下归途。弹指而逝的时光，青春所剩无几，柳永没有了挥霍的资本，当初即便落榜，仍有白衣卿相的狂言，到如今，只叹息“富贵岂由人”。

但是没有富贵，柳永如何能将虫娘带出这花街柳巷？

（独白）虫娘：我不能说我没有怨恨，但是我很难说我该怨恨谁。柳郎没有才气吗？没有人敢说这句话；柳郎不够爱我吗？我知道不是。

柳郎新写了《征部乐·雅欢幽会》，“但愿我，虫虫心下，把人看待，长似初相识”。柳郎想回到我们初见的时候，他意气风发，我无忧无虑。但是我们都知道回不去了。

柳郎也只能在词里安抚我说：“况渐逢春色，便是有，举场消息”。他还盼着这科，盼着时来运转。

我想大哭一场，为明珠不幸蒙尘，为才子命途多舛，为我们这段眼看着不能善终的情缘。但是这么多年，眼泪也渐渐尽了。

有人考证，在柳永而立之年，柳永和虫娘是有过婚姻的；也有人说不可能，柳永纵然落魄，那也是河东柳氏，世家子弟，数代仕宦，怎么可能明媒正娶一个歌伎。

但是柳永生平，得志时少，落魄时多。千年的时光如车轮滚滚，他不是高官，不是王侯，宋史没有给他立传。没有人知道他什么时候娶妻，他的妻子姓甚名谁，他们是否有过甜蜜幸福的时光。

我们只能从柳永的词里读到虫娘，读到他们曾经“人间天上，惟有两心同”，读到柳永发誓，说会“好好怜伊，更不轻离拆”。

但他还是食言了。

天圣二年（1024 年），柳永第四次科考落第。科考是为天下取士，但取士之人毕竟是天子，天子厌恶他，他还有什么可能？留在汴京，徒留伤心，也无非蹉跎岁月，蹉跎虫娘。

汴京城外十里长亭，是柳永和虫娘的最后一别，都知道这一别就是永别。柳永的以后，是漂泊天涯，填词为生；虫娘的以后……虫娘不敢去想以后，她这时候只想着柳永的这首《雨霖铃》：

多情自古伤离别，更那堪，冷落清秋节。今宵酒醒何处，杨柳岸、晓风残月。此去经年，应是良辰好景虚设。便纵有千种风情，更与何人说？

这一去，关山万里，离愁别绪，都和酒饮尽。柳永希望醉酒能帮他忘掉这一切，忘掉这场离别，忘掉虫娘，忘掉她的目光泪光，忘掉他们恩爱缠绵十年，忘掉当初轻狂，也忘掉当年志向。

柳永不知道酒醉几时能醒，酒醒又身在何处，也许是杨柳岸，晓风残月；也不知道这一去，会去多少年。

但是他知道，便来日，还有良辰美景，也都与他无关了。没有虫娘在身边，所谓赏心悦事，不过伤心一场。古人写情，说“从此无心爱良夜，任他明月下西楼”，柳永活过半世，方知其中苦涩。

（独白）虫娘：他说“良辰好景虚设”，他说“千种风情，更与何人说？”我一遍一遍地唱，直到喉咙沙哑，泣不成声。

我不能说我不后悔，我甚至后悔与他相遇，早知结局如此伤心，何必当初欣喜若狂。但是我也不能说我没想过留下他，哪怕褐衣相对，贫贱相守，也算是有始有终。但是我终于放手。

是我让他走的。

我想他不该困守汴京。离开这里，山长水阔，未必命运就没有转机。

柳郎，你我相逢不得其时，相濡以沫，不如相忘于江湖。

柳永顺江南下，他不敢回头，怕回头，看见人还在那里，站成一尊望夫石。他在船上写《引驾行》，“忍回首，佳人渐远；想高城，隔烟树”。他熟悉的人，他熟悉的城市都在身后，越来越远，越来越远，再抓不住。

柳永知道是他辜负了虫娘，辜负了这十年相伴，但或者是时代辜负了柳永。无论如何，到如今，前路茫茫，只剩他，孤身只影。

离开京城之后，柳永遍历江南，行旅沧桑。

两年后，柳永到苏州，写“想别来，好景良时，也应相忆”。他在《雨霖铃》中断言“良辰好景虚设”，但花仍会开，月仍会圆，他想他思念的女子，也在思念他吧。

公元1033年，章献太后过世，宋仁宗亲政。次年，特开恩科。柳永终于等到了转机。这一年春闱，柳永及第。

没有人知道柳永重返汴京有没有找到虫娘。已经十年过去了，也许最终，他们相忘于江湖。

对这样一对相知相爱的情侣来说，各自安好，也不失花好月圆。

又过了很多年，柳永仕途跌宕，辗转于睦州、余杭、定海、泗州、华阴。他爱惜百姓，颇有政绩，《昌国州图志》记录了他，将他列入《名宦》篇。再后来，柳永死在镇江，身边空无一人。

也许这时候他会梦到数十年前爱过的女子，女子向他伸手，与他调笑："柳郎此去经年，千种风情，可找到人诉说？"

也许柳永能回答她："劳你久等。"

郁郁不得志的词人与一往情深的歌女，宿命一般地相遇，相识，相知，相爱。面对命运的作弄，他们挣扎过，努力过，希冀过，到最终不得不放手。这也许不是最好的结局，但也许是爱情最合适的归宿。

如果放手，你有别的出路。

如果放手，你能够得到幸福，便不枉你我此生这一场痛断肝肠的离别。

31 《西江月·宝髻松松挽就》

◎宋·司马光

宝髻松松挽就，铅华淡淡妆成。青烟翠雾罩轻盈，飞絮游丝无定。

相见争如不见，有情何似无情。笙歌散后酒初醒，深院月斜人静。

（独白）舞伎：他们说我即将获得一份天大的荣耀。司马光，六十年来，这个朝廷里最高尚、最端庄的君子，要即席为我写下一首小词。酒酣耳热，人人早已陷入迷醉，司马光的眼神注视在我身上，而所有人的眼神都紧紧注视在他身上，一位正人君子即将写下艳词，这首艳词将随着司马光的名字一起流传千古。呵，还有什么比这一刻更令人期待呢？

“宝髻松松挽就，铅华淡淡妆成。青烟翠雾罩轻盈，飞絮游丝无定。”面前这位女子，令司马光的眼神久久不能移开。

你看，女子的发髻装饰着珠宝，却并不显得凌乱，或者说高高在上，令人难以亲近。她的眼底眉梢，并非不染铅华，却只是清清淡淡，点到为止。更奇异的是，女子明明就站在你的面前，然而，你却无法触及她的手。她明明身处纸醉金迷中央，却俨然是一位云上之人。

谁能从女子唇边清淡的笑意中，看破她对你是欣赏，是奉承，是讥讽？或者，你慢慢发现自己根本搞错了局面，她不是一个以色侍人的舞伎，一个被赏玩的对象。因为她正用她的美丽凝视着你，她召唤着周围所有欣赏的、奉承的、讥讽的目光共同凝视着你。

而你，位高权重的司马光，才是那个被赏玩观看的人。

“相见争如不见，有情何似无情。笙歌散后酒初醒，深院月斜人静。”司马光从短暂的迷醉之中清醒了过来。

终其一生，司马光其实是一个很难迷醉的人，笙歌美酒都动摇不了他。然而，就在刚才，司马光突然发现自己被动摇了，面对一位初次见面的舞伎，他竟然用了“挽就”和“妆成”两个词。发髻是如何挽就，薄薄的铅粉是如何涂上面庞，无须任何引导，他便开始关心这一切。这私密的一切，仿佛面前的人与他有多年情切，而非初次相见。

“与君初相识，犹如故人归。”

正是这清晰的反差将诗人从迷醉中唤醒，这是失控的情感，抑或是幻象，无论是哪一种都不应该出现在一位君子身上。司马光立刻退了下来，在这首小词的下片，决然地压上了两句话：相见争如不见，有情何似无情。

争如，是“哪里比得上”的意思。相见哪里比得上不见，有情哪里比得上无情。司马光后悔这一瞬间的动情，甚至，如果再有一次选择的机会，他连今晚这场相见也会拒绝。

人们在失控的时候，总会试图拒绝，用拒绝来证明自己仍然能够控制局面。司马光的仓皇退场，恰恰说明这一刻的心动，这一刻在他心中掀起了怎样的波澜。他推脱说，是笙歌，是酒，是它们制造了这一刻的幻境。笙歌散后酒初醒，他便在月光里逐渐恢复了平静。

《西江月》放在古今的艳遇词中，并不出挑，而放在司马光的文集中，却足以令人惊叹，原因是：这首小词与这位名臣的形象大相径庭。家国天下的司马光，似乎从来就与情爱无缘。同时代其他的名家大儒，往往沾带一些风月传闻，司马光的感情生活，却只有笑话留在笔记小说里。比如有一年元宵，他的夫人想出门看灯，司马光直愣愣地说："家里有灯。"

夫人解释说："除了灯之外，也想看看人啊，上元节汴京城里很热闹的。"

司马光再次直愣愣地发出疑问："那我不是人吗？"

这位不解风情的大直男，即便在夫人去世之后，追思他们的感情，顶多也就是闷闷不乐地写下一句——"暂来还似客，归去不成家"。这位温柔、克制的夫人，是家的一个部分，是司马光井井有条的礼法世界的一部分。而这位夫人本身，是否有"宝髻松松挽就，铅华淡淡妆成"的生命力，我们一无所知。她在司马光的笔下消隐了。

连元宵花灯都懒得去看的司马光，怎么会突然一下跌入艳遇呢？

因此，明朝的杨慎极力为司马光洗刷污名，声称《西江月》只是经由司马光之手，整理抄录过罢了。但大多数读者更愿意将这次艳遇，视为纪实，视为道学先生司马光罕见的人性时刻。一位严肃端方、闻名于天下的君子，他的心底充斥着的，首先是道德礼法，而非热情。那么，这一夜波澜壮阔的热情冲动，又是从何而来呢？

司马光说，是笙歌的引诱，是酒的迷惑。

那显然属于借口。正是因为情不知所起，艳遇才更有宿命感。

在《西江月》中，我们仿佛看到一尊道德偶像突逢艳遇美色，然后慌乱退却，而后故作镇定，试图给自己寻找借口。如同冰山被滚烫的岩浆融化，浮冰还在水面上急速漂浮，端方君子不过如此。古典文学中类似的主题屡见不鲜，比如诱僧：得道高僧邂逅了惊为天人的女子，由此冲犯戒律，数十年修行毁于一旦。冲动摧毁了道德的藩篱，一场幻梦破灭后，只剩下当事人在废墟中徘徊。这是文学作品热衷于演绎的故事。

但文学作品很少再进一步告诉你，这融化了冰山的火种，这如同天降灾难一般的热情冲动，究竟是从何而来。

（独白）舞伎：没有什么火种能够融化冰山，除非，火种本来就藏在冰山的正中心。我听说过你的故事，所以我知道你心中一直怀有巨大的热情。人们看错了，你从来不是什么波澜不惊的死水。

你从不在恋爱中全情投入，但你给冲动找到了正大光明的出口，那就是在朝堂之上。虽然你已经退隐西京十几年，但火种从未熄灭。“相见争如不见，有情何似无情”，你做不到。也许有一天我还会听到你的消息，你会回到朝廷做一个真正的纵情之人。

一个人本性里的热情，如同一棵树的枝干，有时开出名为爱情的花，有时开出名为政治的花。司马光的私生活乏善可陈，并不意味着他毫无欲望，只是他的热情别有安放。在朝堂之上，司马光一改不解风情的面孔，终其一生都在“有情”和“无情”之间摇摆。

当他对王安石推行的新法表示不满时，立刻热情洋溢地写下长信，寄给老友王安石，先是追述交情，再是痛陈利害，洋洋洒洒，将新法的弊病讲了三千字有余。这种热望，早已超越了对自身得失的计较，更像是一种意气风发的弘道。司马光带着孤注一掷的热情，相信自己与正道同在。这种热情贯穿了他的一生。

多年后，当下属劝告他，全盘推翻新法将会有害于社稷的时候，司马光正色发誓："不会发生这种事！天命还眷顾着大宋呢。"

这种性格把司马光送上了谏官的位置，而且一坐就是五年。然而，当他从谏官之位上退下来时，朝廷中已经充满了王安石新法的拥趸，上到神宗皇帝，下到地方要员，新法早已轰轰烈烈地在全国实行。司马光心灰意冷，推辞了皇帝给他的新职位，对于劝说他留下来的同事，他给出了一个决绝的回答："天下无道，君子囊括不言，以避小人之祸。"

神宗皇帝气得对着身边人痛骂司马光："司马光就是想做大隐士，他哪里肯做事！"

从以身载道，变成天下无道，有情何似无情。从此，司马光隐居西京洛阳，撰写《资治通鉴》，长达十九年之久。

洛阳西北有一处独乐园，便是司马光避世写书的所在，他住在靠东边的小阁里，只有一位老仆人服侍。每夜一更二点，司马光让老仆先睡，自己一个人写到半夜，才一盏盏地吹灭烛火，稍作休息；五更初，又再次起身，点亮灯烛，写书直到晨光初起。每日如此。十几个年头就在这种极度的秩序和极度的清苦中消磨过去。苦行僧般的生活，表面上看起来无情之极，内在却是对有情的回应。二十年宦海沉浮，司马光曾经透支了巨大的热情，热情被空耗之后，留下一个巨大的黑洞。他正在用十余年的无情一点一点地修补回来。

我们不知道，是不是在这十余年之中，独乐园的某次宴会里，司马光邂逅了那个惊鸿一瞥的舞伎。"青烟翠雾罩轻盈，飞絮游丝无定。"舞伎翩然而来，令垂垂老矣的诗人如梦初醒，原来一个人心性里的热情是消磨不了的，无论是用君子礼教，还是用十年隐居。

某一个时刻，像艳遇一样，你突然又听到心底的惊涛骇浪之声。

元祐年间，六十六岁的司马光在高太后的支持下重新回到朝廷，出任宰相。这一次，他连根拔除了自己终生反对的新法，手段之凌厉，态度之坚决，甚至令自己这一派的支持者都唯恐避之不及。这便是历史上著名的“元祐革化”。一年后，司马光溘然长逝，他的最后一点生命之火，终于还是烧起来，在朝堂上烧尽了。

（独白）舞伎：不见终要相见，无情到底有情。司马光，在女人面前，你也许可以做不解风情的那一个，但换到皇帝面前，任你四十年来百般克制，终于还是最执拗，最献身。

政治和爱情究竟有什么不同呢，只要你心里还有一份热望，就注定会大喜大悲，大起大落，做一只牵线傀儡。司马光，我在宴席之上，你在朝堂之上，我们就各自把自己的舞跳下去吧。你听，笙歌又响起来了。

32 《钗头凤·红酥手》

◎宋·陆游

红酥手，黄縢酒，满城春色宫墙柳。东风恶，欢情薄。一怀愁绪，几年离索。错、错、错。

春如旧，人空瘦，泪痕红浥鲛绡透。桃花落，闲池阁。山盟虽在，锦书难托。莫、莫、莫！

这一首词，在绍兴二十四年，也就是1154年的时候，被词人陆游题在沈园的一堵粉墙之上。几个月以后，在山阴一处大户人家的闺房内，病榻上，一个年轻的女人伏在枕上，手里拿着一支笔，一边低吟，一边在纸上写着……

（独白）唐琬："世情薄，人情恶，雨送黄昏花易落。"表兄，我就要跟你永诀了。我所体会到的人间的寒凉，同你是一样的。没有人关心别人的痛苦，只有你关切着我，也只有我至死还在牵挂着你。这世上美丽的东西都短暂，我们的爱情短暂，我的生命也短暂。"晓风干，泪痕残，欲笺心事，独语斜阑。"在这最后一刻，我还是不能把心里的话，尽情向你倾吐。夜越深，我越消沉，我是离不开这缠绵的病榻了，我也再不能见到你了……

这首词，竟成了唐琬的绝笔。

唐琬是陆游的结发妻子，他们俩在二十岁时结为夫妇，到二十三岁就已离异了，各自嫁娶。跟有些因为感情不和而离异的夫妻不同，陆游与唐琬的婚姻是被陆游的母亲，姓唐的老夫人活活拆散的。

这位老夫人，是唐琬的姑妈，她为什么会讨厌自己的亲侄女呢？对这段宋代有名的公案，没有人说得清楚原因。在陆游流传下来的全部诗文中，没有一个字是解释这件事的。因为，他要“为尊者讳”，哪怕是老夫人做错了，做儿子的，也不能不听话，更不能说母亲的不好。

我们只知道，老夫人绝非等闲之辈，她的母亲来自“苏门四学士”之一的晁补之家。她自己也饱读诗书。她跟侄女唐琬，都称得上是才女，按理说应当是惺惺相惜才对，可偏偏就是这么两个人，闹到了不可开交的地步。

虽然是第三个儿子，陆游却最受母亲钟爱。她的母亲在生他的前一夜梦见了秦观秦少游，所以这个孩子一出生，就被起名为陆游，他的字是“务观”。他的母亲相信他是“苏门四学士”之一的秦观转世。而陆游后来证明了这点，十二岁就能作诗了；十八岁的时候，他便被当时五十九岁的老诗人曾几待为上宾；二十岁的时候，他的《菊枕诗》就已经被传诵一时了。爱子之深，让她容不下另一个才女去争夺儿子的爱。

（独白）唐琬：婆婆让务观同我离婚，务观舍不得。有半年多的日子，务观为我，在外头租了一所宅子。我独自住着，务观经常偷偷地来。突然有一天，我正坐在家里，听到一片忙乱，我的丫鬟跑进来告诉我，老夫人来了！我吓得脸色都变了，赶紧站起来，就看见我的婆婆从外面走进来。从那天起，务观被禁足在了家里，再也没能到这儿来了。我的父亲从家里过来，把我接了去，临走跟姑母吵了一架。由父亲做主，又把我嫁给了赵士程。

“东风恶，欢情薄。一怀愁绪，几年离索。错、错、错！”

当我们读到写春的诗句，往往有读不尽的风流旖旎，因为春天是一个让人莫名欢喜的季节。可是在陆游的笔下，我们却看到他写：东风恶，欢情薄。春风怎么会是恶的呢？绍兴二十四年（1154年）沈园的春风，为什么这样让人难过？

因为春风是别人的，欢乐也是别人的，他曾经有过欢乐，有过情投意合的恋人，可是现在他们已经有了几年的离别了！这欢乐是多么短暂，而且不会再来了！

一怀愁绪，几年离索。陆游跟唐琬离异六年以后，陆游又一次成为山阴城的焦点。前一年的省试，陆游获了头名，满城的人都对他怀着期待，以为他是一定会在来年的殿试中中状元的。想不到，陆游不仅没有名登三甲，反而，落第了。

陆游这样的文人才子，能够在省试中夺魁，为何殿试的表现如此出人意料呢？其实，这不是陆游的错。他只是运气不好，因为跟他一起参加考试的，是秦桧的孙子秦埙。秦埙同样参加了两浙的省试，并且曾被内定为第一名，但是碰上了一位骨鲠的主试官陈子茂，认才不认人，直接把陆游选为第一，秦桧气急了。他深深记住了陆游的名字，而且，当他翻阅陆游的诗文，打听其履历时，发现这是一个与他水火不容的主战派。像陆游这样的人，朝廷绝不能用他。这就是陆游殿试失利的全部原因。

山阴城外，东南四里的沈园，是本地名胜，每年春日，都会有大批士人游女前来游春。陆游是独自前来的。恰逢唐琬跟随现任丈夫赵士程游春，在沈园的人群中一眼就瞥见了陆游孤独的身影。

（独白）唐琬：士程，我……看到陆务观了。他独自走在沈园的宫墙柳下，背影写满了愁郁。你没有看到他吗？你看，他在那里。士程，你别多心，他是我的表兄，与你也是远亲，看在两家亲戚的分上，你过去安慰他一下吧！

赵士程听罢，和陆游寒暄了几句，命人送了一壶酒便离开了。古人说，欢愉之辞难工，愁苦之词易巧。这首写在一个绝望的春天的词，因为它自始至终难解的忧伤，和它背后的情深往事，成了令人难忘的中国词。

（独白）唐琬：务观，你说，泪痕红浥鲛绡透。你怎么那么了解我啊！你就知道我会哭的！你说，春如旧，人空瘦。才瞥了一眼，你便认出我瘦了，憔悴了！你说，桃花落，闲池阁，明明这池，这阁，都满满的人，一点儿也没有闲着，可是因为我没有在那里，你就说它们都是没有用的了。务观，这是你我最为失意的时刻，你我皆身世飘零，你不知道自己的未来在哪里，我不知道自己的爱人在哪里。你在梦中寻觅，我也在梦中寻觅着……分开几年了，我才能看到你一回……

离异之后，对于两人之间的感情，陆游始终都是放不下的，唐琬也是。他们可能无数次地盼望过重逢，无数次思念着对方。可是当他们终于遇见时，却感受到了更深的难过。世界上最远的距离，不是看不见你，而是明明你就在咫尺，我却不能握着你的手，把我心里的话说给你听。

沈园相遇之后不久，唐琬便去世了。谁也不知道，她究竟是怎么死的。有人说，情深不寿，慧极反伤。唐琬的一生，便是对这句话最好的注解吧。

（独白）唐琬：世情薄，人情恶，雨送黄昏花易落。表兄，我就要跟你永诀了。上次在沈园，你在壁间题了一首《钗头凤》。我想了很久，终于写下了这一首酬答的词。在这风雨黄昏、落花成阵的时刻，想起我们的这一生，眼泪就掉了下来……

“晓风干，泪痕残，欲笺心事，独语斜阑，难！难！难！”

有人说，生命的终点不是死亡，而是遗忘。只要有人还在想着你，你的生命就仍然存在于这个世界上。从这个意义上说，唐琬的生命，直到她死去四十多年后，还存在着，因为陆游缅怀了她一生。

梦断香消四十年，沈园柳老不吹绵。
此身行作稽山土，犹吊遗踪一泫然。

这首诗，同样写于沈园，是七十五岁的陆游重游故地时做的。四十六年前，陆游写“春如旧”；四十六年后，沈园已非旧池台，连春也不如旧了！沈园的柳都已经老了，柳，也已经不如旧了！四十六年前，一切景物都还在，你却不是我的妻子了；四十六年后，物非人是，一切景物都变了，而你却依然是从前的你。

33 《蝶恋花·春景》

◎宋·苏轼

花褪残红青杏小。燕子飞时，绿水人家绕。枝上柳绵吹又少，天涯何处无芳草。

墙里秋千墙外道。墙外行人，墙里佳人笑。笑渐不闻声渐悄，多情却被无情恼。

诗人苏轼抵达惠州的时候，正是岭南的万户春酒开坛之时。他延续着一贯的乐天派作风，饱尝美酒，还挑附近的风景佳处游玩了一番。让人很难联想到，他即将在这里忍受长达数年的贬谪，并与一生中最珍贵的红颜知己诀别。

这位红颜知己，名叫朝云，是唯一跟着苏轼来到惠州的女子。

在写给友人的书信中，苏轼说道：自从贬谪令下，他便让孩子们返回阳羡，只带着幼子和老云向岭南进发。“老云”二字，十足是苏轼风格的玩笑。那一年，朝云刚过三十岁，苏轼五十八岁，这对老夫少妻同有一副好事的热心肠，以及过日子的热闹兴致，参禅学佛也是一对良伴。可没人想到，朝云没机会变成老云，她死于三年后的一场瘟疫。

朝云死后，苏轼有两点行为很值得玩味。一是他写下沉痛的哀悼之作，却并未像许多悼亡诗那样，殷殷期盼来世之约；二是他终身不愿再听一首词。

“花褪残红青杏小，燕子飞时，绿水人家绕。……”一生之中，苏轼多次听朝云唱起这首《蝶恋花》。“天涯何处无芳草”，当这句词第一次化作宛转的声腔，从朝云口中唱出时，苏轼捕捉到她脸上忽然绽放的惊喜。那时他们身在密州，朝云十几岁，刚开始磕磕绊绊地读书，年轻人的心又纤细，又敏感，读懂一句词的瞬间，仿佛整个世界都点亮了。

（独白）朝云：先生，我近来用功，学了好些字，我能看懂您写的词了！意思是说，花儿谢了，杏子结在枝头，燕子飞去了，人人都说春天已经过去了。但“天涯何处无芳草”，不要急着伤春呀，你看遍地芳草，但凡有它的地方，春天便还在。先生，您也不要愁密州的春天去得快，还有我呢，我就是先生的芳草呀。先生快说，我解得可对？

对着这古怪精灵的小丫头，苏轼哈哈大笑，古人常说芳草美人，其实，他既不知芳草能不能长到天涯，也不知这一团稚气的美人能不能随他到天涯。他从杭州的歌舞班里买下朝云，赠给她这个名字，本来就有巫山神女、朝来暮去的意思。更何况，浪迹天涯从来不是他的理想，他一颗心牵挂在朝堂上，只盼着离了密州山城，下一站便可以重返京师。纵然几经政治风波，心灰意冷，但不灰不死的还是一颗忧国之心。只可惜，直到今日，朝堂上还是政敌的天下，苏轼和当年的师友们像柳絮，像芳草，飘零四方，以至于连音讯也不通了。大概连一句平安也传不到的地方，便是天涯吧。

但听了朝云的解读，他觉得：也并无不可。自古伤春的词太多了，来上一句旷达之语，反而别致。无论这旷达是出自作者的本意，还是读者的无心，都是一番新气象。他将错就错，在“蝶恋花”词牌后面，题上“春景”两个字，成了一首俏皮的春词。

据说，苏轼在惠州一个初秋，金风初至，落木萧萧，他触动心事，意识到在贬谪地又过了一年。为了排遣，苏轼命朝云拿大杯斟酒，唱起这首春词。没想到，朝云歌喉一舒，没唱几句，便落下泪来。

（独白）朝云：我唱不下去了。“枝上柳绵吹又少，天涯何处无芳草。”年轻时觉得这两句多么旷达！现在才知道，这就是您的学生张右史说的：何处无芳草，行人休断肠啊。您离京，张右史也被贬到宣城去了，还有秦学士、黄学士，昔日和您同出同游的人，都像这枝头的柳絮，在风里吹尽了，在草里散尽了，一路散到天涯。我怎能不为先生大哭呢？

朝云这一番眼泪，这几句言语，可谓是千古知己之言。

自从新党上台执政，苏轼一派的元祐党人被贬谪到天南海北，一道令旨，便可能将他们投向更加蛮荒之地。他们曾经的挚友骨肉，也像柳絮一般，四散天涯。苏轼身边，原本有四五位侍儿，几年之间，相继辞去。剩下的只有朝云一人，在这萧瑟秋日，举目无亲的岭南，为他知心解意，为他把酒痛哭。

（独白）朝云：先生又何尝不是多情却被无情恼呢？您素有庙

堂之志，却总被冷落在一道高墙之外，饶是如此，您却屡屡不肯灰心，屡屡不肯忘情。乃至如今连遭贬谪，万里投荒，整日里还是一副笑口常开的模样。其实，心中恐怕早已一片冰霜，只是不值得向世人流露罢了。

令朝云潸然泪下的，不仅是岭南之贬，更因为她深深清楚，苏轼天生一颗改不了、治不好的多情之心，注定要被无情世事所伤。就像诗中这位行人，虽被伤了心，但怪不得佳人冷淡，因为墙内的佳人原本对这一切无知无觉，要怪，只能怪行人太过多情。而苏轼恰恰是最多情的一个人。他自认：上可陪玉皇大帝，下可陪卑田院乞儿，眼前所见无一个不好人。然而，面对罗织罪状的政敌，心存芥蒂的天子，他的一腔热忱只能处处碰壁，眼前所见，原来无一个是知己。岂非正是诗中说的“笑渐不闻声渐悄，多情却被无情恼”吗？

这一刻，苏轼意识到有什么东西彻底地改变了，朝云不再是杭州西湖边那个美丽却懵懂的少女，不再是服侍他二十年的侍妾，甚至不再是玩笑提及的老云。二十年的人间风雨，让他们变得越来越像。他听到自己生命中久久回响的声音，在另一个人的灵魂里共鸣着。朝云为他而哭，又何尝不是为自己而哭呢！他们气味相投，一脉相承，免不了共同置身于这人间网罗之中，被无情世事所困扰。

千里相随，是朝云的义，或许，也是她的命。

抵达岭南后不久，苏轼送给朝云一首诗。一个男子为一个女子写诗，恋情的味道却几乎没有，脂粉气一扫而空，每一笔深刻又平淡。读这首诗，你便知道，他们的感情深到什么定义也没有了，仅仅是有感情。

不似杨枝别乐天，恰如通德伴伶玄。
阿奴络秀不同老，天女维摩总解禅。
经卷药炉新活计，舞衫歌扇旧因缘。
丹成逐我三山去，不作巫阳云雨仙。

舞衫歌板的年纪，我们相依相随；经卷药炉的年纪，我们相依相随。想必最后，若有修成道术，羽化成仙的那天，我们仍旧是相依相随的。舞衫歌板，经卷药炉，一件件人间夫妻过日子的物事里，最终修出了一种仙气。那么，这仙气就不再是巫山云雨仙。

她来，不过一首歌的时间；她走，不过一场雨的工夫。他知道她总会走，没有义务与你共担这沉甸甸的人世。因此，他写朝云，笔下意象无非是春光、暮雨、巫山，轻飘飘不着地的美。

直到今日，在岭南的秋风里，苏轼意识到自己错了。二十年浮沉甘苦，如今是担在他们两个人的肩上。他调转笔头，将从前的轻词艳句一笔抹去，他郑重地说："我们不作巫阳云雨仙。"

岭南三年，苏轼笔下的朝云，才成为一个真切的人间的女子。端午时节，她缠着五色绳，微微的汗意从碧绿的纱裙上透出来。

（独白）朝云：明天端午，该煮洗浴的兰汤了。你看，这里的家家户户，都在溪边洗浴，连溪水都变得香气扑鼻。

她这么说着，在房间里转来转去，想找一盒针线，也学本地的女子，把兰花缝成挂坠，作为端午的装饰。当然，苏轼也不能闲着，被朝云指派寻一首好诗出来，替她写在裙带上。名扬天下的苏学士的手笔，怕是比辟邪符箓还要管用呢。

苏轼老老实实在裙带上作诗，然后，又为这兴致勃勃的端午另做了一首词。在末尾，他说：佳人相见一千年。

今生这次相见，仿佛是千年之中，仅此一面，如此的珍贵。佳人相见一千年，如果这相见真能持续一千年就好了。

（独白）朝云：一切有为法，如梦幻泡影，如露亦如电，应作如是观。

朝云是被岭南的一次瘟疫突然带走的。她临终前，仍然喃喃念诵着这四句偈语。没有留下对生人的嘱托，也没有留下对俗世的不舍，生命之火燃尽时，一个信念却在她心中变得清晰：无常带来困顿和离别，无常也将带走它。现在，她先行一步，去往彼岸，留下她的爱人在无常的波浪之中沉浮，但她不再担忧，因为，这浪头最终会把每个人带到该去的地方。

此世只是短短的一段旅程。这段旅程里，他们短暂地一起度过，已经很幸运了。

34 《江城子·乙卯正月二十日夜记梦》

◎宋·苏轼

十年生死两茫茫，不思量，自难忘。千里孤坟，无处话凄凉。纵使相逢应不识，尘满面，鬓如霜。

夜来幽梦忽还乡，小轩窗，正梳妆。相顾无言，惟有泪千行。料得年年肠断处，明月夜，短松冈。

传说，四川青神县中岩寺下有一汪池水，你若是站在池边拍手，游鱼便会接二连三地浮上来。有一天，一位私塾先生命学生为池水起名。其中一人不假思索，写下“唤鱼池”三个字。

私塾先生心中暗惊，他和自家女儿的回答竟然一字不差。看来，两家不仅有师生之谊，恐怕还有姻缘之分啊。

这位年方十九岁的才子，便是北宋著名的文学家苏轼。而塾师的女儿王弗，日后果然与他结为婚姻。一句“唤鱼”，唤出了三生之缘。

但谁能料到，此世的相遇竟也像鱼儿浮头一样短暂。十余年后，苏轼漂泊天涯，暂时寄身于山东密州任上，王弗早已长眠于月下孤坟。然而，一场突如其来的梦境让他们再度相遇——

“夜来幽梦忽还乡，小轩窗，正梳妆。”在梦中，苏轼看见妻子王弗一边审视着妆容，一边嘱咐一些杂事，语气温柔而平常。她的目光没有离开过铜镜，絮絮叨叨地说着，甚至没有看向他。

（独白）王弗：夫君你看，窗子底下那香炉是不是快要熄了？炉里的沉水香，我梳妆前才添上了些，这会儿怕是还没燃尽，你且拿我这根金钗去，把香灰翻一翻，透一透气，别让它灭了。我这儿正画着眉呢，走不开。

小轩窗下，沉香缥缈，这味道已经许久没有闻到过，陌生的香气令他突然醒悟，原来自己身在梦中，不知不觉回到了家乡，而眼前对镜梳妆的妻子，已经去世了十年——

“十年生死两茫茫，不思量，自难忘。”

这一刻，苏轼被惊得说不出话来。十年间，这个年少气盛的才子，步入儿女成行的中年，吞下多少辛苦，却还能“一蓑烟雨任平生”，靠的便是一个“忘”字。

他续娶了娇妻，养大了遗孤，也远离了故乡，他以为自己不再思量了，不再想念了，和亡妻共同度过的岁月变成轻飘飘的一场梦。而此刻他才意识到，梦是最重的，重得接近于永恒，在物是人非的岁月里沉淀下来。梦里的妻子王弗，仍然是十七岁那年初嫁的模样。

沈从文说过这样一句话："我这一辈子走过许多地方的路，行过许多地方的桥，看过许多次数的云，喝过许多种类的酒，却只爱过一个正当最好年龄的人。"王弗初嫁那年苏轼十九岁，他们是彼此唯一的正当好年龄的爱人。不过当时，苏轼懵懵懂懂，根本不知道自己已经在婚姻当中幸运地中了头彩。而十七岁的王弗微笑不语，她擅长人情世故，擅长诗词文章，但更擅长将这一切轻轻藏起，像一朵藏起芳香的花。

一个有心谦虚，一个才华横溢，一个贤惠务实，一个旷达不羁，乍看这一对新婚夫妇，我们不免被少年苏轼的光彩占尽了注意力，而王弗变成了光芒背后的暗影，甚至不免怀疑：他们是否般配？

如果不是婚后的一段小插曲，苏轼恐怕也不知道，夫人谦逊的微笑背后暗藏才华。那天，苏轼温习文章，突然忘了一段，反复吟诵还是不得其解。王弗见他面露难色，不禁微笑着提醒了一句。苏轼大惊，这才想起自己读书时，王弗总是坐在一边。这位大才子只顾着挑灯夜读，也许偶尔回头，得意于红袖添香，却从来没有向沉默的妻子问上一句："你也懂诗书吗？"

苏轼第一次意识到，静默当中可能蕴含着更深的见识。他开始学着解读妻子的沉默，更将她偶尔吐露的金玉良言记在心里。十年婚姻，谨慎的少女王弗也慢慢打开了自己，当她陪同苏轼去凤翔做官时，已经可以毫无保留地分享她对外人的见解了。访客们走进年少成名的苏轼家中，怀揣各种目的高谈阔论，未料想，屏风之后，早已有一双慧眼将他们看了个通透。

（独白）王弗：今日这位客人虽是初次登门，却与夫君一见如故，不用说，我猜你的心中一定把他引为此时此刻头一个知己，再畅谈两日，大醉两回，恐怕便是开天辟地头一个知己了。不过，世间像夫君这样的痴人，又有几个呢。

我倒有些担心，一个人素昧平生，这样快与你结交，他日万一与你断交，想必也很快。夫君如今年少得志，就连天子也夸你可以做得子孙后代的太平宰相，自然人人争着当你的知交，可总要日子长了，才能看出这些知交存得住，还是存不住。

我们注意到，相比于新婚时，这对夫妻的关系悄无声息发生了调转。王弗的沉稳和务实，显然更适合于官场应酬，待人接物。林语堂在《苏东坡传》里指出，才华过人的诗人和一个平实精明的女人一起生活之时，往往是显得富有智慧的不是那个诗人丈夫，而是那个平实精明的妻子。上帝在给予艺术家天赋的同时，似乎收走了他们的人情世故，而这时，王弗便用自己那种实际的智慧引导着跌跌撞撞的天才苏轼。

事情的发展果然如王弗所言。在凤翔任上，苏轼与顶头上司时有争执，被参了一本，罚了一遭之后，索性被调回了京师，做了个研究史料的小官。眼看着一颗政坛新星逐渐黯淡，这位知交也没了音讯。经历过一遭世态炎凉，苏轼不得不钦佩王弗的见识。

然而，这件事，这句佩服，他无法亲口说给王弗听了，王弗死于回到京师那年的五月。

他只能一笔一画将它刻在王弗的墓志铭上。

“千里孤坟，无处话凄凉。”灵柩前的香烟燃起时，苏轼想起小轩窗下那一炉香，王弗细心，总怕沉水香没有烧尽，经常摘下金钗，轻轻翻动着炉里的香灰。老人们说，香烧到一半熄灭了，叫断头香，来生便无法与亲人再见。苏轼不禁也揭开香炉盖，笨手笨脚地拨弄了两下。十一年夫妻情深，如今只有一缕幽幽的沉水香能做个凭证。从此后，一个人踏遍天涯，另一个长眠孤坟，除却来生，除却梦里，他们将再不能相见了！

而今，又是十年过去，在幽幽夜梦之中，那座孤坟再次被月光照亮。苏轼忽然意识到，他想要向亡妻诉说的，何止是凤翔那一次世态炎凉。事实上，他已经累积了十年的世态炎凉，以至于不知道从哪里开口。他把记忆一点点地倒回去。

这十年来，王弗没来得及看见的是什么呢？是父亲苏洵的死，是眉州老家三年的守丧。当苏轼结束漫长的丧期，再次回到京师时，新任宰相王安石正在推行震动朝野的新法，所到之处，反对新法的重臣纷纷被贬。苏轼藏身在史馆里，暂时平安，然而，他的仗义执言终究毁了他的平安。

熙宁四年（1071 年），苏轼上书弹劾新法的弊病，王安石的亲信立刻发难，反咬苏轼当年在运送父亲灵柩的船上夹带了私盐，不仅违法牟利，更是愧为人子。政敌的无耻态度让苏轼心灰意冷，他主动请求离京，这座城市的光芒在他心中熄灭了。

苏轼不再是少年了，他意识到，一个人心里的光熄灭之后，衰老便如影随形。三十八岁，他抵达密州，发现两鬓生出白发。在另一首《江城子》中，苏轼旷达地一挥手，写下了：“鬓微霜，又何妨！持节云中，何日遣冯唐？”

今夜这场梦中，他与十七岁的亡妻重逢，忽然间，那个旷达的苏轼不见了，他笔下千言万语，此刻都归于沉默。他用目光缓缓抚过亡妻的面容，年轻的皮肤，清澈的眼神，她甚至仍然像年少时那样，对一小块没有烧尽的沉水香倍加爱惜。

死亡封存了她，梦又复活了她，复活在她十七八岁最好的年纪。苏轼生命的一部分也随之复活了，那是他最理想主义的年纪，春风得意，像一匹刚出厩的骏马，以为面前是三万里坦途。谁能在被世事消磨殆尽之后，重逢十几岁的自己，却不感到一丝愧疚呢？他颤抖起来，十年的岁月忽然横亘在他们之间，苏轼发现，他再也说不出那句"鬓微霜，又何妨"了，他只能说："纵使相逢应不识，尘满面，鬓如霜。"

这些年的世态炎凉，已经像霜雪落满了我的鬓发，已经像烟尘扑满了我的面颊。那是化不掉的霜雪，洗不去的烟尘，我眼睁睁地看着它们把一个崭新的少年人弄脏了。现在，如果你看到了我，从你那光洁无瑕的铜镜里看到了我，恐怕不会认识吧。说实话，我也快不认识我自己了。

仿佛听到了苏轼的心声，梦中的亡妻慢慢转头看向了他，十七岁的王弗和三十八岁的苏轼，就这样相望着。

"相顾无言，唯有泪千行。"

这个无言相望的时刻，是无数悼亡的诗人都不愿意，也不敢提笔去碰触的时刻。他们从不写与死去的爱人正面相对的那一刻，是因为没有几个人，敢像苏轼一样正面面对自己的悲痛。

元稹写梦见亡妻："今宵泉下人，化作瓶相憬"，将亡妻化为井底的一只银瓶。欧阳修写悼亡之梦："乍若去而若来，忽若亲而若疏"，亡妻的身影若即若离，一时浮现，一时又消失。诗人们动用譬喻，动用典故，动用一切缥缈而迂回的笔法，却从不敢直截了当地写下那句“相顾无言，唯有泪千行”。

为何无言，因为茫茫生死已经充斥了脑海，没有任何一丝余地，留给语言去组织，去生长。就像晏几道说的：“渐写到别来，此情深处，红笺为无色。”当我试图写下离别，情深至极，红色的信纸几乎要化为一片空白。晏几道红笺上的空白，便是苏轼此刻言语的空白。

十年离思，到了这一句已经说尽了。十年言语，也已经尽数化入泪中，但词还没有完。在这首《江城子》的尽头，苏轼仿佛是踉跄地退了下来，在最后补上三句：

“料得年年肠断处，明月夜，短松冈。”

十年过去了，当时苏轼亲手栽种在王弗坟上的矮松，现在应当已经遒劲参天。但在他的心里，那片坟茔还是小小的，月光落下来，十年或一百年并没有什么不同。当他在滚滚红尘里走完这一生，抖落满身尘埃，便终于可以回去。那个十七八岁的女子会在小轩窗下等他回家。

35 《洞仙歌·冰肌玉骨》

◎宋·苏轼

冰肌玉骨，自清凉无汗。水殿风来暗香满。绣帘开，一点明月窥人。人未寝，欹枕钗横鬓乱。

起来携素手，庭户无声，时见疏星渡河汉。试问夜如何？夜已三更，金波淡，玉绳低转。但屈指西风几时来，又不道流年暗中偷换。

（独白）花蕊夫人：皇家猎苑，花开如锦，连绵不断，我不断想起蜀中风光，连绵不断的芙蓉花，那时候大家都叫我花蕊夫人。当然那是很久很久以前了。

现在我离开了蜀中。我仍然陪侍在天子之侧，只是从蜀国天子换成宋国天子。天子与臣子共赏春光，他劝他的弟弟晋王饮酒，晋王看了看我，说："如果陛下让夫人折花给我，我就喝。"

天子于是对我说："你去吧。"

那一刻，我知道我的死期就要到了。

我盼望已久，也等候已久的死亡。

这是发生在公元10世纪的一桩谋杀。当时是北宋初年，在位的皇帝是宋太祖赵匡胤。

赵匡胤与臣子在后苑宴饮、打猎，花蕊夫人随侍在侧。赵匡胤劝弟弟晋王饮酒，晋王再三不肯，最后推脱不过，便提出要求，如果花蕊夫人为他折花，他便饮酒。但就在花蕊夫人转身折花的那一刻，晋王拉紧了弓弦。

花离枝，箭离弦。

在千年之后，揣想当时，花蕊夫人倒下的时候，不知道鲜血是不是漫过了她手里的花枝，也不知道夕阳有没有为她的鬓角染上金边，而千里之外蜀中的芙蓉，有没有齐齐叹息，垂下花颜。

晋王射杀花蕊夫人的理由是红颜祸水。因为她曾经是后蜀末代君主孟昶的妃子，蜀国已经亡国，孟昶已经死了，她却得到了征服者赵匡胤的宠爱。作为皇帝的弟弟，晋王很担心哥哥被妖女所迷惑。

这是个自古以来经久不衰的罪名，商有妲己，周有褒姒，汉有赵飞燕，唐有杨贵妃。

而绝代美人的香消玉殒无论什么时候都让人唏嘘。花蕊夫人的声名并没有随着她的死亡而消散。就在百年之后，一位横空出世的天才诗人就凭着自己少年时的记忆写下了这首《洞仙歌》。

这位诗人名叫苏轼，字子瞻，号东坡，是个不必多加介绍的名字。

这首《洞仙歌》写于苏轼四十七岁时。

苏轼在诗的序言中说，他七岁时遇见一个姓朱的眉山老尼，老尼自述曾经跟着师父进过孟昶的后宫，亲眼见到孟昶与花蕊夫人在摩诃池畔纳凉，听到孟昶为花蕊夫人写词。老尼记住了词的内容，哼唱给年幼的诗人听。

四十年过去，诗人仍记得其中两句，可见刻骨铭心。苏轼就这样，仅凭记忆中的这两句，推测出当年老尼哼唱的词牌名是《洞仙歌》，并补足了全篇。

词的开篇先声夺人，“冰肌玉骨，自清凉无汗”，白玉雕作的骨骼，冰雪一样的肌肤，即便在炎炎夏日，也清凉无汗。你完全可以想象，那是怎样一个美人，在摩诃池畔，连天边明月都忍不住窥视她。

诗人的浪漫就在这里，精巧也在这里。在他的词中，没有老尼，没有侍婢，摩诃池畔就只有一对恩爱情侣，明月照人。

时已三更，君王携素手，坐看星河耿耿，明月东移，屈指算西风几时来，而流年就在这样的良辰美景中偷偷过去。

（旁白）花蕊夫人：那当然是我最好的时光。

无论我什么时候回头望，都能看见那片月色，水殿之中，有凉风习习，有暗香浮动，有君王在侧。

他是蜀地的君王，也是我的夫君。“花蕊夫人”是他为我取的名，《洞仙歌》是他为我写的词。锦官城中遍地芙蓉是他为我种植，到西风来，花开如锦，从眼底一直铺展到天边。

我想，哪怕有一天年老色衰，荣宠不再，我也会记得这些甜蜜时光。我想我会一直记得，但是我没等到这一天。

我没等到年老色衰，也没等到荣宠不再。

宋国大军压境，蜀国一夜之间陷落。

孟昶哀叹说，我和先帝温衣美食养兵四十年，到大敌临前，竟没有人为我向东放一箭，我想坚守，谁与我同守？

平心而论，孟昶不算昏君。

他有过好大喜功、任用小人的过失，却也有过整顿吏治、劝农兴教的功劳。唐朝之后，中原乱起七十年，他和他的父亲曾经于战火中保全地方。只是此时，乱世已到了尾声，不可能再容他偏安一隅。

孟昶投降宋国，被押去汴京。成都百姓携老扶幼为他送行，一直送到眉州，痛哭而绝者百人，可见是得人心。

但是大势所趋，无可奈何。

孟昶抵达汴京，七日而卒。他的母亲绝食而死，花蕊夫人应召进宫。有人说赵匡胤为了得到花蕊夫人毒杀她的夫君，也有人认为以宋太祖的心胸，不至于此。但我想，即便真是宋太祖杀孟昶，那也不会是为美人，而是为孟昶太得人心。

有时候原因没有那么重要，至少没有结果重要。

（旁白）花蕊夫人：我的夫君死了，我还活着。

我有无数的理由去死，但是我想活着。

如果我死了，所有属于我的，属于和我夫君的记忆，都会在这世间烟消云散。我希望它们存在得久一点，关于那些过往，那些木芙蓉，那些风吹过摩诃池的夜晚，那些在夜晚里默默流淌过指尖的时光和心愿。

后来，我被召进宫，天子让我写诗。

我听说过三国时魏文帝逼弟弟曹植七步成诗，是生死攸关；眼前于我，也是生死攸关。我不记得我走了几步，但我想历史会记下这首诗：

君王城上竖降旗，妾在深宫那得知。

十四万人齐解甲，更无一个是男儿。

这首诗被收录在《全唐诗》里，题目叫《述国亡诗》。

短短二十八个字，足以让我们窥见美人才情：君王在城墙上竖起投降的旗帜，我一个深宫女子如何得知？十四万将士卸下战甲，放下兵器，就没有一个男儿保卫家国吗？

这首七言绝句足以让所有将亡国罪名强加于后宫女子的人汗颜——但是花蕊夫人还是死了，还是死在“红颜祸水”这个罪名之下，而射杀她的晋王并没有被问罪，反而在若干年之后，在烛影斧声的疑云里登基称帝，是为宋太宗。

青史无情。

多情是美人的故事，是眉山老尼惊鸿一瞥，是诗人苏轼念念不忘，是唱响大江南北的这首《洞仙歌》，也是蜀地百姓口口相传中，芙蓉花神的送子传说。

传说花蕊夫人虽然深受宋太祖宠爱，但是旧情难忘。她将亡夫孟昶绘于纸笔，挂在宫中，夜深人静，泪眼相望。这件事被宋太祖听闻，追问缘故。花蕊夫人急中生智，说自己挂的是送子之神。

送子之神从宫中传到民间，从北宋传到晚清，最终花蕊夫人被传为芙蓉花神，也被传为送子娘娘。

荒诞不经，正史不载。所以我们也无从知道，孟昶死后，花蕊夫人在赵匡胤的后宫里过的是怎样的日子。

她的夫君孟昶是个亡国之君。

历来亡国之君都被钉死在耻辱柱上。国破家亡的那一刻，花蕊夫人也许恐惧过，也许怨恨过，恐惧于祸福难测的命运，怨恨她的夫君不够英明神武，不能够抵御宋军铁蹄，也许还怨恨自己遇见的是个亡国之君，怨恨自己深爱的，偏偏是个亡国之君！

一个后宫女子，不可能决定国运兴衰；一个亡国之君，不可能庇护一个美人。

花蕊夫人迅速认识到自己的处境，她必须进宫，她必须接受宋太祖的垂青，她甚至不能够死：不得天子允许，她没有权利决定自己的生死。是的，孟昶死了，但他还有儿女，他还有国民，他们都承受不起上位者的迁怒。

这也许是花蕊夫人活下来的理由。但或者纯粹就只是花蕊夫人蝼蚁偷生。

成王败寇的时代，这是爱上一个失败者的宿命。

虞姬爱过，盖世英雄如西楚霸王也只能叹息“虞兮虞兮奈若何”；息夫人爱过，却最终也只能“看花满眼泪，不共楚王言”，她为楚王生了两个儿子，好在世人也能体谅“千古艰难惟一死，伤心岂独息夫人”。

无论花蕊夫人是不是想死，是不是有勇气去死，她知道这都是她躲不开的结局。她不得不等候她的死亡，等候从身后飞来的命运之箭。她知道这个结局，所以她坦然接受。她走过去，在秋光里，摘下她生命里的最后一朵花。

可惜不是芙蓉。

鲁迅先生说，我一向不信昭君出塞会安汉、木兰从军就可以保隋，也不信妲己亡殷、西施沼吴、杨妃乱唐的那些古老话。

在那些古老的、天下逐鹿的游戏里，一个女人的生死，并不在她自己手里，她没有可能决定一个国家的存亡，但她往往是最终的承受者，她承受这个结果，但也许她原本只是来这世间，摘一朵阳光下的木芙蓉。

36 《临江仙·梦后楼台高锁》

◎宋·晏几道

梦后楼台高锁，酒醒帘幕低垂。去年春恨却来时。落花人独立，微雨燕双飞。

记得小蘋初见，两重心字罗衣。琵琶弦上说相思。当时明月在，曾照彩云归。

（独白）小蘋：我知道这不是梦，但我却撞见了一双梦里的眼睛。二十年过去了，那双眼睛一点也没变，还是那么天真、那么迷惘。而当年一同欢笑的那些眼睛呢？有的已经永远合上了；有的被重病缠绕，早已失去了年轻时的神采；而我呢，灯红酒绿二十年，现在，又有一双怎样的眼睛呢？

我下意识用琵琶挡住脸，我怕他认出我，认出那双物是人非的眼睛。但他还是喊出声来：小蘋，是你吗？

宋哲宗元祐元年（1086 年），四十九岁的晏几道回到汴京城。这并不算衣锦还乡。一个昔日宰相的儿子，一个知名于北宋文坛的才子，却只能在地方小官的岗位上，无聊地挨过每一天。因此，做官或不做官，在京还是在地方，逐渐成了一件无关紧要的事。

晏几道明白，如果身边每个人都梦寐以求的事，对你来说，却变得无关紧要，那么，你正在被大多数人推开，你正在成为一个不入流者、一个孤儿，或者说一个走进黑夜的人。但是，他似乎没有

那么恐惧。走进黑夜，就可以做梦了吧？从二十几岁开始，他早已给自己构筑了一座梦城，用他最擅长的诗词小令，每一首，都是梦城的一块砖瓦。在这里，那些早已结束的宴会又燃起灯烛，那些风流云散的朋友仍在痛饮高歌，那些歌伎，黑发上插着永不凋谢的花朵，一颦一笑，仍然像春水泛起涟漪。

他们是不老的。

但不老的梦城禁不住一次真实的相遇，比如这一次，他和歌伎小蘋的重逢。

一般诗人写重逢，只怕四目相对的时间不够多，而晏几道的这首《临江仙》，一落笔，已经跳过了重逢当夜，他由第二天清晨写起。

“梦后楼台高锁，酒醒帘幕低垂”。“楼台”这两个字，是晏几道在写离别的时候经常用的。其他诗人渲染离别，会用“关山”“蓬山”这样的词，比如李商隐的“刘郎已恨蓬山远，更隔蓬山一万重”。蓬山是传说里的仙境，关山也并非眼前之物，而在晏几道笔下，阻隔他和心上人的，就是楼台，是真真切切的近在咫尺的东西。他曾经这样写：“年年此夕东城见，欢意匆匆。明日还重。却在楼台缥缈中。”

楼台缥缈，既是人间实相，又在不经意间沾染一丝仙气，似真也似幻。这就是晏几道看待现实世界的眼光。在幻境之中，时间和空间不再一如既往地流淌下去，它们分崩离析，开始变形。突然间，一个在记忆中最为深刻的画面，突然跳出来，浮现在晏几道的笔下。——“去年春恨却来时。落花人独立，微雨燕双飞。”

他想起小蘋的一个背影，独自站在暮春之中，落花满地，细雨满天。他知道，春雨很快就会停，而枝头上最后的花朵，也将在这场雨后消隐无踪，细细密密的雨声，像秒针在走，一切都在加速流逝着。

只有小蘋，她的身影固执地伫立在春天里，清清淡淡的一抹背影，却对整个春天发出无声的挽留。“去年春恨却来时”，所谓的恨，便是遗憾，遗憾春天为何年年而至，却又年年在雨声中流去，不为任何人而停留。

（独白）小蘋：遗憾吗？小山。我还记得你这个有趣的别号，晏几道，晏小山。听起来，就好像是小蘋、小莲的兄弟姐妹，经常让我忘记了你是贵族公子，而我们只是歌伎。

我知道，你不喜欢我这么说，你又要大声喊起来：

“不是的，我们是一样的！我们要一起看花看雪，一起唱新词，一起变老！”

小山，二十年好快啊。我的皱纹藏不住了，我送走了太多人，太多个春天，一个人的一生能送走几次春天呢？而你呢，小山，你还不愿意老。你怎么始终是那么的痴气啊。

晏几道无话可答。为了对抗这种想象，为了不去面对被岁月消磨的小蘋，晏几道从宿醉里挣扎着醒了过来。他试图把时间再往前推，推到最早——他与小蘋第一次见面的时候。

“记得小蘋初见，两重心字罗衣。琵琶弦上说相思。”

他不敢再去回忆这位少女的眼睛，他把目光投向了小蘋的衣裙，两件罗衣重重叠叠，那香气他一闻就能想起，是心字香。心字香的气味在小蘋的周身弥散，被她的手指牵引，一路滑上琵琶弦，琵琶弦上说相思。

在他们初见的时候，那并不是什么真正的相思。酒宴之上，歌伎们一开口，谁唱的不是相思呢？听歌的、写歌的，又有谁不知道自己在逢场作戏呢？因此“相思”两个字，在初见之时，只不过是取一点甜味罢了。

但现在，一切都不同了，隔着二十年的岁月看回去，琵琶弦上的相思成了刻骨铭心的相思。相思的对象不再是哪一个人，而是他们痛饮高歌的年轻岁月。在晏几道《小山词》的序言里，他无尽地追忆着这段岁月，他说：

“从前我有两位朋友沈廉叔和陈君龙，家中有小莲、小鸿、小蘋、小云四位歌伎，我们每作一首新词，就写下来让她们演唱，三个人拿着酒，欣赏着轻歌曼舞，无比快乐。不久之后，君龙卧病在床，廉叔不幸去世，当年的狂歌醉句，就这样随着两家的歌伎，流传在人间。”

那是晏几道二十岁出头时的事，我们不知道，他无忧无虑的时光究竟持续了多久。只知道，晏几道二十七岁，与黄庭坚等人交游的时候，沈廉叔和陈君龙这两个名字，就再也没有出现了。掐指算来，这群年轻人的诗酒之欢，至多不过三年五载，却给晏几道留下了终生的梦幻。

从此之后，他的生活就分成了两个世界，一个在梦中，一个在梦外。晏几道与梦外的那个世界到死都合不来，他的好朋友黄庭坚曾经这样评价他的处世风格，称之为“四痴”：

仕宦连蹇，而不能一傍贵人之门，是一痴也；

论文自有体，不肯作一新进士语，又一痴也；

费资千百万，家人寒饥，而面有孺子之色，此又一痴也；

人百负之而不恨，己信人，终不疑其欺己，此又一痴也。

黄庭坚说，晏几道做官受阻，却不肯利用自己的出身投靠一个贵人，是一痴。才华横溢却不愿科举，是一痴。为别人花钱如流水，自己的家人却饥寒交迫，还不以为意，是一痴。被人辜负一百次，一千次，也不知道回头，只要有一分信任，无论如何都不会怀疑对方骗自己，这更是太罕见了，太痴气了。

在这举世罕见的四痴之下，贵公子晏几道渐渐沦落成一个没有功名的狂客，没有家财的浪子，以及一个连贬谪都无从贬起的小小官僚。这个世界对于他来说，狼狈极了，他两眼一抹黑地走着，尝尽了世间的磕磕绊绊，不得不避入梦城里去。一卷《小山词》，写了将近一百个“梦”字。仿佛只有在梦城之中，才能留得住一轮皎洁的明月，在月光下，黑的、白的，真心的、假意的都无可遁形。晏几道终于可以睁大一双天真的眼睛，无限地爱恋这个世界。

所以这首《临江仙》的结尾，他写道：“当时明月在，曾照彩云归。”

二十年前，那一轮明月，曾经照亮过小蘋离去的身影吧。二十年后，就在昨天，他们重逢的晚上，也是同一轮明月，照亮了小蘋离去的身影。

晏几道最终没有让二十年后的小蘋转过身来。在这首只有五十八个字的《临江仙》里，他三次写到小蘋：落花人独立的小蘋，初见时弹琵琶说相思的小蘋，明月下归去的小蘋，却始终没有一个字，提到那一晚他与重逢的小蘋，究竟是什么模样。他害怕面对小蘋的衰老，就好像害怕看到现实的世界，入侵了他的梦城。

但是，也许小蘋根本不会在乎，她懂得这个男人的幻梦，也曾经一字一句吟唱过他的幻梦，但小蘋还要过自己的人生。

（独白）小蘋：小山，你看我的皱纹，每一条皱纹都是我认真长出来的。你要笑话我了吧，我也开始说这些痴气的话了。

好，那我说一句正经的：我做不了你那座梦城里的人。这件事，从那年春天你就应该知道了，那年我们一起看着满地落花，你说是春恨，我却笑了。我决心要像落花一样认真地老去，才不枉来这世上一遭。而你，小山，这个世界对你来说太沉重了吧。

再喝一杯，就去睡吧，在梦里，你就自由了。你那句诗，写得多好啊："梦魂惯得无拘检，又踏杨花过谢桥"。

只有梦中的灵魂是无拘无束的，在梦里，晏几道又可以踏着杨花，寻访不老的故人了。这种将真实世界抛诸脑后的执拗，甚至像是用自己的人生来献祭，幻化出梦的城池，为千百年后的世人建造了一处心灵的避难所。就算你是最老于世故的人，就算你是一步一个脚印从命运手上赢了个大满贯的人，但总有某个被击倒的片刻，你可以倾身投入梦城的怀抱。那时，不要再笑话晏几道了，不要再怜悯这个笨拙、天真、不懂得胜利的诗人。因为他照看的，恰恰是所有人笨拙、天真、被胜利抛弃的那个时刻。梦城就在那里，等你来避一避风雨，再上路吧。

37 《青玉案·元夕》

◎宋·辛弃疾

东风夜放花千树，更吹落、星如雨。宝马雕车香满路。凤箫声动，玉壶光转，一夜鱼龙舞。

蛾儿雪柳黄金缕，笑语盈盈暗香去。众里寻他千百度，蓦然回首，那人却在，灯火阑珊处。

（独白）范如玉：这个元宵节，孩子缠着我问："娘，人人都回家过节了，为什么爹还不回家呢？"

我说："爹爹去了临安，皇上要召见他。"

孩子又问："皇上家在临安吗？"

我忽然被问住了，想了半天，才告诉他："不是的。其实皇上家在长江北边，一个叫汴京的地方。不只皇上，其实爹爹、娘，还有你的家都在北方。可是，金人霸占了我们的家。如果这次，爹爹能说服皇上北伐，也许，我们就能回家了。"

范如玉发现，自己还是不太习惯江南的元宵节。虽然他们已经搬到京口很多年了，看起来，早就是个地地道道的江南家庭。但她和丈夫辛弃疾都清楚，不是的，他们只是江南的游子。此刻，辛弃疾远离京口，正在临安城准备面见皇帝，也顺便领略了临安城的元宵节。

夜幕落下时，辛弃疾惊讶地发现，升起的不是星星，而是高挂在树梢枝头的花灯，千千万万盏花灯。他甚至有些恍惚，是一夜东风，把满树繁花给吹开了吗？他沿着街道，向更热闹的地方走去，一直走，却好像永远走不到尽头，临安城的热闹无穷无尽。

辛弃疾想起他二十三岁，刚刚南渡那一年，他带着几万人回到南宋统治的土地，也是这样猝不及防地撞入临安城辉煌的夜色。那时，辛弃疾以为收复中原指日可待。没想到，直到今天他还辗转在一个又一个无足轻重的岗位上，没有什么北伐，没有收复中原，每天烦恼地只剩下农田、粮草和账簿。而他三十二岁了，十年的时间在等待中空耗，辛弃疾不知道，十年之后是不是还有十年。就像他不知道这临安城的繁华背后究竟是什么，花不会永远盛开，灯火不会一直亮，夜阑人散之后，又会是怎样一番光景呢？

关于《青玉案》这首词中的“那人”是谁，读者历来有不同的看法。有人说，那是辛弃疾自己，也有人说，那只是一个符号，暗示着南宋逐渐走向灯火阑珊。但也有人愿意相信，那一晚，辛弃疾当真邂逅了一位令他心动的女子。他只能用目光追随着对方，偶尔一出神，便看不着了。再寻找时，只看到陌生的女子们鱼贯而过，发髻上装饰着蛾儿、雪柳、黄金缕，似真似幻的香味在空气中弥漫。然而那都不是她，不是辛弃疾意中的那个人。

辛弃疾找了又找，直到灯火刺痛了他的双眼，一回头，才发现意中人的踪迹。她根本不在繁华中心，而是一个人站在灯火阑珊之处。灯消火暗，人去楼空，如此冷落的场景，那些沉浸在梦幻中的人看都不愿去看，而她却站在那里，无声地告诉世人：“繁华如梦，你们也终有醒来的那一天。”

临安城的元宵，真像一场梦，梦醒之后，留给辛弃疾的只有这首《青玉案》。而他面见皇帝，试图再度北伐的计划，却仍旧沦为

一纸空谈。

不太了解南宋历史的朋友，可能不明白辛弃疾为什么终生无法放弃北伐的梦想。这要从他的特殊身份说起，辛弃疾是一个“归正人”。

所谓的“正”指的是南宋的正统政权，归就是回归，“归正人”也就是回归正统之人。这是南宋对北方沦陷区南下投奔之人的蔑称。自从北宋覆灭于金国之手，长江以北便落入侵略者的统治之中，改朝换代，对于历史来说是寻常事，但对于长江以北的人民不是。这一刻，每个人，每个家族都要做出一个重大的选择：是追随着朝廷迁徙到长江以南，还是继续生活在异族统治的土地上？

我们熟悉的诗人中，李清照选择了前者，她追随流亡的朝廷前往杭州，最终客死他乡。而辛弃疾当年还小，他的祖父替整个家族选择了后者。与此同时，在遥远的京口，一个姓范的家族也做出了相同的决定。辛家和范家做了金朝的官，却始终没有放弃回归故国的心愿。多年之后，范氏家族的范邦彦主动要求去宋金边界任职，趁着内乱，范邦彦打开城门，将整个城池献给了南宋朝廷。全家成为归正人，来到了长江以南。

而辛弃疾的回归，比范邦彦更加石破天惊。他率领民间义军，试图归顺朝廷，却在谈判回程的路上，得知义军内部出了叛徒，早已投降了金国。义愤之下，辛弃疾仅仅率领五十余人，闯入金兵大营，生擒叛徒，然后旌旗一挥，号召数万名义军旧部随他一同南渡，就此归赴南宋。

那一年，辛弃疾只有二十三岁，在万人簇拥中踏上了江南的土地。只要皇帝一声令下，剑锋一指，他愿意调转马头，再次打过江去，为南宋朝廷收复江北的失地。要知道，长江以南，是他精神的故国，而长江以北，才是真正生他养他的故乡。辛弃疾想打回故乡，每一个“归正人”都想打回故乡，他们相信，龙椅上的天子，一定比他们梦想得更为迫切，更为坚决。

在同样的梦想下，辛弃疾和范邦彦的女儿范如玉结为夫妻。然而，他们梦寐以求的北伐没有立刻到来，立刻到来的是辛弃疾的一纸调令，此后的十年间，他马不停蹄地奔赴一个又一个新职位，但全都是基层小官。

（独白）范如玉：从临安调去滁州时，他还踌躇满志，相信转机很快会到来。谁知没两年，他就告别了滁州，接着去江西，去湖北，去湖南。我眼看他的热情在不停的调任中耗尽，而这条路，离我们想回的那个家越来越远。他把握不了政局，只能紧紧握住手中的一支笔，一条一条详述用兵之法，呈给朝廷，却只换来一句：文笔不错。文笔，多么讽刺，没有人听得见那是杜鹃啼血吗？其实人人都听得见，但他们要睡了，火树银花的临安城令他们昏然入梦。杜鹃啼血，他们只觉得吵闹。

醒着的人无法再做梦。淳熙八年（1181年），辛弃疾罢官回乡。

回乡之后，辛弃疾和妻子在江西上饶盖起隐居的别墅，门前流水如带，便称为带湖。带湖隔开了官场的喧嚣，隔开了临安的往事，那一场“东风夜放花千树”的元宵节，仿佛和辛弃疾的壮志一起归于平淡。“却将万字平戎策，换得东家种树书。”昔日铁骨铮铮的将军，开始关注如何种树，如何酿酒，以及如何在某一个新酒酿成的冬夜，呼朋引伴，叫上樵夫，叫上野老，用一场又一场狂醉来淹没自己的壮志豪情。

而妻子范如玉反对这种戏剧化的狂醉，因为酒能够抵消一时的痛苦，但是，借酒浇愁这件事本身，会令人越来越相信自己是一个末路英雄。狂醉之后，有几人真的开心呢？更多的人，反而消沉徘徊，不能自已，这种自怜自伤，实在比任何挫折更加消磨一个人的心志。

某一夜，辛弃疾再度大醉归来，范如玉气得在他卧室的窗户上写满了大字：戒酒！戒酒！戒酒！她相信一个人只有醒着，才能与时代做足够长久的对抗。有时，范如玉会想起那首词：蓦然回首，那人却在，灯火阑珊处。如果没有足够的清醒，谁能一直守在黑暗里，与繁华的假象对峙呢？

带湖之外，南宋已经和金朝签署盟约，每年供奉二十万两银、二十万匹绢帛。主和派与主战派仍然争论不休，但是，双方都有一种强烈的预感，那就是朝廷已经无力再战。所谓的战与和，只能化作朝臣们相互攻讦的奏章。帝国最聪明的头脑和最精锐的将领，就在这些论战里耗尽了余生，一直到死，他们都不再有领兵上阵的机会。

而在带湖之内，辛弃疾从没有一天放弃过北伐的主张。但是，他很少再慷慨激昂地买醉了。也许，从妻子范如玉身上，他学会了那种清醒的对峙。五十三岁时，辛弃疾还为好友陈亮写下一首金戈铁马之词：

马作的卢飞快，弓如霹雳弦惊。了却君王天下事，赢得生前身后名。可怜白发生。

这首词将清醒的对峙表现得淋漓尽致。不读到最后一句，你不会知道这首诗中的沙场点兵、塞外高歌、扬鞭纵马、报效君王，都只存在于诗人的想象之中，而真正的现实只有一句，那就是“可怜白发生”。这种笔法和《青玉案》出奇地相似，它们倾其所有地描绘着美好愿景，却在最后一笔点破。繁华和黑暗，热望和冷落，就这样清醒地撞在一起。

要问哪一个更接近辛弃疾的真心话，也许，这种清醒的对峙便是辛弃疾的真心话。

他明知时代的黑夜已经降临，但他决心不睡，也不退转，不做所谓的聪明人，他将始终振臂疾呼，向着中原，向着他们再也回不去的北方故乡。

38 《卜算子·我住长江头》

◎宋·李之仪

我住长江头，君住长江尾。日日思君不见君，共饮长江水。

此水几时休，此恨何时已。只愿君心似我心，定不负相思意。

（独白）杨姝：我住在长江边上，推开窗户就能看到浩浩荡荡的流水，无日无休。李白诗中说：“请君试问东流水，别意与之谁短长？”我思念李郎，我也不知道我的思念与这江秋水，谁短谁长。丫鬟飞奔来报：郎君来信了！四周一时都明亮起来，窗外鸟叫声也婉转了，顺流而下的点点白帆都生机勃勃。我展开桃花笺，是半阕《卜算子》：“我住长江头，君住长江尾，日日思君不见君，共饮一江水。”

这首《卜算子》是北宋中晚期词人李之仪的代表作，有人说这首词是女子口吻，但其中相思切切，并不分男女。

住在长江头的，未尝不是词人李之仪；住在长江尾的，也许就是他深爱的女子杨姝。

李之仪出身名门，少年及第，曾为苏轼幕府，因得罪宰相蔡京被贬太平州，也就是现在的安徽当涂。

“苏门四子”之一黄庭坚在太平州担任知州，召歌伎杨姝弹琴。杨姝色艺双绝，黄庭坚赠词《好事近》，李之仪写词作和。黄庭坚词中说“使君来去本无心”，十分超脱，李之仪却对杨姝动了情，开篇便是“相见两无言”，近乎倾心。

那时，李之仪正处于人生低谷，他接连经历了丧妻、丧子、仕途跌宕之后，眼前遇见的这个美丽的女子，就像是他生命里的一道光。

关于写杨姝的词，流传至今的，除了黄庭坚的《好事近》，还有李之仪的《清平乐·听杨姝琴》两首、《浣溪沙·为杨姝作》两首、小诗《赠人》两首，咏梅、咏琴诗词中也处处都有杨姝的影子。

李之仪竭尽全力表达他对杨姝的倾慕。

他写“神仙院宇，记得春归后”，写“佳人乘兴，应是得欢多”，写“乳燕穿庭户，飞絮沾襟袖”，我们完全能够从这些诗词里勾勒出他们的恩爱图景。在山水间相依相伴，在春光里看蝶舞莺飞。大雪纷飞之夜，火光融融，佳人抚琴，诗人畅饮。

一转眼，八年。杨姝为李之仪生下一子两女。

而李之仪也在这八年间等来了仕途的转机，被任命为朝奉大夫，正五品。

宋朝恩荫制度，五品、六品官之子遇到重大节日可门荫得官。宋徽宗政和年间，恰逢天子南郊祭祀。李之仪和杨姝的儿子年纪虽小，也在门荫之列。

这是天大的好消息，对杨姝尤其是。

杨姝出身官伎。在宋朝，官伎是下九流的最末端，地位极低，从良极为困难，须征得从六品及以上品阶官员的许可才能脱籍。大部分官伎都没有这个运气，一日为伎，终身为奴，子孙亦不能幸免。

可想而知，儿子能得到官身，杨姝会多么喜悦。

但也就在这一年，蔡京重新得到皇帝重用。

李之仪的老师是蔡京的政敌，十年前李之仪就是因为为老师拟遗表、作行状而被贬当涂。如今蔡京复相位，立刻就有人为了讨好蔡京诬告李之仪，说杨姝之子并非李之仪亲生，而是为了门荫冒领。

判决很快下来，李之仪被革去功名，贬为庶民；杨姝与其子被判不得与李之仪一同生活。

（独白）杨姝：十载寒窗，数年仕宦，一夜之间前功尽弃，都是因为我。如果我不是官伎，他们便找不到打击李郎的这个机会。我求他们让我回到他身边。但他们不能容忍李郎身边有我，不能容忍我们像天底下大多数情侣一样，朝夕相处，朝夕相对。因为他们知道那是多么幸福的一件事，就如同他们知道离别的痛苦。“我住长江头，君住长江尾。日日思君不见君，共饮一江水。”你是有多懂我，才能把每个字都写到我心坎上。

用水写相思是古诗词中常用的方法，比如“长恨人心不如水，等闲平地起波澜”。李之仪却别开生面，用“长江头”“长江尾”两个地理名词拉开了时空，长江仿佛天堑一般阻隔在有情人之间。

但同时，奔流不息的长江水又仿佛相思本身，从万里迢迢的长江头一直流到长江尾。

思念却不能相见，是怎样的痛苦，但是李之仪并不耽于这种痛苦，而是笔锋一转，像一双温柔的手抚慰情人的灵魂：日日思君不见君，共饮一江水。

“虽然见不到，但是我们终究还有这一江水，甘苦与共，冷暖相通。”缠绵悱恻，哀而不伤。

（独白）杨姝：好几次丫鬟从外头进来，我都像是听到有人说："郎君来信了！"我向她索要信件，她却反问："什么信？"有一天，我看到面前站了一个人，以为又是在梦中。我说，我好想你。他说，我也是，我回来了，带来了词的下半阕："此水几时休，此恨几时已。只愿君心似我心，定不负相思意。"

杨姝没有做梦，李之仪是真的回来了。

虽然面对的是蔡京这样强大的政敌，但李之仪没有放弃，没有什么能够阻止他回到杨姝身边。他一直在奔走，求助，终于得到机会平冤昭雪，官复原职。

而这，已经是三年之后了。

一千多个日夜，有情人天各一方，杳无音信。但他们都坚持下来了，李之仪没有另娶，杨姝也没有改嫁，他们守住了自己，等到了彼此。

这首《卜算子》的下半阕与上半阕不同，几乎直抒胸臆：此水几时休，此恨几时已——"长江之水什么时候断流，我的怨恨就什么时候休止"。

恰如汉乐府《上邪》中的呐喊："山无陵，江水为竭，冬雷震震，夏雨雪，天地合，乃敢与君绝！"

宋词中少有这样热烈奔放的表达，大多数诗词都以典雅含蓄见长，也就难怪李之仪这首词被称赞诚挚如古乐府了。

而词的尾句却又似期许与誓言：只愿君心似我心，定不负相思意。

李之仪和杨姝被迫分离这么久，这其间可能发生的意外就和各种传奇小说一样多。当李之仪写下这句的时候，也许也有过和杨姝一样的担忧和恐慌，他会害怕失去这个如阳光照亮他的女子。

即便到今天，交通便利，通信发达，都有无数异地恋熬不过时间，何况一千多年前。这对被明令禁止接触的恋人要得到对方的片语只言是千难万难。

他们的坚持，唯一倚仗的就是爱。

（独白）杨姝：李郎打开书箱给我看，这些年里，他给我写了多少词，有时说“应念相思久”，有时叹息“且将此恨，分付庭前柳”，也在《千秋岁》中倾诉“柔肠寸折”。

我说我还是喜欢《卜算子》，喜欢它的最后一句，“只愿君心似我心，定不负相思意”。李郎，我能等到你，你能等到我，便已经是今生最大的运气，长江之水为证，从今往后，你在哪里，我就在哪里。

39 《鹊桥仙·纤云弄巧》

◎宋·秦观

纤云弄巧，飞星传恨，银汉迢迢暗度。金风玉露一相逢，便胜却人间无数。

柔情似水，佳期如梦，忍顾鹊桥归路。两情若是久长时，又岂在朝朝暮暮。

（独白）朝华：“两情若是长久时，又岂在朝朝暮暮”，主君，多年前那个流萤纷飞的七夕节，你写下了这两句词。今晚，我反复默念着它，却像是你和我的写照。这是我嫁给你的第五个七夕，可我们已经分别四年了，这聚少离多，便是人生的苦况。此时此刻，你身在何处？你抬头，也能像我一样，看见双星渡过银河吗？年年七夕，家家乞巧，我却忍不住悲从中来，主君，你今夜也会想起我吗？

这位仰天而叹的“织女星”，她的名字是边朝华，她的身份，是宋代词人秦观的侍妾。虽然经历了多年离苦，此时她仍相当年轻，嫁给秦观那一年，她才只有十九岁。人们往往知道秦观的老师苏轼与他的侍妾王朝云的故事，却不甚注意这位边朝华。

这两桩婚事自有相似之处，都是四十几岁的文人学士，在他们功成名就之际，娶了十几岁的少女作为妾室。婚后，男人们通常给妾改名，新名字包含了美好的想象，朝华——清晨的花朵，秾艳新鲜，仿佛还凝着子夜的露滴，自当承受无尽的怜爱。秦观给她取这

样的名字，自然是基于她容貌的映丽。所谓映丽，就是那种似乎在暗夜中也能发出光芒的美丽。

这是绍圣四年（1097年）的七夕，就在朝华叹息之际，距离京城千里之外的湖南郴州，隔着薄薄的月光，秦观看到了璀璨而清晰的银河，在流云映衬下，仿佛正上演一场奇幻的宴会。他甚至听到了丝竹和笑语声，细细辨别，才知那不是云中仙乐，而是隔壁人家女眷们乞巧欢聚的声音。

在贬谪的小城中，在一封家书也寄不到的蛮荒之地，七夕依旧如约而至。今晚的夜空，让秦观不禁想起他年轻时写的那首小词《鹊桥仙》："纤云弄巧，飞星传恨，银汉迢迢暗度。金风玉露一相逢，便胜却人间无数……"

年轻时候的秦观，还没有真正品尝过人生八苦之一的爱别离滋味，他在七夕之夜指点银河，毫不把牵牛和织女的别离，当成一桩了不起的事情。反正时间是无垠的，他们是不死的，只有凡人才陷入"相见时难别亦难"的两难局面。这一对仙人，他们聚也好，散也好，都是金风玉露，左右逢源，哪来的什么忧伤啊！

银汉迢迢，仙家的悲欢的确太难共情。自古以来，诗人们想象双星的身影，他们的笔下，这段感情空灵得不染一丝尘情。"迢迢牵牛星，皎皎河汉女。……盈盈一水间，脉脉不得语。"《古诗十九首》中，牛郎织女之间只是一场亿万年的凝视。而李商隐也说："由来碧落银河畔，可要金风玉露时。"金风吹起，玉露暗生，这时相约相邀，就像飘落一场流星雨，虽没有任何温度，却美得铺天盖地。

而到了秦观手上，七夕词变出来许多世间儿女的情态："金风玉露一相逢，便胜却人间无数。"忽然间，牛郎织女对彼此有了评价。“你就是独一无二、最美的那位玉人啊！天上地下，谁也比不上你！”口口声声“胜却人间”，却把这一对神仙眷属带入了凡尘，因为真正的仙家态度，是不会去跟凡人相比较的。就是这一句，秦观也把自己带入了词中。

为什么要写这首词呢？在七夕的微风、七夕的清露和七夕的星空下，作为风流倜傥的才子，他不正像是一位谪仙人吗？

人们早已传说李白是太白星入凡，难道秦观也是一样，前世的身份是牵牛？

那谁，又是他的织女？

（独白）朝华：主君，你曾经告诉我说，天河里的水，跟大海里的水，是通着的。有人曾在八月里的某一天，备了十来日粮食，趴在大海中的木头上，就这么到了天河，看到了某个人牵着牛来饮水。就在那一天，地上的人们看见了，一颗小星靠近了牵牛星。你笑着对我说：“凡人跟仙人接近的机会是不多的，像这样的事，千百年来，也只发生过一回。”我便对你说：“那我呢？若主君是牵牛星，那朝华便是那颗误犯主君的客星吧？”你牵着我的手，正色对我说：“不，朝华，你便是我的织女。”

古人把妾室称为小星，可是在秦观看来，朝华可不是一颗小星，而是他的织女。元祐四年（1089年），是秦观一生中难得的顺遂时刻，他本人擢升为秘书省正字，还与朝廷重臣范祖禹结为了儿女亲家。四十五岁的秦观以为人生从此一帆风顺，大事都有了结论，便可享受闲情了。新婚之夜，他熏然地写道：

天风吹月入栏干，乌鹊无声子夜阑。

织女明星来枕上，了知身不在人间。

若干年前想象中的金风玉露，一朝终于成了枕上风物。他飘飘然地似乎脱离了人间。回顾前四十年，秦观经历了大器晚成的辛苦、政党攻讦的风波，疏荡放旷的脾气更让他遭受了不少指摘。而今夜，佳人柔情似水，这些坎坷似乎都一笔勾销了。

柔情似水，佳期如梦，也不过只是天上一夜。世路风波接踵而至，快得令人措手不及。

就在秦观和朝华成婚的秋天，朝廷中波澜暗起，赏识苏轼一派的太皇太后辞世，一股山雨欲来的气息弥漫在政坛上。哲宗皇帝开始亲政，新皇帝誓要将权力的棋局清扫一空，重落棋子。很快，煊赫一时的旧臣们贬谪的贬谪，流放的流放。一道被贬出京的诏书也落在秦观头上。真如同梦游仙宫一场，醒来还是人间之身。

离京前，秦观命令新婚不久的朝华回父母家去，另嫁他人。

（独白）朝华：父亲！你不能把我关起来，你开开门！你代我去问主君，问他还记不记得苏学士写给柔奴的《定风波》？当年柔奴的主君贬到岭南，她什么辛苦也不顾了，定要跟了去，她说：此心安处是吾乡。这颗心若是不安，您就算将我三媒六礼，嫁了什么如意郎君，也不过嫁他空空一具身躯罢了。管什么山遥水远，管什么湿热苦寒，我都要跟着主君一同去的。父亲，你去问主君，他不能不带着我走！

在清晨的冷露中，朝华发疯一般地跑着。她要追上那支南去杭州的队伍。她要追上她的主君。不久前她还与他是一对双星，如今，说过的誓言都不算了吗？

（独白）朝华：主君，您不能不带着我走！让我上车吧！

秦观看着蓬头乱发、哭肿双眼的朝华，心中五味杂陈。在做出那个决定之前，他曾细细数算旧时的同僚，老师苏轼被贬到广东英州，然后辗转惠州。好友黄庭坚为母亲守孝逃过一劫，孝期一满，立刻被贬去黔州。只要出京的旨意一下，他便很可能像昔日的师友一样，在山高水远的贬谪之路上耗尽余生。他自然可以像他的老师一样，一直把朝云带在身边，可这个词风婉约的男人，骨子里便是一个悲观主义者。他想，细弱的朝华是经不起这般摧残的。

尚未到达杭州，贬谪的旨意再次追来，这次是处州，浙江丽水，做一个收酒税的小官。现实像一座冰山冷酷地浮现，容不下任何绮梦了。他决意送走朝华。

《墨庄漫录》中记载了这件事，在杭州接到贬谪消息的秦观，借口要修道，不容分说，立刻派人回京师叫来了朝华的父亲，坚决把朝华送上马车。

很少有士大夫愿意记录自己和妾室之间真实的关系。虽然他们从不吝啬笔墨，像炫耀画眉鸟那样，炫耀妾室的美貌和歌喉。但对于那些更加深刻的联系，譬如迫不得已的离别，譬如分分合合的折磨，他们通常讳莫如深，顶多投射进一些风花雪月的隐语之中。但秦观打破了惯有的沉默，他写了一首诗，记载他的后半生里这件重要的事，诗的名字就叫——《遣朝华》。

夜雾茫茫晓柝悲，玉人挥手断肠时。
不须重向灯前泣，百岁终当一别离。

夕阳漠漠，马车消失在天际，目光所及只剩下龟山巍峨。在大自然面前，人们方生方死，轻易便被命运拆为两片。但如此脆弱的凡人，怀中却长存着无法遗忘的爱，哪怕被现实磨灭到只剩一寸，那一寸还成千万缕。秦观最后的话充满了无奈，他说："不要哭了，不要再死守着朝朝暮暮的执念，就算我们守到百岁，最后岂不还有一场离别吗？"

贬谪之路，终于只剩下了秦观一个人。此后的一两年间，他像一叶浮萍，随波逐流。在处州稍停之后，又被一道莫须有的罪名驱使着继续南下，向着湘江楚水的深处而去。当绍圣四年（1097年）的七夕，他抬头仰望天际银河的这一刻，已经身在郴州。半生零落，举目无亲，秦观漂浮在无尽的旅途中，像一个孤独的游魂。

在这个七夕，秦观想象着遥远的天穹，双星交会，然后再次陷入漫长的离别，就像对人间一桩桩悲欢离合的隐喻。他不知道，同样举首向天的，还有他的朝华——

"柔情似水，佳期如梦，忍顾鹊桥归路。两情若是久长时，又岂在朝朝暮暮。"

当命运把人推到离别的十字路口，往往就在一刹那间，来时的鹊桥，化作别时的归路，不容人心存侥幸，不容人好梦不醒。这时，我们才知道天长地久和朝朝暮暮，都是由不得人选的。

洒泪而别的朝华，像是夜空中渐渐黯淡下去的织女星，天色快要破晓，一道银河重又将他们分隔两地。

（独白）朝华：牛郎织女一年还有一度相会，为何你我年年空看流萤？主君，自你走后，我把你的旧诗都读过背会了，虽然不在一起，心却越来越近了。你走后，我养成了自言自语的毛病，每天都要同你说话。虽是住在我父亲家里，因有柴米和用度送过来，他们还把我看作是你家里的人，允我安安静静地，等着你回来。

你快回来吧，主君，这噩梦一般的日子终会过去的，我还会像那年一样，心满意足地待在你身边，被你温柔地眷恋……

三年后，秦观在藤州猝然离世，终其一生，他没能再度回到京城。等待着他的那些朝朝暮暮的心愿，也终于化作了一缕云烟。令他到死都没有忘记的，是朝华离开那晚，在烛光下哭了一夜，凌晨上车时，她在残月的迷雾中用力向他挥着手，向他告别。那一刻，仿佛他一生中所有的好日子都在挥着手，向他告别。

远处传来报晓的更漏，一记一记敲在他心头。

40 《声声慢·寻寻觅觅》

◎宋·李清照

寻寻觅觅，冷冷清清，凄凄惨惨戚戚。乍暖还寒时候，最难将息。三杯两盏淡酒，怎敌他、晚来风急！雁过也，正伤心，却是旧时相识。

满地黄花堆积，憔悴损，如今有谁堪摘？守着窗儿，独自怎生得黑！梧桐更兼细雨，到黄昏、点点滴滴。这次第，怎一个愁字了得！

（独白）李清照：最近我常常觉得，归来堂的那十年，是一场梦吧？也可能是我酒喝得太多了，你看，起床还没两个时辰，我又想倒上一杯。别小看这三杯两盏淡酒，这里边，可藏着一个大大的醉乡，阡陌交通，鸡犬相闻，你回不去的地方，见不到的人，都住在这醉乡里边。我想啊，酒喝够了，我就能回归来堂了。

于是李清照拿着酒杯，站起身来，踉踉跄跄地转过回廊，她要走回归来堂去，现在就动身。可是，她绕了又绕，找了又找，归来堂那熟悉的屋檐却迟迟没有出现。直到一阵冷风扑面，酒的幻觉轰然破灭。她孑然一身，站在荒废的别院里。这里已经是临安，是她流离失所的江南。归来堂在千里之外，早已因战火而化为灰烬。

“寻寻觅觅，冷冷清清，凄凄惨惨戚戚。”这首《声声慢》的开篇，

连用十四个叠字，成为千古诗文中难得一见的奇观。声音在唇齿之间摩擦，像风声细细碎碎，于是乍暖还寒的秋气，就在篇幅间弥漫开来。它不同于李清照隐居归来堂时感受到的秋意，“玉枕纱厨，半夜凉初透”，秋意只是刚刚透出，要隔着玉枕纱厨，用一颗敏感的心才能体会到。而现在，秋风已经扑面而来，彻骨的凉意席卷了她的人生。

李清照四十三岁那年，金军攻破了汴京，历史上知名的“靖康之变”发生了。第二年四月，徽宗天子沦为俘虏，金人裹挟着天子、宗室以及大量财物向北而去，汴京城为之一空。北宋灭亡。这个曾经孕育了无数天才巨匠、千古佳作的时代，在灾难中画下了句号。

新皇帝逃到长江以南，在南京即位，李清照一家也从此颠沛流离，像当时绝大多数士大夫一样，他们跟随着皇族开始迁徙，就此被卷入一个不断失去的时代。人心惶惶，李清照主动扔掉了沉重的书籍，然后是多幅的画卷，然后是没有款式的古代器具，仅将善本古籍和一些宝贵的文物随身携带。

但她没有想到，这还不够，她还要失去所有收藏，最后，她要失去丈夫赵明诚。

（独白）李清照：新天子的诏书追来了，明诚要立刻改道前往湖州。六月十三日，他离开了被我们当作家的渡船，一个人上岸，秋风立刻吹透了他的葛衣。但他忽然回头，向船上挥手，目光里殷殷热切，仿佛隔着千里万里那样看过来。那是一种不寻常的热望，以至于后来我回忆这一刻，总觉得明诚是不是预感到了什么。那一眼成了我们最后的告别。

但当时，李清照领会不到这宿命般的一望。她心乱如麻，和明诚分开，意味着她要带着满船藏品停留在池阳，人生地不熟，更不要说金兵随时有可能攻破城池。她对着岸上的明诚大喊："明诚！池阳城要是有个万一，我怎么办？"

赵明诚也急了，他挥着手，担心这么远的距离，妻子不能听到他的呼喊，他说："大家怎么跑，你就怎么跑。逼不得已的时候，先扔行李，再扔书画卷轴，然后扔古董。只有那些宗庙的礼器，你一定要抱着、背着，只要人还活着就不能丢！千万别忘了！"

说罢，赵明诚翻身上马，消失在李清照的视野里。

这位终生不脱学者气的男人，在人生的最后一次亮相中，竟然还是执拗地记挂着文物，书画保不住了就保古董，古董保不住了就保宗器。所谓的宗器，成了和他的爱人一样贵重的存在。明诚脱口而出，甚至没有考虑妻子是否心生失落。他默认这些珍贵文物是夫妻二人共同的事业，理应与肉身同生共死。

然而，乱世中的一次寻常离别，就可能是生离死别。明诚没有抵达湖州，他病倒在南京城，冒着大暑一刻不停地奔驰让他患上了疟疾。音讯传到李清照那里，已经是七月底。她顿时又惊又怕，她太了解明诚了，明诚性子急，等不得病慢慢好，有时发起烧来，便忍不住乱用凉性药物，反而让病势一发不可收拾。李清照一刻也等不及了，她不顾一切地动身，乘轻便的小船顺江而下，一昼夜赶了三百里路。那些在赵明诚看来贵重如性命的宗庙礼器，被她抛在了原地。

死生之间，乃见真性情。抛下所有收藏，单枪匹马赶往爱人身边的李清照，也许会想起她直抒胸臆的少女时代。她看不起碑刻，曾经写诗说："著碑铭德真陋哉，乃令神鬼磨山崖。"什么千古石碑，什么歌功颂德，真是鄙陋，刻一块石头便想让往事不朽。

那时，她还不知道，自己会嫁给一个终生沉迷于石碑的男人，和他一起将金石文字视若瑰宝，如此度过二十年。爱能消弭许多差别。而最后一刻，当死亡骤然来袭，李清照终于又变成了那个不管不顾的少女。抛下了金石收藏，抛下了她为爱情而作的粉饰。

她只想尽快地、毫无牵挂地去到爱人身边。

一昼夜，三百里，当李清照赶到南京，她担心的事已经发生了。赵明诚果然服用了大量的寒凉药物，十几天后便撒手人寰。对于自己的身后事，对于亲眷、遗产、官职，赵明诚保持了像生前一样的淡漠，从头到尾，没有说一个字。

可以说，赵明诚的遗言，就是他在池阳向李清照挥手告别时说的那句：独所谓宗器者，可自负抱，与身俱存亡。勿忘之！

（独白）李清照：安葬了明诚，我不知道该去哪里了。整个世界都在逃难，皇帝丢下他的龙椅，太守丢下他的城池，我也不知不觉地追随着逃亡的朝廷，去台州，去睦州，去黄岩，一路丢掉珍贵的诗集、卷轴和石刻，每丢掉一件都像是丢掉一点生命——如果明诚知道了会心疼的，他像是在我手里，一寸一寸地又死了一次。

在流亡途中，居无定所的日子里，李清照又开始喝酒。她喜欢的诗人李后主说过：“醉乡路稳宜频到，此外不堪行。”只有醉乡之中的路是好走的，最好天天都去，这之外，人间没有能走的路。

少女李清照也曾经饮酒赌诗，大醉淋漓，将这句诗几次看过，几次付与谈笑之间。时至今日，这两句诗才真正在她的心头浮现。她终于懂了，原来，她正在经历和几百年前的李煜同样的事，他们都是国破家亡。

“三杯两盏淡酒，怎敌他晚来风急。”她想对后主说一句：你说错了，醉乡也不是归处，醉乡和我们的国家一样脆弱，这三杯两盏淡酒，只不过片刻幻梦，禁不住冷风一吹，梦就破灭了。

对于现在的李清照来说，还有什么是不会破灭的呢？还有什么是能抓得住的呢？也许只有丈夫明诚生前最后一刻还念念不忘的金石图书了。然而，几经战火，留在她手中的只剩下三五种残余零碎的书册，连整部都凑不齐了。这些平平常常的书籍藏在她的卧房里，每一处破损都修复过，每一页都留下了指纹和温度。

（独白）李清照：可笑吧，我觉得我自己可笑。当年在归来堂，多少三代铜鼎，多少名家书帖，成箱成卷，堆满身边，我却经常觉得自己是个过路人。文物珍奇，都不是一代之物，从历史而来，必将回到历史，它们只不过在我归来堂短暂做客罢了。看看，恨不得和它们生死与共的明诚，好痴气啊。可是现在呢，只剩下这三种五种，平平常常的书了，我却像爱惜自己的眼睛一样保护着它们。明诚，这个样子，你也要笑话我了吧？

三十年悲欢离合，归来堂的辉煌，赌书泼茶的甜蜜，争才斗胜的快意，乃至爱人渐渐消失的身影，旧时光都隐入了这几册平平常常的书籍之中。

她拼尽全力向旧时光探出身去，她喝酒、她做梦、她填词，试图找回那个全盛时代。在《声声慢》里，她看见从北方飞来的大雁，成群掠过半空，“雁过也，正伤心，却是旧时相识”。它们一年一度南来北往，也曾经飞掠过归来堂的上空吧，那么，雁儿们，你们与我应当是老相识了。试问你们记不记得青州归来堂前的菊花？人去楼空，今年的菊花还像往年一样盛开吗？

（独白）李清照：那么，明诚，你现在读懂那句“人比黄花瘦”了吗？再想想自己傻傻地做了五十首词来唱和的事情，会不会也像我当时那样，扑哧一下笑出声来？你现在明白了吧，如果真懂得，一句话不说也是可以的。

我们完全懂得另一个人，往往要到多年之后，甚至时过境迁之后。就算是神仙眷侣如李清照和赵明诚，也是一样。明诚去世后，李清照才懂了他对金石的执着，正如同经历国破家亡，明诚才能懂得清照的忧虑一样。然而此刻，他们早已在命运的摆布下阴阳两隔，只剩下李清照一个人守着窗儿，她不禁感慨：“独自怎生得黑！”一个人，怎么独自熬到天黑！

41 《醉花阴·薄雾浓云愁永昼》

◎宋·李清照

薄雾浓云愁永昼，瑞脑销金兽。佳节又重阳，玉枕纱厨，半夜凉初透。

东篱把酒黄昏后，有暗香盈袖。莫道不销魂，帘卷西风，人比黄花瘦。

秋风起时，淄川知州赵明诚终于收到了家书，写信的妻子，便是当时著名的才女李清照。这对夫妇酷爱收集金石古物，以往，清照总写长长的信，报告新收了什么碑帖卷轴，老藏品的整理又做了几卷。而这次，家书薄薄的，里面只有一首小词《醉花阴》。

赵明诚读了词，把信封倒了倒，确定没有其他只言片语，一种很少浮现的惆怅涌上他的心头，黄花的冷香仿佛从短短的小词里蔓延到纸上，再沾染到他的手上。之后的三天，他始终能嗅到这股挥之不去的惆怅的味道。

这种情绪令赵明诚生疏不惯。从十七八岁开始，他的世界里几乎只有金石碑帖，时间一刀一刀刻在石头上凝固下来，山川不改，

日月悠悠。所以他很少考虑官场是否变了、家族是否变了，乃至于妻子是否变了。或许，从十八岁嫁给他开始，妻子李清照心中就梦想着一个更大、更鲜活的世界，超越于他的石碑古器之上，更超越于重帘深锁的闺阁之上。

妻子可能一直是惆怅的。

这么想着，赵明诚忽然转身回到了书房，他叮嘱管家，不要放任何访客进来。他在书桌前坐下，铺排笔墨。是第一次，赵明诚想要给妻子李清照认真地写一点东西，用李清照更熟悉的词的语言。

而这时，李清照正在归来堂前徘徊，黄花的香气同样沾染在她的衣袖上，经久不散，两处相思，一样闲愁。

（独白）李清照：回青州老家快十年了，当初的一间归来堂，变成十余间，归来的除了我们，还有古器物、老石碑、前朝手迹，它们从天南海北涌来，落在归来堂一排排的橱柜里。夜深之时，我常常拿起一盏灯，把它们挨个看过去。我在想：老卷轴、旧藏书，它们真的能忘记自己经历的那些悲欢离合吗？古石碑、青铜鼎，它们真的像看起来那样坚不可摧吗？我试图像明诚一样，两耳不闻窗外事，沉醉在文物里，一颗心平静又快乐。

但我做不到，我听见外面世界起了西风，听见风声所带走的：带走我无忧无虑的少女生活，带走我的父母，带走朝廷上最后一批忠良，最后，整个时代都在风声里岌岌可危。

“莫道不销魂，帘卷西风，人比黄花瘦。”这个千古名句，将李清照牢牢地绑定在了工愁善病的古典才女形象上。但仅凭一个金句去了解一个人，很快我们便会发现，这种了解多么单薄狭隘。许多人顺势将这首《醉花阴》归为思妇词，也就是女子思念丈夫所作。但值得注意的是，何谓思妇词？

其实，历史上绝大多数思妇词都出自男人笔下，他们幻想在思念中红消翠减的美人，来暗示被思念着的男性是何等魅力不凡。另一些男作者则将自己代入思妇，政治便是爱情，君王便是良人，思妇越憔悴，意味着男人对政治越鞠躬尽瘁。无论哪一种，女性本身都次要极了，她们或是衬托男性魅力的镜花水月，或者根本就是换了一副面容的男性。

在李清照的时代，教女孩子诗词是过分的，因为这些小词一不留神就会传唱出去，打破深闺和男性社会的界限。于是，女人被锁在界限里，只能由男性纵情描摹她们的形象，直到李清照。

幸亏我们有了李清照。

十几岁的李清照已经在跟父亲的朋友们唱和了，但她从未模仿男人去立意，因此，用思妇词来定义她是徒劳无功的。李清照不必向政治表白，更无须幻想娇柔的美人来获得某种自豪。因此，她从从容容，描摹一种刻骨的惆怅，却并不是为了急迫地向谁倾诉。

《醉花阴》这首词就展现了这种从容——薄雾浓云愁永昼，瑞脑消金兽。天光一直亮着，没有尽头的长昼和长夜一样令人恍惚。时间似乎停止了，薄雾浓云之中的归来堂，和那些金石一样凝成了永恒。只有金炉里的瑞脑香，一点一滴地消磨着。

一个“消”字，无声却令人警醒，你听不见瑞脑香消的声音，正如你听不见自己的身体发肤正在一点一点老去。时间细细密密地入侵你、带走你，佳节又重阳。你看，又一个重阳佳节快要到了，你感受到时间里的寒意了吗？“玉枕纱橱，半夜凉初透。”

顺着李清照细致入微的笔法，我们发现，这种愁思无关风月，不管丈夫赵明诚远在他乡还是近在身边，总会有那么一刻，西风吹起来，令李清照突然意识到自己身处在巨大的流逝之中，不仅自己是，赵明诚也是，还有一生之中那些永诀的故友，不死的仇敌，乃至归来堂中饱经风霜的金石文物。我们都在帘卷西风里，在巨大的流逝之中。

所以“莫道不销魂，人比黄花瘦”。

黄花，也就是菊花，菊花香气弥散在整首小词里，成了叙述的底色。它映出了李清照的投影，沾上了赵明诚的衣袖，千年之后，当我们再读起它，清苦的寒香一样浸染了我们的灵魂，被黄花香气击中的那一刻，我们便与李清照一同立在了归来堂的秋风之中。

李清照写这首《醉花阴》给她的丈夫。如果我们理解为是像一般的思妇词那样表达红颜易老，恩爱不再，借此获得男人的怜悯，那就过于浅薄了。她只是将这生命的秘密分享给最值得信任的人，无论赵明诚是否真的能懂。

（独白）李清照：我能想象明诚的表情，每次他眼睛亮亮地看着你，试图理解你，最后说出口的话却往往令人啼笑皆非。不过，有那双亮亮的眼睛就够了。所谓知音难得，不必一直听懂，只要一直在听就很难得了。

赵明诚也许确实不能和妻子感同身受，倒不是不够爱。他的敏锐都付予在了金石的搜寻上。在人与人的关系上，明诚像一枚有点失准的探针。少年时期，明诚的父亲赵挺之卷入党派斗争，与苏轼一党势同水火，而明诚自己最喜苏门学士的诗文，就算断简残篇也要收藏，藏之不得，便亲笔抄录，终于惹得赵挺之大发雷霆。入朝为官后，明诚把全部的休假和金钱投入了研究，他不惜长途跋涉，搜寻前朝碑刻，将无数古文奇字从青苔之下拯救出来。金石的世界万古不移，明诚几乎感觉不到时间的流逝。

而同时间，世事无常之感正冲击着李清照，她的父亲李格非在党争中落败，官职被罢免，人被逐出京城。更令李清照痛心的是，失败者是自己的父亲，始作俑者却是自己的公公，赵挺之带领尚书省，率先对苏轼一党展开了攻击。这位连看到苏轼手稿都要痛骂儿子的尚书左丞，终于扬眉吐气。至于亲家牵涉在内，只能说覆巢之下无完卵，奈何，奈何？

李清照第一次感到了身为女子的荒唐，闺阁里，诗不能传出去，世事无常却可以冲进来。她豁出身段向公公上书，沉痛地写下一句“炙手可热心可寒”。但李清照决然想象不到，炙手可热的公公赵挺之也会突然失势，死于罢官后的第五天。薄雾浓云笼罩了汴京城，两个家族的对立、结亲、反目，最终都归入了西风影里，一梦之中。

一直沉默的赵明诚出现了，他只对李清照说了一句："我们回家。"

青州，是赵明诚母亲的故乡。料理好赵挺之的丧事之后，这对夫妻正式告别了京城的黄粱一梦，在青州开始了十年隐居的生活。他们建了一座归来堂，一来追慕归去来兮的陶渊明，二来纪念他们共同的忘年交"归来子"晁补之。归来堂外种满菊花，清苦的寒香渲染出一片世外气息，连清照的三十一岁写真小像上，她也将一枝菊花放在胸口，微微笑着，人淡如菊。在小像后面，赵明诚郑重题下了这样一段话：

"清丽其词，端庄其品，归去来兮，真堪偕隐。"

李清照微笑地看他落笔，后来，在许多独自度过的长夜里，她凝视小像，意识到这段话当中包含了一对奇妙的矛盾。"清丽其词，端庄其品"近似于一种美丽的误解，词只是李清照诗余的消遣，端庄更是她所有姿态里最无趣的一种。李清照的天才不在于此。

然而，"归去来兮，真堪偕隐"却饱含安慰，无言地接纳了她前三十年人生，接纳了她的少年成名、作诗饮酒、离愁别意、忧患煎熬。明诚不近不远地陪在她身后，做不了什么，但一直都在，等着风波落定对她说出那句："归去来兮，真堪偕隐。"

赵明诚的确不怎么懂得李清照，他质朴、沉默，其实不擅长懂得任何人。但这不妨碍他付出长久的凝视、长久的聆听，用自己的存在本身给妻子安慰。这也许才是夫妻的真意。

这对夫妻将归来堂变成了学者的宝库。经常在晚饭后，回到归来堂煮起茶来，指着几案间堆积的诗书，相互考问某个典故在哪本书的第几页，第几行，猜中了才能喝茶，一番绞尽脑汁之后，终于取胜的那一方，往往得意大笑，连茶也打翻了。李清照真愿意终老此地，把归来堂作为灵魂的故乡。

但即便在归来堂里，李清照仍能听到西风的声音，巨大的流逝感像黄花的香气一样侵入了她的肌肤。她知道归来堂只是乌托邦，遥远的边境不断传来战争的消息，金人已经打过了黄河。谁能在纷扰的时代里保住一张书桌呢？今日赌书泼茶，来日也许就是颠沛流离。这归来堂，这玉枕纱厨，这东篱黄花，终不免成为南柯一梦。

她将心境写入这首小词《醉花阴》，薄雾浓云、瑞脑金兽、东篱暗香，表面看来，都是最寻常的悲秋意象，但是，你能试着察觉字句之下细细密密的流逝吗？即便有片刻的察觉，你也是李清照片刻的知音了，如果不能，就当作一首秋词来看也很好，毕竟“浮生恰似冰底水，日夜东流人不知”。

寄出《醉花阴》之后不久，李清照收到了淄川的回信，厚厚一沓，令她十分惊讶。明诚竟然按着她的词韵，做了整整五十首《醉花阴》。

“从前你邀请我和词，我总是逃避，毕竟才华欠缺，但一直逃避未免太没诚意了。这次我一鼓作气，三天没吃没睡写了这么多。和你的词放在一起，偏巧陆德夫看到了，读来读去，说：这里头有三句真好！‘莫道不销魂，帘卷西风，人比黄花瘦’。”

李清照大笑起来，她边笑边想：啊，果然还是那个赵明诚！永远都很努力，永远都什么也听不懂，一面让人啼笑皆非，一面又让人无比安心。原来这就是至亲至疏夫妻，真是奇妙啊！

金

Jin Dynasty

生死相依

情詩

42 《摸鱼儿·双蕖词》

◎金·元好问

问莲根、有丝多少，莲心知为谁苦？双花脉脉娇相向，只是旧家儿女。天已许。甚不教、白头生死鸳鸯浦。夕阳无语。算谢客烟中，湘妃江上，未是断肠处。

香奁梦，好在灵芝瑞露。人间俯仰今古。海枯石烂情缘在，幽恨不埋黄土。相思树，流年度，无端又被西风误。兰舟少住。怕载酒重来，红衣半落，狼藉卧风雨。

（独白）女：现在我们能去哪儿呢？我只想逃到你身边去，一起造一个家，就这么住到天荒地老。可是你的家人不要我，你的家里没有我的位置。那么，逃到外面吗？外面每一天都有城池沦陷，整个世界都在家破人亡，谁让我们生在了乱世呢？有人死于饥荒，有人死于战乱，但是，如果我说，我愿意为了爱情去死，他们一定觉得我疯了。

可是，除了死后的世界，哪儿还容得下我们干干净净造一个家呢？

大名府的一对小儿女，因为私情不如意，忽然有一天销声匿迹。家人四处寻找，以至于惊动了官府。直到这时，大家还以为这是一场普通的私奔事件，发动人手搜查两人的下落，却一无所获。夏天在焦虑之中过去，直到秋天来临，人们去荷塘里采藕的时候，发现了两具尸骨，原来这对失踪的小儿女早已悄无声息地投水殉情。他们消融在荷花荷叶之中，除了褴褛的衣衫，再也没有留下任何遗物。然而第二年，这片荷塘里所有的荷花都是成双成对，并蒂开放。

十几年后，元朝贞祐四年（1216年），大诗人元好问听闻了这对小儿女殉情的故事，写下了这首著名的《摸鱼儿·双蕖词》。这时，他身在河南，刚刚从一场惨烈的屠城之中逃脱。经历惨祸的正是元好问的老家忻州，蒙古大军来袭，几天之内，十几万条生命湮灭在刀锋和烈火之中，大军撤退三十日，城下的鲜血仍然未干。幸存者如同惊弓之鸟向南逃去，元好问一家也在其中，但他的哥哥元好古永远地留在了忻州城下，罹难时刚满二十九岁。

一个人的死亡在十几万人的死亡面前变得不值一提，连同他的爱情、遗憾和心愿，都不值一提。战争像收割麦穗的镰刀一样，夺走数以百万计的生命，抹平七情六欲，只剩下一片焦土，爱与恨都变成空白。元好问想，生死面前，其他的一切都变得微不足道。

然而，就在河南，他遇见了同样避难到此的李用章，并从李用章口中听到了这对小儿女殉情的故事。这令他重新思考生死问题——如果爱情与死亡迎头撞上，你会选择尽可能地保全生命，还是为了爱情不顾一切，即便它显得虚无缥缈，毫无意义？

最后，元好问用一首《双蕖词》回答了这个问题。不仅是回答十几年前殉情的小儿女，也是回答他刚刚经历过的生离死别。

“问莲根、有丝多少，莲心知为谁苦？”元好问用一个问句开启了这篇传世经典，因为，生死问题太沉重了，他并不是从落笔的一开始就有答案。他也要慢慢地写、慢慢地想。于是，元好问先不说生死，先说眼前的莲根与莲心。

莲根折断，彼此之间仍有丝丝缕缕牵连着，如同不能相守的情人，仍然相互思念，而他们心中的苦楚又有谁能懂得呢？要分开莲花，剥开莲蓬，碾碎莲子，才能明明白白尝到莲子中间的一点苦心。恋人之间的幽微隐晦，无法为外人道，甚至无法被至亲的家人理解。也许正是因此，他们才不得不投身荷塘之下，化为水底的一对幽魂。

“双花脉脉娇相向，只是旧家儿女。”第二年的荷塘花开并蒂，来来往往的人，想必都会说：“看啊，这就是那对小儿女化成的。”直到此刻，这一对小儿女才能够光明正大地做一对爱人，没有非议，没有阻挠，也没有离别地做一对爱人。为此，他们不惜拿出自己的生命来做交换，明知生命至为宝贵、永不重来，但是，爱，在这对年轻人看来，同样是至为宝贵，永不重来。

于是他们做出了这个对等的交换：用生命来换爱。

元好问的感受想必十分复杂，一方面是痛惜，另一方面是愕然。

刚刚从一场浩劫当中逃脱的他，亲眼看见千千万万人是如何挣扎着、嘶吼着求生，而又旋即被不幸的命运迎头传来，陷入死亡的幽谷。活下去，哪怕下一秒就会被夺走呼吸，这是人的本性，也是乱世中几乎唯一的坚守。

与此相比，这对殉情的小儿女主动放弃了生命，令人五味杂陈。元好问十分沉痛地说："天已许。甚不教、白头生死鸳鸯浦。夕阳无语。算谢客烟中，湘妃江上，未是断肠处。"

既然能够花开并蒂，说明老天爷已经允许了他们的爱情，那为何却不能让他们白头相守呢？如此的遗憾，比起在寒烟中徘徊的谢灵运，比起沉入湘水的娥皇女英，更为沉痛断肠。

无端的命运，无端的生死，无端而起的战争，无端失散的爱情，这些，恰恰是那个时代大部分人生活的写照。无论是在屠城中极力求生的平民，还是荷花塘下自愿放弃了生命的小儿女，所作所为，看似背道而驰，实则都被"无端"二字所捉弄着，摆布着。他们在极力争取的，不过是抓住一些"恒定"的东西，能让他们感到此刻尚有一点光明。

（独白）女：有人说情情爱爱是虚无缥缈的东西，不值得付出一条命去。你看，那些在战火里逃难的人，有多少人为了活下来抛妻弃子，大难临头各自飞。一个人的生命逐渐消失，就是从抛下自己爱的人开始的。爱情不重要，可以抛弃；亲情不重要，可以抛弃。乃至于父母之情，公理道义，统统虚无缥缈，可以抛弃。从这一刻起，人就不再是活人了，他只是一具会呼吸的行尸走肉。你说情爱缥缈，但它是我心里唯一的那盏灯，我要它亮着，哪怕要用性命去点着它。

生逢乱世，一个人的生命太脆弱了，这对小儿女主动地选择了死亡，就此将自己奉献给了某种永远的光亮，也就是他们所信仰的爱情。

元好问用了一个很重的词句来回应这种坚贞，他说："海枯石烂情缘在，幽恨不埋黄土。"

俯仰之间,多少古今之事已经化为陈迹,多少人的身躯已经被黄土掩埋，但是他们当年那一盏心灯，一番幽恨，却从未埋于黄土。即便到了海枯石烂之时，爱情仍旧维持着它的光亮。

贞祐四年（1216 年），当李用章和元好问在河南的寓所里谈起这个故事时，我相信他们的心中，一定也怀有未曾出口的自问："支撑我们在乱世中来去的那盏心灯，究竟是什么呢？"

元好问和李用章身为汉人，出生之时，却已是金国女真人统治的时期，心理上，早已认同金国便是自己的祖国。而现在，蒙古人长驱直入，连这个异族的祖国，都已经朝不保夕。如果以民族身份为心灯，他们随时可能沦落为第二等，甚至第三等公民。如果以功名利禄为心灯，金国的一官半职，很快便会像被攻破的城池一样覆灭。如果以诗文学问为心灯，固然是好，但巨变的时代早已安放不下一张平静的书桌，何况一次次的躲避兵祸，流浪迁徙，已经令他们家财耗尽。

这一年，元好问二十六岁，李用章尚在中年，然而，面对着茫茫山河，夕阳残照，他们已经生出了深刻的无定之感。

如果真有那样一片荷塘，水下是永恒的，宁静的居所，那么，他们倒还真有几分羡慕那殉情的小儿女。

因此，在《摸鱼儿》这首词的最后，元好问像一个流连在梦境中，而又深知自己在做梦的人，发出了无限的悲惋之声："相思树，流年度，无端又被西风误。兰舟少住。怕载酒重来，红衣半落，狼藉卧风雨。"

前一句还在信誓旦旦地说海枯石烂情缘在，转眼间，元好问已经从西风中听见了流逝的声音。他说，韩凭夫妇死后化成的那棵相思树，年复一年，如今恐怕早已在西风中凋零殆尽了吧。那么，停一停，把船停一停吧，让我再看一眼这片开满了并蒂莲的荷塘。恐怕下次我再来的时候，那吹落了相思树的西风，又要带走这满塘的莲花了。

时代终究处在动荡之中，元好问深知爱不是永恒的答案，就算人们前赴后继，拼上心头血去点燃，大多也不过是一时的光亮，但元好问仍然坚定地写下了那句流传千古的："海枯石烂情缘在"。

这是他送给成年人的小小童话。

43 《摸鱼儿·雁丘词》

◎金·元好问

问世间，情是何物，直教生死相许？天南地北双飞客，老翅几回寒暑。欢乐趣，离别苦，就中更有痴儿女。君应有语：渺万里层云，千山暮雪，只影向谁去？

横汾路，寂寞当年箫鼓，荒烟依旧平楚。招魂楚些何嗟及，山鬼暗啼风雨。天也妒，未信与，莺儿燕子俱黄土。千秋万古，为留待骚人，狂歌痛饮，来访雁丘处。

《神雕侠侣》第三十二回中，李莫愁跌入烈火之中，众人齐声惊叫，从山坡望下去，只见她霎时间衣衫着火，红焰火舌，飞舞身周。

小龙女想起师门之情，叫道："师姐，快出来！"但是李莫愁挺立在熊熊大火之中，竟绝不理会。瞬息之间，火焰已经将她全身裹住。突然火中传来一阵凄厉的歌声："问世间，情是何物，直教生死相许？天南地北……"唱到这里，声若游丝，悄然而绝。

这是金庸小说《神雕侠侣》中李莫愁殒命一段。

这个终生为情所苦的女子最后唱的歌取自金朝诗人元好问的《摸鱼儿·雁丘词》，但这首词其实写的不是人，而是一对大雁。

公元 1205 年的深秋，十六岁的元好问和同伴行走在去并州赶考的路上，天已经快要黑了，有个捕雁的猎人拦住了他们，向他们兜售一对大雁。

猎人是在这天早上猎到这对大雁的。大雁拼命挣扎，其中一只从猎网中逃了出去，但也没有逃很远，还是在附近盘旋。猎人唯恐猎网里剩下的这只也逃脱，于是宰杀了它。逃走的大雁看到同伴死去，哀鸣不止，良久，竟投地而亡。

这个惨烈的故事震惊了十六岁的少年。元好问有感而发，写下第一句，是石破天惊、亘古未有之问：问世间，情是何物，直教生死相许？

（独白）有人问情是何物，如果问我，我也不知道。

我侥幸从猎网中逃出，它还在网中，而猎人已经来了，带着死亡的阴影。

你不会知道我们相伴飞过几千里几万里，不会知道我们相伴过多少寒暑春秋。我们曾经飞过最高最高的山，也曾经在浩渺无边的水面看到一跃而起的鱼，和一跃而出的红日。

那红日，就和它的鲜血一样红。刀光落下的时候，他还在叫我走、快走……直到声音被刀光截断。

红日照常升起，露珠在叶子上闪闪发光。再过一刻，就会干涸，就像它的生命。

十六岁的元好问还没有成亲。他想过他未来的妻子会是什么模样，想过红袖添香，举案齐眉。但他没想到“爱情”会在这个时候，以这样的姿态撞进他的视野——一对大雁的爱情。

你能想象这些飞禽走兽也会有至死不渝的爱情吗？

诗人困惑不解。他听说过连理枝、相思树，据说是战国时候一对恩爱夫妻墓地上的梓木；也听说过梁祝，那是有情人不忍阴阳相隔，双双化为蝴蝶。但那都是人的精魂，而这只是一对大雁啊！

大雁也像人一样有欢乐和痛苦，喜相聚不喜离别吗？

诗人于是挥笔写下："天南地北双飞客，老翅几回寒暑。欢乐趣，离别苦，就中更有痴儿女。"他想象自己是大雁；想象他和同伴一起飞过的天空、山川和河流；想象他们比翼双飞，交颈而卧，追逐欢笑；想象他们这一路觅食，退敌，长夜里依偎取暖，清脆的叫声回荡在深秋的云层里。

他想象他们落入猎网时的恐惧，绝望和挣扎；想象独自脱网的大雁盘旋不肯离去，待看到同伴惨死，哀鸣呖呖……

（独白）我绕着它哀鸣，一圈，又一圈，直到筋疲力尽。

我当然想过离开。

它死了，我还活着。我还可以活很久，只要我愿意。双翅一振，就能回到天空，所有这一切，树林、河流、猎人、鲜血和它的尸体，都会变得很小很小，小到我可以闭上眼睛以为不存在。

活着是这样美好的一件事。

但是它死了，这世上便只剩下我，形单影只。再没有千里万里相伴，再没有另一双翅膀与我共同抵御这世间严寒酷暑、秃鹫苍鹰，从今往后，天南地北，千山暮雪，万里层云，都空荡荡，冷浸浸，白茫茫。

再无乐趣。

人无法预见自己的命运，大雁也一样。

突如其来的死亡，所有甜蜜过往，都变成剧毒。

有过多少喜悦，这时候就有多少悲痛。它只是一只雁，它也在这个瞬间被巨大的痛苦击中。失去来得如此猝不及防，以至于除了同样的死亡，再没有什么能够祭奠它们过往的相依相伴。

死去的是它的爱侣，崩塌的是整个世界。

没有替代，也再没有新的感情可以覆盖。

它们是一对只有彼此的大雁，严寒、酷暑、饥饿、疾病都不能将它们分开，到最后，连死亡也不能。它们的世界不像人类复杂，它们没有续弦和再嫁，没有就是没有了。所有发生过的，都独一无二；所有曾经拥有，都是此生唯一。他们为彼此奔赴而来，因为对方的离开随之而去。

世界再美，活着再美好，它都不要了。

这样的忠贞与刚烈让诗人动容。元好问向猎人买下了这对大雁，将他们葬在汾水边上，垒上石头作为标记。日色将暮，汾水滔滔，说不尽荒凉凄苦。诗人忽然想起来，这是千年前汉武帝巡视过的旧地啊。

横汾路，寂寞当年箫鼓，荒烟依旧平楚。招魂楚些何嗟及，山鬼暗啼风雨。天也妒，未信与，莺儿燕子俱黄土。千秋万古，为留待骚人，狂歌痛饮，来访雁丘处。

想当初天子亲临，该是怎样的箫鼓热闹。到如今，平林漠漠，冷烟衰草，便招魂，恐怕也招不回这一对痴情的灵魂，就只有山鬼暗啼，风雨如晦。

元好问忍不住想，这样的恩爱，这样至死不渝的恩爱，竟是为天地嫉妒所不容。

他偏就不信了！

他不相信，这样忠贞刚烈的一对大雁死后会像寻常黄莺燕子一样化为一抔黄土，无知无觉，无人记得。

不，不会的！元好问在词中几乎是在大声驳斥，不会的！即便是在千秋万古之后，也自然会有文人骚客，有多情少年，会寻访到他们的坟茔，带一束花，或者倾一壶酒，狂歌痛饮，以为哀悼。

元好问并没有在汾水边上停留太久，大雁已逝，他还要继续自己的路，赶考，落榜。元好问十八岁的时候娶了妻子张氏。那还是男人可以三妻四妾的时代，但是元好问没有那么做。也许他心里一直惦记着汾水边上那对殉情的大雁，也许他也渴望这样的爱情，一生一世，坚贞不渝。

他也做到了。

半个世纪之后，诗人终于走完了他的人生。他吩咐他的家人将他葬在汾水边上，这是诗人的念念不忘。

七百年之后，金庸在香港《明报》上连载《神雕侠侣》。虽然在火中高歌“问世间，情是何物”的是李莫愁，但她并没有得到生死相许的爱情。李莫愁爱的那个男子，在遇见了别的美貌女子之后，便将她抛在了脑后。

真正生死相许的爱情发生在杨过和小龙女之间。绝情谷中，杨过身中情花奇毒，小龙女也命不久矣，两人却都是欢欣无尽，想此生，生能相伴，死得同时，哪怕只有眼前片刻光阴，也胜过千秋万载，形单影只。

之后小龙女跳下断肠崖，杨过独自飘零江湖，有无数人景仰他，崇拜他，但是杨过心心念念，只有十六年之约。十六年之后，他回到断肠崖，江湖如何热闹，世界如何精彩，他一眼都没有回头。

他担心的，只是这十六年里，他的小龙女一个人……寂寞吗？

据说在最初作者的设定里，小龙女死于十六年前，所以原本十六年后的过儿注定等不到姑姑，但是这段感情这样缠绵悱恻，杨过要与小龙女生死与共的念想这样强烈，即便是作者，也无法拆散他们，他只能让小龙女活过来，他只能让小龙女和杨过重逢，在绝情谷底，万物生发。

七百年前，汾水之畔，十六岁的元好问想要给双雁招魂，没有招到，七百年后，金庸为他圆上了这个梦想。

魂兮归来，白头偕老。

这是元好问的梦想，是七百年后金庸无法拒绝的结局，也是所有人心之所向。

对于爱情的渴望，永远流淌在人类的血液里，想要爱，想要被爱，想要在无法预测的命运里得到一双永远牵住自己的手。

元

Yuan Dynasty

你侬我侬

情詩

44 《西厢记》

◎元 · 王实甫

（独白）莺莺：我终于能和我爱的男人见上一面。

不是书信传情，也不是深夜私会，而是在太阳底下堂堂正正地见上一面。这是第一次，连我古板的母亲也不能阻止，谁让她刚刚把我许配给了这个男人呢？母亲又哭又叹气，我也陪着哭，却打从心底里快乐。来世上一遭，能与心上人终成眷属，还有什么比这更称心的呢？

只不过，这一面之后，我们就要各奔东西。母亲逼他进京赶考，挣了功名再回来娶我，要是落第，就不让他回来见我了。可是，如果他高中状元，他还会回来吗？我们短短一个月的爱，留得住他的心吗？

元代王实甫的《西厢记》，以一场盛大的离别作为收场，在中国古典戏剧中堪称特立独行。

在此之前，他用十五回的笔墨，描写了张生和崔莺莺如何一见钟情，在西厢成其好事，逼得古板的崔家母亲不得不松口同意了婚事。眼看着大团圆结局即将到来，王实甫却又一招妙笔，突然天降离别，命张生进京赶考，崔莺莺十里长亭相送。由此，成就了这本《西厢记》中最为华彩、最为酣畅淋漓的章节。

碧云天，黄花地，西风紧，北雁南飞。晓来谁染霜林醉？总是离人泪。

这一首曲子，名为《端正好》，是长亭送别当中最为经典的唱段。

单看曲子，或许有些不明就里，整本戏都是花团锦簇的文章，如何见得这一首最好？乍一看去，不过是些寻常的秋景秋情——碧云天，黄花地，把天地抽象成一碧一黄两个颜色，极度的简练，极度的干净，像是戏台上一碧一黄两张大幕。大幕一起，其余的风物接二连三，粉墨登场。既有碧云天，自然有西风起；西风一起，又自然北雁南飞；大雁南飞尚有归期，试问离别的人又何时回来呢？

这几个景物，一句紧似一句，却句句都像是无关紧要，闲说风景。直到最后，才缓缓道出一句真心话：晓来谁染霜林醉？总是离人泪。

你有没有好奇过霜后红叶，它们如梦如幻的颜色是怎么来的？

那都是离人的眼泪染成的。

这一个比喻,被清代著名文学批评家金圣叹点评为“绝妙好辞”。然而它的好，全然不在文辞上，而在崔莺莺这个人上。“总是离人泪”五个字，是崔莺莺第一次明明白白地把自己的心事唱出来，当着张生，当着母亲，别离之际，她终于肯开口认下自己的滔天爱意。而在此之前，就算是西厢月下，她自己抱着枕头奔赴张生的约会，也是没有一句言语的。就算是私情败露，老夫人骂她怪她，又将她许配给张生，她还是没有一句言语的。

从始至终，崔莺莺不对张生道一句相思之苦，也不对张生许下一句离别的承诺，张生今夜抱住她的身躯，却总担心她会散如云烟。直到这一句“晓来谁染霜林醉，总是离人泪”。天外神女飘然落地，崔莺莺终于肯承认，她也是一个有血有泪、懂离别、会伤情的人间女子。

所以这一句，重若千钧。

许多人将《西厢记》和《牡丹亭》并举，都是才子佳人之间的恋爱传奇。如果说《牡丹亭》中的杜丽娘是一心只为了一个人去,《西厢记》的崔莺莺却是层层叠叠，用千般沉默，万种手段，包裹了一颗真心。整部《西厢记》，讲的就是解开这些包袱的过程，简直像一部崔莺莺心灵的探案小说。但凡探案，最少不了的就是悬疑欺骗，以烘托最后一刻的真相大白。《西厢记》当中就有这样著名的两折欺骗，一是崔老夫人赖婚，二是崔莺莺赖简。“简”指古代的书信。

赖婚的故事是从一座普救寺开始的，张生在寺门前偶遇一位惊为天人的女子，细细打听，才知道是相国的女儿崔莺莺。因为相国去世，崔家请寺里做一场超度法事。没想到这场法事，埋下了一个祸根，也埋下了一段姻缘。

所谓祸根，是崔莺莺的美貌被人看见，沸沸扬扬，直接传到地方军阀孙飞虎的耳朵里，孙飞虎色胆横生，立刻引兵要抢崔莺莺做压寨夫人。老夫人慌了手脚，许诺道："若有能退贼兵者，无论何人，把莺莺配他为妻。"

这时，张生鼓掌而上。金圣叹评点到这一节，不禁哈哈大笑，说小书生得意张狂之态，全在"鼓掌而上"四个字中了。原来张生有一位至交好友，号称白马将军，就镇守在不远处的蒲关。只要修书一封，请白马将军来救，军阀孙飞虎区区五千人又岂在话下呢？

就这样，飞来横祸被张生一封信化为无形。老夫人设宴答谢，丫鬟小红娘以为宴席一过，两人的好事就成了，心中一乐，忍不住先给张生交了莺莺的底。她说："为甚俺莺娘心下十分顺，都则为君瑞胸中百万兵。"你别看小姐从没给你一个正眼。其实啊，小姐事事都装在心里。她早认定你啦！

张生、莺莺、红娘来赴宴，虽是三个人，却都是一个心，只等老夫人捅破窗户纸。老夫人果然开口了，她说，这次先生搭救，我们全家感恩不尽。莺莺啊，快过来拜见你的哥哥。

说好的夫妻，怎么一句话就成了兄妹呢？

张生措手不及，连敬的酒都喝不下去了。反而是莺莺率先恢复了平静。也许此刻，崔莺莺已经在心里下了一个决定，她要违逆出尔反尔的母亲，追求面前这个意中人。然而，她不对任何人说，只说一句最平常的话：你接了这酒盏去。

就像许多女孩子，会用撕花瓣来占卜对方爱不爱自己一样。崔莺莺这一句寻常话，就像一个占卜：接了酒盏，从此她来做你张生的同谋。不接酒盏，那便是命中注定，你既无情我便休。

张生接了酒盏。这一刻，便决定了他们后来的故事。

有趣的是，莺莺虽然反感母亲骗人，但一恋爱，她也不由自主地骗起人来。她听闻张生由于婚事无望生了病，派红娘去探望，红娘捎回书信一封。莺莺一见书信，先不喜悦，先不关切，竟然先是怒从心上起。

莺莺：红娘，你过来！这是哪儿来的东西？满篇说的是什么，成什么体统？我是相国的小姐，不是乡野的丫头，他敢拿这么一封信来戏弄我，你倒也敢私传私递。待我告诉母亲，先打你这个胆大包天的小贱婢！

莺莺心里，一边是体统，一边是真爱，两边相持不下，发作一股无名火，简直能把自己也骗过了。只有小红娘不怕她这把火，抱怨道："你不叫我去，我从哪儿私传私递？不用你告诉，我先跟老夫人自首。"

莺莺急了："你自首什么？"

红娘振振有词："我自首说张生调戏小姐。"

莺莺嘴硬道："不用老夫人知道。我写个帖子去，将他教训一顿就是了。"

没过多久，张生就收到了莺莺这份教训的帖子。他拆开一看，乐了，信中乃是一首五言诗：

待月西厢下，迎风户半开。
拂墙花影动，疑是玉人来。

岂非是莺莺叫他趁着夜半，由墙头跳过来相会吗？当夜张生欣然前往，没想到，等着他的是莺莺义正词严的怒斥。

莺莺：先生救命之恩，莺莺自然应当报答。但我们已经是兄妹，先生别动歪了心思！今天饶过一次，再有下回，把你拉去老夫人面前，绝不干休！

这一出戏码，便称为莺莺“赖简”，正和老夫人的“赖婚”相映成趣。不同的是，老夫人赖婚是骗别人，莺莺赖简却是骗自己。这位千金小姐心事没有半点假，嘴里却没有半句真，恋爱中的人往往是假话倒比真话多。

几百年后，曹雪芹在《红楼梦》中说，这是：“两假相逢，必有一真”。你把你的真心藏起来，我也把我的真心藏起来，各自都只用一颗假心去试探。两个假心相遇，难免不生争执，一旦生了争执，以为对方不爱自己，自然有悲伤之情、痛悔之色，溢于言表。而这悲伤痛悔之中，却恰恰流露出两个人如假包换的真心。岂不是两假相逢，必有一真吗？当“一真”出现的时候，这一对恋人离修成正果也就不远了。

果然，张生以为莺莺绝情，伤心得一病不起，眼看就要一命呜呼。这时，莺莺才在红娘的带领下姗姗而来，乘着月色，带着自己的枕头，主动出现在张生卧病的西厢。张生魂牵梦绕了小半年的心事，这一夜终于得偿所愿，不要说病体痊愈，整个人都像被从头再造了一般。第二天莺莺离去时，他仍然如在梦中，发誓道：我昨夜能够侍奉小姐，必将终生效犬马之劳。

然而莺莺一言未发。戏文当中，张生三次拉住莺莺的手，恋恋不舍，一看再看，一说再说。而莺莺三次的回应，都是一言未发。

仿佛除了假的话，她从没有学过怎样去说一些真的话，去说出自己心中的所思所恋。所以她即便在飞蛾扑火之时，也只有沉默。

此时，崔莺莺不知道，他们在达到两情相悦的高潮之后，下一步就是离别。一个人进京赶考，一个人停留原地。在《西厢记》的蓝本，唐朝传奇《会真记》当中，这场离别就是永别，张生娶了京城的贵族女儿，莺莺另嫁他人。到了元朝，有人续写《西厢记》，安排张生莺莺大团圆，被历代的批评家痛骂为狗尾续貂，点金成铁。而王实甫的《西厢记》本身，就结束在了这场长亭送别里，像花开到最饱满时，轻轻地落了一个花瓣。

由此，我们才能听懂长亭送别当中，莺莺登场，唱出“晓来谁染霜林醉，总是离人泪”这一句的分量。她是在试着勇敢地面对自己，这个最擅长说反话、说假话的大家闺秀，扔掉了她十九年人生里擅长的一切，掏心掏肺地给了爱人一句真话。而这一句真话，就到了最终章。

45 《我侬词》

◎元 · 管道昇

尔侬我侬，忒煞情多，情多处，热似火。

把一块泥，捻一个尔，塑一个我。将咱两个，

一齐打破，用水调和。再捻一个尔，再塑一个我。

我泥中有尔，尔泥中有我。我与尔生同一个衾，死同一个椁。

月光铺在船头，水光粼粼。女子支离起病体，她的目光在山水间逡巡良久，轻轻地说："子昂，给我念首诗吧……"

子昂是她的丈夫，全名赵孟頫。这一年也已六十六岁，不再是她初遇时丰神俊朗的王孙公子了。赵孟頫顿了顿，回想这一生读过的诗书，慢慢念出来："尔侬我侬，忒煞情多，情多处，热似火。……我与尔生同一个衾，死同一个椁。"

吴侬软语，殷殷切切，如情人私语。说的是年少夫妻，像女娲拿泥塑泥人，原本是不相干，但是因为相爱，就像是一齐打破了，用水调和，重新塑过，自此，你中有我，我中有你，生同衾，死同穴。

赵孟頫才高名重，在绘画上，是“元人冠冕”；在书法上，他与欧阳询、颜真卿、柳公权并称“楷书四大家”；而在后人的故事里，他永远和他的妻子在一起，是“天上人间此佳偶”。

他们初遇其实并不算早，赵孟頫当时已过而立，管道昇虽待字闺中，却也不止双十年华。

（独白）管道昇：那一年我已经二十八岁，还没有出阁，世人眼里多少有些惊世骇俗。闲言闲语我听得从来都不少，但是我的父母钟爱我，说“我的女儿，必得佳婿”。我并非没有担忧过，人的一生这样短，红颜弹指老，我害怕我碰不到一个知我懂我的良人。我不知道他会在什么时候出现，也不知道能不能等到这样一个人，如果没有，会孤独终老吗？我不知道。我盼着有这样一个人，我盼着他快快出现，但是没有，我也能在山水之间，在书香翰墨里与自己好好相处。有天父亲和我说，有人想拿他的字换我的画，这个人叫赵孟頫。

赵孟頫名满江南，一字千金。

他是赵宋宗室，宋太祖十一世孙，但一代天骄成吉思汗鞭笞天下，忽必烈建立元朝，宋朝灭亡。两宋历史的余晖压在赵孟頫肩上，灿灿金光都是回天无力的隐痛。他闲居江南，已经很多年了。这一年春天，他在浙江乌程的瞻佛寺遇见了《修竹图》。或者说，他遇见了那个叫管道昇的女子。他从未见过这样笔意清绝又气势磅礴的墨竹，也从未见过这样聪慧灵秀的女子。当时风气，女子无才便是德，但是让赵孟頫倾心的，恰恰是管道昇的才。

如此天作之合，天公也成人之美，两人不久便喜结连理。

（独白）管道昇：所谓新婚燕尔，是最好的时光。后花园有个鸥波亭，子昂画过很多次，从前是他独画，现在有我添笔写竹，子昂总夸我聪明，说我不学而能。秋天的时候，枫林如染，子昂画抚琴图，我补上新篁坡石。朝朝暮暮，说不尽的话，只恨冬日太短，夏日不长。

神仙一样的日子如白驹过隙，天子征召，作为江南俊杰，赵孟頫被迫北上面君。

赵孟頫才气英迈，神采秀逸，忽必烈见之大喜，自此留在左右。

千余年之后，我们无从知道这位亡国贵胄是怎样的心情。国破山河在，流血的已经流尽了血，活着的人还要继续。一面是高官显禄，天子宠信，一面是深夜里自我叩问：我做得对吗？我该为新的王朝效力吗？

没有人能够回答他，也没有人能宽慰他，因为与他心心相印的妻子还在千里之外的家乡。

（独白）管道昇：我没有去过京都，那儿总该是锦绣繁华之地，但是那么远，就好像看月亮一样荒凉。我从前喜欢游山玩水，我从不觉得孤单，直到我遇到子昂，直到他离开。山高水阔，忽然都失去了生气。我执笔，在丝绢上画出来，是云树苍茫，山峦起伏。我在卷末写：云山万重，寸心千里。我想子昂能懂。

赵孟頫展开远方来信，离愁别绪，相思无尽，都在眼底。他于是知道，在他思念妻子的时候，妻子也在思念他；他决心把妻子接来京都，哪怕苦一点，穷一点，也好过两处相思。

也是天从人愿，忽必烈怜惜赵孟頫清贫，赏赐了五十锭钞。赵孟頫赶忙把妻子接到身边。

但他们在京都并没有住太久。赵孟頫始终记得自己的身份，经世济民之才，抹不掉前朝印记，有人嫉恨，有人唾骂，他兢兢业业，尽本分为百姓做事，却仍有亲友割席断交。

赵孟頫不断申请外调，终于得到机会去济南为官，不久又到杭州。远离中枢，在西子湖畔，夫唱妇随。

一眨眼，十几年过去。

时间过得太快，人来不及挽留。管道昇在镜子里看到自己的脸，忍不住感慨“容貌一衰难再好”。

她也听说过色衰爱弛。这世间有的是薄幸男儿，但是她的丈夫应是不一样的。她的丈夫欣赏她，不仅欣赏她的容颜，还有她的才华、她的灵魂。她也听到过一些风言风语，说有很多美丽的歌伎，倾慕她的丈夫。也看过丈夫给美人写词，“缓歌金缕，轻敲象板，倾国倾城”。

管道昇总是一笑了之，只道是才子风流。

直到有一天赵孟頫回来，与她说：“我为学士，你做夫人，岂不闻陶学士有桃叶、桃根，苏学士有朝云、暮云，我便多娶几个吴姬、越女，无过分。你年纪，已过四旬，只管占住，玉堂春。”

桃叶、桃根，朝云、暮云，都是名士侍妾。

（独白）管道昇：已经过去很多年，现在想起来，还像是被一道霹雳击中。我明白子昂的意思，他想像陶学士、苏学士一样纳妾。

我的心像是裂开了一样疼痛。与我恩爱缠绵十余年的丈夫对我说，你老了，不再是鲜妍明媚的青春年华，你做好你的学士夫人，坐稳你的正室位置，就是你我的情分。我不要这样的情分！我要的是朝朝暮暮，长相厮守，不要有别的人，不要他心上有别的人，不要他眼中有别的人，不要他枕边有别的人！

我早已不是十余年前的闺中少女，因为爱，早就把那个完整的自己打破了打碎了，时光让我们血肉相融，他成为我的一部分，我也是他的一部分，如果有第三个人，便如同用刀斧硬生生将我与他劈开，是鲜血淋漓，是痛不欲生。

管道昇是个聪明的女子，她没有哭闹，也没有硬撑出大度，容新人进门。她回到屋里，铺纸，磨墨，写下这十余年恩爱情浓：

“尔侬我侬，忒煞情多，情多处，热似火。把一块泥，捻一个尔，塑一个我，将咱两个，一齐打破，用水调和，再捻一个尔，再塑一个我。我泥中有尔，尔泥中有我。我与尔生同一个衾，死同一个椁。”

“这首词叫什么？”赵孟頫问。

“《我侬词》。”管道昇回答。“尔侬我侬，忒煞情多”。从来没有这个词牌曲牌，没有这种比喻，没有妻子对丈夫说过这样的话，你我夫妻如泥人一体，我不能容忍第三者！

我们无法准确得知当时赵孟頫在想什么，也许是惊讶于妻子的聪慧，也许是想起这十余年相依相偎的时光，也许他曾经将手覆于心口，试想过妻子的疼痛。

是的，就像词里描述的那样，他也早不是十余年前的落魄王孙，他从一介白衣走到官居一品，多少不眠之夜，多少惊魂动魄。喜悦与悲伤，他身边的这个女人，和他分享的不仅仅是时光，还有每一道呼吸，每一个眼神，每一次心跳。

史书里记载说，赵孟頫看词后，突然大笑，乃止。

从此，他再没有流连过秦楼楚馆，就更别说纳妾。

月光在水面上浮沉。元延祐六年（1319 年）四月，五十八岁的管道昇病重，赵孟頫上书辞官，护送妻子还乡。乌篷船一路走走停停，到山东，管道昇已经撑不住了。

“子昂，给我念首诗吧……”管道昇如是说。

“你侬我侬……我与尔生同一个衾，死同一个椁。”

管道昇把手放在丈夫手心里，听丈夫一遍一遍给她唱。她的丈夫才究天人，书穷万卷，最终却偏偏挑了这首妻子所作的《我侬词》。

月光安安静静照在管道昇脸上，她安安静静闭上眼睛，前路漫漫，她不能陪他前行了。

妻子的离去令赵孟頫痛彻心扉，三年后，他便随她去了，葬在妻子身边。就像《我侬词》里写的，“我与尔生一个衾，死同一个椁”。

千年之后，如有人路过他们的坟茔，如有风吹过，也许还能听到依稀呢喃，是有人在给他的妻子念诗，那诗里说，“我泥中有尔，尔泥中有我”。

明

Ming Dynasty

一 往 情 深

情詩

46 《牡丹亭》

◎明 · 汤显祖

天下女子有情，宁有如杜丽娘者乎！梦其人即病，病即弥连，至手画形容，传于世而后死。死三年矣，复能溟莫中求得其所梦者而生。如丽娘者，乃可谓之有情人耳。情不知所起，一往而深。生者可以死，死可以生。生而不可与死，死而不可复生者，皆非情之至也。梦中之情，何必非真？天下岂少梦中之人耶！必因荐枕而成亲，待挂冠而为密者，皆形骸之论也。传杜太守事者，仿佛晋武都守李仲文、广州守冯孝将儿女事。予稍为更而演之。至于杜守收拷柳生，亦如汉睢阳王收拷谈生也。嗟夫！人世之事，非人世所可尽。自非通人，恒以理相格耳！第云理之所必无，安知情之所必有邪！

“原来姹紫嫣红开遍，似这般都付与断井颓垣。”

这段唱词随风飘出梨香院时，林黛玉正扛着花锄，葬花归来。小戏子们的歌声零零落落吹进她的耳朵里，听得林黛玉十分惊诧，这位在诗书里长大的小姐，第一次意识到原来戏词里也有好文章。她停下脚步，仔细留心，又听到“如花美眷，似水流年”八个字，忽然间，这八个字仿佛撞进了她的心里——纵你有如花的容貌，抵不住似水的流年。林黛玉站立不住，一扭身坐在山石上，将这八个字细细揣摩，不由得落下泪来。

林黛玉听到的唱词，便是昆曲《牡丹亭》里的名句。她被这句突如其来的唱词惊动心肠，正如同戏中的杜丽娘被不期而遇的春天惊动了心肠一样，这一对多情的女孩子，一个在戏里，一个在戏外，却共享了同样的惊艳。冥冥之中，她们的命运也变得惊人的相似，杜丽娘伤春而亡，林黛玉泪尽而逝，她们在如花的年纪死去，归根到底，都为一个“情”字。

“情不知所起，一往而深。死者可以生，生者可以死。”

这是作者汤显祖在《牡丹亭》序言里的总结，他说，人心里有一种深情，不知从何而来，却能令活人为之赴死，死者为之重生。

在汤显祖笔下，连死亡也不是爱情的终点，穿过幽冥，杜丽娘反而获得了自由，一心追着一个人去，把一个梦中的情人奇迹般地扭转为现世的姻缘。可以说，这是一本写给成年人的盛大童话。像所有童话一样，故事的开头格外简单，只是一个逃学的十八岁少女，带着自己的小丫鬟去后园游春。

（独白）杜丽娘：我长到一十八岁，竟不知道自家后花园有这般春色！春香，你看那牡丹亭边各样花都开了，且天气晴朗，如此春光，一年顶多也就十日，怎么我爹爹和娘从不提起，就任由园子荒废在这里？亭台倒了，也不修整，花径青苔，也不打扫，天啊，好一片姹紫嫣红，竟然全付予了断井颓垣！罢了，春香，回去吧。这春光白白辜负，再看下去，徒增我的伤心。

在《牡丹亭》的故事里，南安太守的女儿杜丽娘从私塾里逃出来，乘着大好春光，带着丫鬟春香去花园里游玩。留下大惑不解的私塾师父，宣称道：“你师父靠天也六十来岁，从不晓得伤个春，从不曾游个园。”

差一点，杜丽娘就要被教育成和私塾师父一样的人了。十八年来，她恪守着父母的教训，心无旁骛地做闺秀，从未留意过后花园的春天，也从未留意过自己的青春。但是这次短暂的游赏，让一切都不同了，春天撞入了她的眼睛里，打开了她的心。

十八岁的杜丽娘伫立在断井颓垣之中，看见花朵从每一个荒废的角落生长出来，令人如痴如醉。然而，除了她这一位不期而然的闯入者，没有任何人来欣赏。春天在这片园林里荒废了十八年。突然，杜丽娘发现，自己又何尝不是呢？她的青春也在礼教森严的闺阁里荒废了十八年。

杜丽娘全然没了玩赏的心思，她仓皇回到家里，闷闷不乐地倒头就睡。谁知道，她的梦境中却多出了一位不期而然的闯入者。恍惚又是在后花园里，牡丹亭畔，书生柳梦梅穿过断井颓垣而来，对她笑道："姐姐，咱一片闲情，爱煞你哩！"

柳梦梅的唱词，第一句便击中了杜丽娘的心底。她暗想这书生素昧平生，为何到此？一问尚未出口，柳梦梅已经作答："则为你如花美眷，似水流年，是答儿闲寻遍，在幽闺自怜。"

他说，便是为了你如花美貌，却白白浪费在似水流年中。便是为了你孤孤单单，在闺中自怜自艾，在花园处处寻遍，却寻不到那一个欣赏你的人。所以，我来了。我便是那一个人。

这就是《牡丹亭》中最负盛名的两折戏：《游园》和《惊梦》。这场梦不仅惊到了杜丽娘，也同样令四百年后的我们惊叹它的先锋性——柳梦梅是一个杜丽娘从未见过的人，更直白地说，他就是杜丽娘幻想出来的人，与自己幻想的人相遇、相爱，甚至实实在在地发生了肉体关系。

就算在四百年后的今天，当恋人们挽手出入，声称彼此相爱时，他们究竟是爱上了对方，还是爱上了自己在对方身上的投影？汤显祖笔下的十八岁少女没有时间思考这个问题，她将思索丢给观众，一转身，飞蛾扑火般地投入爱情。可这爱情短到只有一场梦的时间，杜丽娘一梦醒来，身边空空荡荡。这次，她忘记了所有的闺范教训，奋不顾身地向花园跑去，她要在牡丹亭畔再寻到那个人。

（独白）杜丽娘：秀才，秀才，他怎么不见了？想昨夜他跟我肩并着肩，轻言细语，就靠在这太湖石边。那一厢柳树低垂，怕不就是他手里拿着的一枝？我转过牡丹亭，芍药栏，越看越真，明明就在此地，怎么一去无踪？细细想来，竟然是大梦一场，无凭无据，梦中人去哪儿再相遇？

杜丽娘哭倒在梅花树下，她发现自己的爱情只存在于梦境，而不存在于现实之中。这一刻起，死亡便已经注定了。很快，杜丽娘生起病来，一天比一天沉重，她画下自己的春容，叮嘱丫鬟春香藏在太湖石下。这幅自画像是她给人世埋下的最后的伏笔。没想到，在杜丽娘死后，真的有一位书生从岭南而来，无意间拾到画像。而书生的名字，正叫柳梦梅。

在昆曲中，我们见惯了风度翩翩的书生才子，而柳梦梅的独特之处，在于他有一些痴气。拾到了画像的柳梦梅，左看右看，总觉得那画像题诗里暗含着他的名字，而美人手上拿着一枝青梅，好似望梅止渴，自然便是在望着他。柳梦梅看痴了，那画中人眼角眉梢，将说未说的万般心思，他都懂得了。只恨这美人不是个真身，再转念一想：我对着这画狠狠地叫上一叫，美人感动于我的志诚，说不定便活过来了呢？于是，他端端正正地连叫几声“美人啊”“姐姐啊”。忽然，一阵风起，柳梦梅连忙用袖子遮挡道：“外边有风，到里面去。小娘子是客，小娘子先请。”

他将这画中人真当作了爱人，一阵风都怕吹凉了她。这一折戏，每每演到此处，都能收获台下观众充满爱怜的笑声。柳梦梅自己不觉得，可在观众眼里，他爱上画中人的痴气，和杜丽娘爱上梦中人的痴气，可不恰好是天生一对吗？

就在柳梦梅叫画之际，画中的杜丽娘已经还魂归来，晚上就要来敲响他的房门。

（独白）杜丽娘：我便是杜丽娘的鬼魂了，想当初伤春而终，只留下一幅画像，藏在太湖石下。如今魂魄归来，只听到东房里面，一个书生满口叫着：美人呀！姐姐呀！我细细一看，他手中拿的，不就是我的画像吗？原来姻缘前定，可这姻缘也太阴错阳差了！上一回，我是娇滴滴千金小姐，他是黄粱一梦。今日再会，他是活生生阳世之人，我却化作了冥府一鬼。也罢，生生死死，杜丽娘只为了一个人去，这就禀告冥府判官，与那秀才相会。

丽娘做了鬼魂，一改从前束手束脚的闺秀做派，变得聪明又大胆，她谎称自己是邻家女子，自此夜夜相会。对于这天上掉下来的美人，柳梦梅一来迷恋，二来也有些疑心，终于有一晚，他开口问这美人因何错爱于他？问这美人究竟是谁？丽娘偏不说，要他猜，他便傻傻地猜了又猜，一猜是神仙，二猜是花妖，横竖猜不中，抓耳挠腮。这时，丽娘才悠悠地说道，你先拈香发愿，娶我为妻。我才告诉你。

这一刻的柳梦梅，其实就像那“白蛇传”故事中懵懵懂懂的许仙。白娘子不敢说破真身，就怕万一许仙不体谅。杜丽娘不是没有这样的顾虑，然而，柳梦梅一拈香发誓完毕，她即刻就把真相告诉了他。为了柳梦梅，杜丽娘穿过了生死的迷障，现在，她交付了同等的相信给她的爱人，她相信，柳梦梅也可以打破这层生死障。

听罢真相，柳梦梅愣了半晌，说了一句话："你是俺妻。俺也不害怕了。"

杜丽娘真的没有信错他。他们两个人，一个是娇滴滴的侯门小姐，一个是涉世未深、傻气满满的小书生，在世俗眼光里，是最脆弱、最经不起波折的人，然而，就在"情"字的点化下，他们穿过了死亡，绕过了礼教的限令，甚至突破了人性深处对幽冥的恐惧。最后，柳梦梅挖开坟墓，杜丽娘死而复生，两人终于结为眷属。

"情不知所起，一往而深。生者可以死，死者可以生。"

《牡丹亭》序言中的这几句，已经成为关于爱情著名的论断。在它诞生后不久，有女子读《牡丹亭》，竟至于悲戚而亡，这部剧变成了一面镜子，一片湖水，令失意的人哀怜自己的倒影。四百年过去，戏中悲欢渐行渐远，世间恋情的面貌也已大不相同，《牡丹亭》从人心里越来越退回到戏台子上去。戏台之上本来就是造一场梦，何况《牡丹亭》演的是梦中之梦，它美，但有几分真呢？

这时，我总想起汤显祖之后的一句，它少有人知，却像是对着四百年后的人在说话。

"梦中之情，何必非真？天下岂少梦中之人耶！"

他像杜丽娘相信柳梦梅那样，交出了一个深深的相信，无论什么时代、身在何方，你总会遇到那个入梦的时刻，那一刻，你将身不由己，成为梦中那个人。

清

Qing Dynasty

一生一世

情詩

47 《画堂春·一生一代一双人》

◎清·纳兰性德

一生一代一双人，争教两处销魂。
相思相望不相亲，天为谁春？
浆向蓝桥易乞，药成碧海难奔。
若容相访饮牛津，相对忘贫。

清代词人中，纳兰容若可能是最被今天的读者熟悉的一位。他本名成德，后来，为了避皇子的讳，改名为性德。容若是他的字。这位只在世上度过三十载光阴的词人，却留下了许多脍炙人口的词句。比如“人生若只如初见”，比如今天这首《画堂春》里的“一生一代一双人，争教两处销魂”。纳兰问：一生一世，我们只有彼此，但为何却被拆散两处，黯然销魂呢？

（独白）女子：我撑着一口气，不到最后一刻，我舍不得烧掉你的信。它们藏在枕头底下，像藏着一颗心，深宫中多少长夜，我数着它沉甸甸的心跳熬到天明。一页页，一声声，全是热忱的约定，全是不可告人的欺君之罪。意识渐渐模糊，枕下的心脏已经不再跳动，它冷下去，整个世界都冷下去。我撑起身，用最后一点力气把书信向火盆里扔去，我的一颗心也瞬间烧成灰烬。自由了，那些锁在心里的秘密，随我去来生吧。容若，我们来生再见。

纳兰容若很久没有收到宫中的信了，等待无穷无尽，把一更拖到五更长，以至于他总能醒着听见后半夜的风雨。梧桐落叶纷纷，像脚步掠过回廊，是宫里来信了吗？他忍不住推窗四顾，回答他的却只有一天一地的雨声。古人把书信称为双鱼，这双鱼能逆流而上吗？将他的思念送到九重天上，他的恋人就在那九重天上。

“一生一代一双人，争教两处销魂。”这两句，被后来的学者称之为“有句无篇”。也就是它的力量太大了，令我们记不起全篇，甚至忘记追究它究竟为谁而发，只顾着惊叹这奋不顾身的一问。此时，纳兰还是个尚未深谙人生滋味的少年，偏偏敢于轻许一句：一生一代一双人。是天真，也是奋不顾身的英勇，过了少年时代，我们可能再也不会对谁这么掷地有声地表白。

纳兰的少年情事，史无明文，我们不知伊人姓甚名谁，家世如何。但将《饮水词》细细读罢，你会深知她活过。去年春天，她还在杏花树下无忧无虑地漫游，转过头来和纳兰商量，谁跳得高些，够得着枝头盛开的杏花。他们笑着闹着，跳了又跳，发髻都在晚风里吹乱了，最终只摘得落红满身，花香满袖，一场空。这对年轻人还不知道，杏花开得最早，却也最不堪触碰，一阵风雨便是一地飘零，正如同人的一生。

今年杏花如约而至，却已不堪伤心人一眼。她走了，有人说是被迫入宫。一道红墙遥相隔，红墙那头从此被纳兰称为天上，称为迢迢银汉。银汉尽头也有一树杏花吗？也有同携手、共心意的少年人吗？如果没有，天为谁春？

“相思相望不相亲，天为谁春”，这句通常被解读为相思相望，却不能耳鬓厮磨。其实，背后也许隐藏着更为微妙的心理状态。从前眼波相对，心意相通，彼此都认定弱水三千，只取一瓢饮。而今风波顿起，一个徒留人间，一个深锁宫廷，随之而来的，很可能是一个无功无禄，一个贵为宫妃。纳兰说：“盼天涯，芳讯绝，莫是故情全歇。”他慌张了，几番提笔，几番斟酌，几番毁去。

他发现，自己写不出恋人微微的笑靥，写不出黄昏下、灯影中，她家常斜坐的背影了，那时，即便是她发间横插的一枚紫玉钗，也在烛光下显出融融暖意。而现在，紫玉一去无消息，纳兰甚至想象不出黄昏时分的深宫从哪一处开始黯淡，想象不出她坐在哪一盏灯下读自己的信，不，也许她早已将来信撕成碎片。相思是真的，相望是真的，不相亲也是真的。纳兰在从未面对过的自我矛盾里徘徊，春天变得索然无味。

（独白）女子：如果这世上有一个无话不谈的人，那就是你了，容若。所以我手足无措，当我对着信纸，枯坐一夜却写不出一句合适问候的时候，我想问你礼部的春试准备得怎样了，我想问西园的杏花落了没有，你记得把落花扫起来，随水流走吗？但记得又怎么样呢？花儿不会像唐代传奇那样，顺着御沟流进深宫。事实上，除了薄薄的信纸，没有什么能穿越宫墙，所以它承载了太多焦虑，变得重若千钧。就这样，我把整个春天和秋天的夜晚枯坐过去，一个字也写不出来。直到秋天结尾时，我才又收到了你的信。你说："芙蓉莲子待分明，莫向暗中磨折。"

芙蓉，意味着初心不改；而莲子，则是绿叶成荫春去也，心中已经别有他人。相比于确定的悲剧，没有尽头的等待更吞噬人的意志，巨大的寂静中，心弦颤动的声音每一刻都震耳欲聋。十天，三十天，一百天，最后，一个绝望的请求浮上来：是芙蓉也好，是莲子也好，都请直言相告吧。我已经受不住消磨。

纳兰说芙蓉和莲子，不说钟情与变心，他在害怕。这位最擅长直抒胸臆的诗人，当他害怕了，无法面对的时候，便会躲进典故里去。

很快他们见了一面，在宫中，或者借着去寺庙进香的机会，无论哪种，都胆大妄为到不可想象。尤其是在此之前，他们连书信的深浅都要斟酌再三。然而这次，两个年轻人突然不管不顾，把一切顾虑抛诸脑后，要见面。一次见面抵得上一万字欲语还休的心思，是芙蓉，是莲子，无须躲进典故背后，只要与你目光相会一秒，一切便水落石出。

那个夜晚，对纳兰来说像一场梦。他看见熟悉的紫玉钗从面前闪过，消失在人群里，他忍住了，差点低唤出声，心中藏着的巨大秘密让整个世界都变成了他的敌人，只有一个人在万人之中，是他的同谋。恋人已经转过了回廊，夹杂在女伴之间，只不过，她仿佛无心地用紫玉钗敲着栏杆。纳兰太熟悉这个小动作了，她无法出口的话，都从这个小动作当中喷薄欲出。

（独白）女子：终于见到他的那一刻，我已经不记得我们哭哭笑笑说了什么，只记得满月已经升起来，把花树斑驳的影子投在脚下，是杏花，这一次，我是从它飘零的样子知道的。花也好，人也好，一生的好风景原来凋谢得这么快。我们紧紧挽着手，走到不能再走的回廊尽头，再向前，月光会让我们无可遁形。“不要忘了。不要忘了。”他一遍遍地说。

容若，你知道我最忘不掉的是什么？是你在我裙摆上画的那枝杏花。你说：“这样就永远不会凋谢。”

这次相会，仿佛把陈旧的记忆重新描画。再次展开信笺时，纳兰发现自己的笔下生动了起来，遥想宫闱，他的笔下，不再只有“银汉”“红墙”这些阔大而生疏的字眼。纳兰甚至能够想象，恋人是如何心不在焉地略施粉黛，然后对着镜子，再把双眉描画一遍。那双长眉，是纳兰曾经赞美过的镜中春山，就为这一点赞美，她也细心照看。

莫教星替，守取团圆终必遂。
此夜红楼，天上人间一样愁。

他做回了那个直抒胸臆的自己，不说芙蓉，不说莲子，而是郑重写下“团圆”二字。他不要任何典故来替代，任何典故都无法描摹他此时的热望。清宫惯例，十年一次放秀女出宫，听任家人安排嫁娶，所以守取团圆终必遂。他们都还年轻，这不过是一次分别。

于是这个秋天，他写下许多信。秋雨淅淅沥沥，秋潮涨起来了，他在梦中吩咐潮水，你也流向那迢迢银汉吧？那么，请将寄信的双鱼送上一程，我在这里等回信。但纳兰没有再等到回信，他等到了宫里传来的噩耗。

“半世浮萍随逝水，一宵冷雨葬名花。”这位无名的恋人，她短暂的一生像浮萍一样漂泊，从未知的家庭漂到纳兰身边，然后是宫廷或者寺庙，最后随水成尘。她也曾盛开在一个人的眼中心底，像春夜里无处不在的杏花香气，然而只消一夜冷雨，她就再也留不下痕迹。临终前，她将书信焚烧殆尽，那也许是她去往来生唯一的行李。

《画堂春》这首词，很可能是为她所写。这首词呈现出强烈的割裂感。“一生一代一双人，争教两处销魂。相思相望不相亲，天为谁春。”整个上阕贯穿着强烈的情绪，连抛出两大质问：有情人为何两处销魂？这天地又是为何而春？然而，下阕却忽然十分收敛，像极力呼喊之后，捂住嘴，发出低声而绝望的哭泣。

浆向蓝桥易乞，药成碧海难奔。
若容相访饮牛津，相对忘贫。

蓝桥，说的是裴航在蓝桥求喝一碗浆水，与云英一见钟情，他以玉杵臼为聘礼，捣了一百天的药，最后与云英一起位列仙班。灵药的意象勾连出了第二句：“药成碧海难奔。”——嫦娥吃下仙药飞升，却只能在碧海青天之中，忍受夜复一夜的孤寂。纳兰的恋人幽居深宫，此情此心，又是何等相似。由此，纳兰说：“如果我能到访那碧海青天之中，由人间的大海乘船，顺着银汉，逆流而上，在牛郎饮牛的那个渡口靠岸，找到你。那么，就算是做一对贫贱夫妻，我也心甘情愿。”

对于读诗的人，典故是含蓄美，却也意味着隔膜，我们和诗人的距离被拉远，只能借由典故的反光来窥看他的内心。接连四句，连用典故，纵然纳兰技巧高超，让它们环环相扣，但情绪却不可避免地被推远了，上阕和下阕之间，就此撕开一道天堑鸿沟，整首词一分为二，似乎成了失败的诗篇。但是，其实，当诗人无法负荷情感的重量时，他们就会躲进典故里。

也许写下这首《画堂春》时，纳兰已经走到了这个故事的结局。斯人已逝，一生一代一双人，如今只留下他一人，相思相望，也再无执手相亲的可能。他问了时代，又问了春天，上穷碧落下黄泉，两处茫茫，没有答案。在一片巨大的空白中，他只能绝望地退回到典故里，向着裴航、云英、嫦娥、后羿走去，靠着他们的火光取一点暖，借着他们的圆满或离别得一点慰藉，仿佛自己不孤单。在失去了一生中最初的春天之后，年轻的纳兰容若只能用典故结成了一个茧，承载着他最后的幻梦："若容相访饮牛津，相对忘贫。"等来生吧，来生，我会去天河的渡口找到你，让我们做一对最普通的贫贱夫妻。

48 《浣溪沙·谁念西风独自凉》

◎清·纳兰性德

谁念西风独自凉，萧萧黄叶闭疏窗，沉思往事立残阳。

被酒莫惊春睡重，赌书消得泼茶香，当时只道是寻常。

康熙十六年（1677年）的夏天，在诗人纳兰容若心里是一场噩梦，灵柩前的香烟混杂在闷热的空气里，惨白的孝服在烈日下反光，刺痛每个人的双眼，整座府邸被白色覆盖，只有石榴树疯狂开出红色的花。是噩梦，漫长得仿佛永远不会醒。但突然，西风吹起来，梦破了，他独自醒来，而他的妻子卢氏永远地被那个噩梦留住了。

这年春天，纳兰府还沉浸在大少奶奶卢氏产下一子的喜讯当中，然而，短短一个月后，他们便迎来了卢氏的丧事。在家人哀哀的哭泣声中，灵柩被送往香山脚下的双林禅院，然而，卢氏的丈夫纳兰容若迟迟不肯将棺椁下葬。面对入土为安的劝说，他索性自己也住到了禅院，他记得妻子生来胆小，怕黑，怕一个人待在房间里。夏天总要开了窗子，让一轮明月陪着她入睡。

窄窄的棺椁里没有月亮，纳兰知道，他只是无法面对现实。直到这一天，他在早已转凉的西风中徘徊，从早晨到傍晚，却没人来问一句："冷不冷，可要添件衣服？"

他才意识到夏天真的结束了。

"谁念西风独自凉，萧萧黄叶闭疏窗，沉思往事立斜阳。"他开始试着把刻骨铭心的三年婚姻生活称为“往事”，但沉思往事之时，妻子的音容笑貌，却变得格外清晰。

（独白）卢氏：哎，你们瞧，这人怎么睡这儿来了？前头酒席还没散呢，刚刚一迭声寻他，说是席上有客，三番四次地夸他，老爷的意思，叫他和人家应酬一番，寒暄两句也是好的。谁知道他竟跑到这桃花树下睡得自在。罢了，既是逃席，索性就逃到底吧，勉强去了也不快活。你去回老爷，就说园子里各处寻了，没见人。今儿是初三，想是出门往徐先生那里请教学问去了。

“被酒莫惊春睡重”，等到纳兰醒来的时候，夕阳已经向晚，酒席散了，他又成功地逃过了一次违心的应酬。

这位二十岁的贵公子在两年前考中乡试，虽然一场大病让他错过了接下来的殿试，也就暂时没有获得官职，但关于他才华的名声早已在京城风传，为纳兰府引来了不少跃跃欲试的访客。相比于客人们的热情，纳兰本人却是三番四次逃跑，躲进他的几千卷藏书里，或者酒里。他还年轻，但已经足够发问：他们是来见词人纳兰，还是来见贵公子纳兰？他没有答案，因此避世而去，不看不答。

纳兰容若像是红尘中一个叛逆者，而妻子卢氏则是他避世的一片桃花源。

说到心存叛逆的贵公子，我们总会想到《红楼梦》里的贾宝玉，事实上，一直存在这样的说法，认为贾宝玉的原型便是纳兰。据说乾隆皇帝读《红楼梦》，笑道：此明珠家事也。明珠是纳兰容若的父亲，曾在康熙一朝做到宰相之位。

虽然生长于钟鸣鼎食之家，但无论纳兰还是宝玉，都有一种独

特的秉性，朋友辈称之为不慕荣华，父兄辈称之为不求上进，如果身为亲近之人，却与父兄持有一样的论调，那必然会遭到他们无情的挞伐。《红楼梦》里，宝玉便为了宝钗规劝他仕途经济，着了恼，袭人事后劝他，只听他气呼呼地说道："林姑娘出来说过这些混账话不曾？若他也说过这些混账话，我早和他生分了。"

听到这句话的林黛玉又惊又喜，心中想道："素日认他是个知己，果然是个知己。"

这段知己故事的结局众所周知，黛玉泪尽而逝，而宝玉与宝钗结为连理，他全身心逃避着自己的命运，却仍然一步一步被锁定在命运之中。娶该娶的人，中该中的举，逃离红尘也要等到人生使命全部完成。相比而言，纳兰容若幸运很多，掀开新娘盖头的那一刹那，他便获得了自己前半生的知己，像游鱼获得了一弯溪水，像隐士获得了一片青山。二十岁的年纪，除了那些趋炎附势的访客，他还没有太多要躲的东西，所以他在这片青山里与花鸟为朋友，与风月为伴侣，尽情流连，认真欢喜。四季风物都流淌入纳兰的笔端，从春天的红梅，到秋天的落英。

一树红梅傍镜台，含英次第晓风催。
深将锦幄重重护，为怕花残却怕开。

春天，他们在窗下栽种一树红梅，含苞时节，京城的风还没有脱去冬天的寒意，卢氏细心周到，生怕吹落了花苞，就支起帷幔，在花树四周重重围住，这么耐心呵护着，终于到了花开前后，却听她笑道……

（独白）卢氏：我们也是有些痴气，一门心思，只望花开，却不想一想，这梅花盛开自然是人人欢喜，可总要谢的，到了那凋谢的时候，岂不多一分凄凉？据我看来，花开不如不开，长聚不如长散，人生哪有不散的宴席呢？

菊香细细扑重帘，日压雕檐起未恢。
端的为花憔悴损，一枝还向胆瓶添。

秋天，帘外的菊花香气已经扑上台阶来。春天还说着只怕花残，不愿花开的卢氏，这时身上正有些不舒服，却还是按捺不住爱花的心，将新开的菊花剪了几支，移进卧房里来。冷香之中，与花对坐，惹得纳兰不禁取笑："你素来喜欢李清照，要说赌书泼茶的好记性，你得服她，但要说爱菊，只怕她得服你。看看，已经是人比黄花瘦了，还是一门心思，记挂在这些花上。"

他们效仿李清照和赵明诚，玩赌书的游戏。一个人说一件事，另一人则回答此事见于某书某卷某页某行。说对了，奖励一杯茶；说错了，只能看着对方饮茶。两个人经常笑着闹着，失手把茶泼了一身，一迭声忙着叫人换衣服，反而把赌书的事儿给忘记了。这样的文字游戏，十次有八次，卢氏赢不过纳兰，她也不恼，反而遇到胜券在握的时候，总是故意说错几个字，引得两人一起大笑。卢氏从没写过诗，但她的丈夫知道，在诗的世界里，她确确实实是一个"自己人"。这种自信令卢氏从不将胜负放在心上，诗只是游戏，与喝茶吃饭一样是一桩寻常事。

自古以来，诗人的天性，第一不在于雕琢字句，熟背典故，而是在于对自然万物建立一种同理心。无论眼前是一树繁花，还是一片枯叶，他们都能将心比心去关切，由一朵花的当下，关切到一朵花的生死，再到容纳了花开花落的整个婆娑世界。每当此刻，芸芸众生，乃至于你我，都是诗意世界中的一个小小的赤子，被诗人一视同仁的目光抚慰着。每当卢氏收拾起庭心的落花，或者傍晚醒来，对着一抹夕阳出神观看的时候，纳兰也总是微笑着望向妻子，他太熟悉那种神往的目光了，那也是他的目光。在诗的世界里，他们像是两个一母同胞的小孩子，在不同的地方长到十八岁，但注定要相遇，注定要相认，注定要做一生一世的伴侣。这不是什么奇遇，只是寻常事。

但他没想到一生一世那么短暂，只有三年。

卢氏去世之年，纳兰只有二十三岁。但是，从那一年起，原本被他视为寻常、视为天然如此的美好世界，就此戛然而止。

卢氏的灵柩停在京城外的双林禅寺，长达一年有余，这个时长，远远超过了清朝当时的规定，一般富贵人家的停灵时间。纳兰拖延着告别的时刻，他在禅寺里守了许多夜晚，对着一盏孤灯，回忆起半个月前，灯下还响着妻子的剪刀声，她想做一件小衣服给刚出生的孩子。窗外起了西风，片刻之后，密密麻麻的雨声砸下来，剪刀声一去不复返。在寺庙里为亡者诵经的声音却响起来，层层叠叠，像海浪，冲刷着现实和梦境的边界。“经声佛火两凄迷，未梦已先疑”。

他把回忆一场场倒放过去：不愿吵醒酒后春睡的妻子，对着满地落花凝望的妻子，举着诗卷、故意胡说的妻子，一失手把茶泼了一身的妻子。他想了又想，仍然觉得都是再普通不过的寻常事，但是现在，他知道了，就连寻常的美好也会被命运一举夺去。成人世界给他的第一个教育，就是永远地夺走了他的同路人。

康熙十七年（1678年），卢氏被葬入玉河的祖坟。这次葬礼，像是纳兰对少年世界最后的告别。很快，他进宫做了三等御前侍从，由于当差谨慎，不辞劳苦，很快连连擢升，俨然有望成为皇帝身边的红人。他续娶了妻子，有了更多的孩子，官场应酬也变得驾轻就熟。纳兰容若成了合格的大人，拥有了权力、妻小、名望和人脉。他本该如此，就像他的父辈一直认为的那样。

但父亲不知道在繁花似锦的环绕下，他的儿子始终是一只离群的孤雁。多年后，纳兰跟随康熙皇帝，护送御驾去到塞外，大漠之中，他仰望雪花从半空飘落，不知为何想起二十岁那年的落花，他痴痴地问雪花："谢娘别后谁能惜？"

那个人走了之后，还有谁能怜惜你呢？这就难怪你漂泊天涯，乘着万里西风，来到了这落满黄沙的塞外啊。

他也试图再寻找一位知心人。离世前两年，他曾写信给好友严绳孙。他说："这些年来，我鞍前马后，为人驱使，心底的块垒已经不是杯中酒可以销尽。也许只有寻一位慧心人可以消除吧。你之前提到的那位，我可以见一见吗？"

他仍然失望了。虽然那位女子温婉美丽，有着不亚于他的才华。但他心心念念寻找的，其实不是一个出众的女子，而是一个早已回不去的世界。

那个世界里，"被酒莫惊春睡重，赌书消得泼茶香"，一切都那么寻常，却再也无法重来。

49 《红豆词》

◎清 · 曹雪芹

滴不尽相思血泪抛红豆，开不完春柳春花满画楼，睡不稳纱窗风雨黄昏后，忘不了新愁与旧愁。咽不下玉粒金莼噎满喉，照不见菱花镜里形容瘦。展不开的眉头，捱不明的更漏。呀！恰似遮不住的青山隐隐，流不断的绿水悠悠。

“滴不尽相思血泪抛红豆，开不完春柳春花满画楼。”我们要说的这两个人，在那时不过才十多岁。在不到二十岁的年纪，他们是极聪慧，又极任性的。有人说，他们正是那一类人：其聪俊灵秀之气，则在万万人之上；其乖僻邪谬不近人情之态，又在万万人之下。这一类秉正邪两气出生的人，恰好又生在公侯之家，便成了情痴情种。

（独白）黛玉：把屋子收拾了，下一扇纱屉子。看那大燕子回来，把帘子放下来，拿狮子倚住，烧了香，就把炉罩上。

金陵荣国府的姑娘林黛玉，她本不是这家的人，荣国府姓贾，黛玉却姓林。她是这家的外甥女，她的母亲姓贾，是贾政老爷的妹妹。由于父母皆亡故了，她被寄养在贾家。虽说是寄养，她也没有别的家了。贾家是个大家庭，上上下下几百口子人，大家都喜欢这个林姑娘。林姑娘生得美，身子却柔弱，有人说她是“美人灯”，风一吹就灭了。

这一日是花朝，就是农历二月十五，家里的姐姐妹妹都在大观园中做饯花会。黛玉的表兄宝玉来找黛玉，却遭到了她的冷遇。宝玉同黛玉说话，黛玉却不理他，自顾自地跟紫鹃交代潇湘馆的事儿，说完就走了。宝玉赶紧追上来，转过山坡，却看到黛玉一边呜咽，一边葬花，口中吟着一首《葬花吟》：

杜鹃无语正黄昏，荷锄归去掩重门。
青灯照壁人初睡，冷雨敲窗被未温……

宝玉不禁听得痴了，怀里兜的落花撒了一地。黛玉在那里哭，宝玉在这边哭，却被黛玉听到了。

（独白）黛玉：人人都笑我有痴病，难道还有一个痴的不成？原来是……呸！我打量是谁，原来是你！你这个狠心短命的……

就是这天，宝玉离了这座花园子，就被他的朋友冯紫英请了去，参加一个酒局。席上有薛蟠，还有唱戏的蒋玉函。伎女云儿起头：“两个冤家，都难丢下，想着你来又记挂着他。”

宝玉却只顾出神。他在想着山坡上葬花的黛玉，他听见黛玉说，“一朝春尽红颜老，花落人亡两不知”，便突然想到了：早晚有一天，黛玉是会死的。既然黛玉是会死的，其他的人，宝钗、香菱、袭人……也都是会死的。当这些女儿们都不在了，自己还在不在呢？那又会是哪年哪月的事？眼前是何等的热闹：有酒宴，有弦索，有歌女，有腻友，一个个的青春年少、欢乐洋溢，仿佛世上永远不会有分离、死亡和痛楚。那《葬花吟》里说起的这些凄凉和寂寥，是不是终究会来的呢？

他正出神地想着，有人喊他饮酒行令，这酒令中，却要他唱一支新鲜曲子。

“滴不尽相思血泪抛红豆，开不完春柳春花满画楼。”“红豆”，又名“相思子”，宝玉读过温庭筠的一句诗，便深深记住了，诗中说：“玲珑骰子安红豆，入骨相思知不知？”原来，有人把红豆镶嵌在了用于博戏玩乐的骰子上，而骰子是用骨头做的，隐喻着“入骨相思”。抛红豆，便是抛掷用红豆制成的骰子，恰好适合在这酒宴歌席中唱出来。在一片欢闹声中，却有谁知道他的“入骨相思”呢？如今正是迟迟春日，他在画楼之上，对着些好花好柳，饮过几滴入魂的烧酒，便有一些蒙昽醉意了。他满心想着一个人……

（独白）黛玉：胭脂鲜艳何相类，花之颜色人之泪。若将人泪比桃花，泪自长流花自媚……

对，他想到的是写桃花诗、暗自抛洒相思血泪的林妹妹。

（独白）黛玉：“每日家情思睡昏昏”……那《西厢记》戏文里说得好，只为你如花美眷，似水流年，又见古人的诗里道，“水流花谢两无情”，还有“流水落花春去也”……可见这韶华易逝，青春易老，今日之良辰美景，到了明日，便只有断壁残垣……

宝玉曾经对着林妹妹剖白过自己的心迹，他愿意让林妹妹看着他，一直看着他，等有一日，他自己化成了飞灰——飞灰还不好？

灰还有形有迹，等他化成一股青烟，风一吹就散了的时候，到那时候，各自爱到哪里去，就到哪里去了。只要一灵尚在，宝玉就一直要跟林妹妹在一起的，就算是死了，他的魂儿也要一日来一百遭，他要到潇湘馆找妹妹去……

“咽不下玉粒金莼噎满喉，照不见菱花镜里形容瘦。展不开的眉头，捱不明的更漏。呀！恰似遮不住的青山隐隐，流不断的绿水悠悠。”人们没听过这只曲子，因为这首曲子是宝玉新度的，通曲风流蕴藉、字有余香，再加上一个曲词中少见的“呀”字，更是轻灵稳俏，不可多得，想不到宝玉还有这样的度曲之才。众人喝彩，宝玉却沉吟不语。众人喧闹着饮酒去了，有人哄吵着让冯紫英唱，宝玉却在想着他的新愁与旧愁。

（独白）黛玉：我晓得这两句是怎么来的。《西厢记》的词曲里说，旧恨连绵，新愁郁结。又说，旧愁似太行山隐隐，新愁似天堑水悠悠。这旧愁倒像是郁结，新愁倒是连绵了！因它头里说过：新愁近来接着旧愁，厮混了难分新旧。宝玉，你忘不了新愁与旧愁，这般缠绵郁结，恰似青山隐隐、绿水悠悠，真是贴切无比了。因为太行山至远，天堑水亦远，你的青山与绿水，却是近在目前的。何等郁结，又何等连绵，遮不住且流不断，是何等的愁怨……

宝玉的《红豆词》，这里头“抛红豆”的意思来自温庭筠，“青山绿水”的意思却是来自《西厢记》。这一曲适用于酒宴歌席，是一首地道的情词，出自年轻公子之口，令人听之销魂。歌席至晚才散，宝玉回到大观园中，昏睡了一夜。第二日仍像往常一样跟姐姐妹妹一起玩，这时候他最深的愁怨，便是跟林妹妹闹别扭了！他的旧愁，是昨天的妹妹——

（独白）黛玉：你也不用起誓，我很知道你心里有妹妹，但只是见了姐姐，就把妹妹忘了……

他的新愁，是今天的妹妹——

（独白）黛玉：好好的，我多早晚又伤心了？我只是看见，这些东西，都是旧日里在苏州见过的，当时不理会，如今看见，真是新鲜物儿了！不知何年能回家去？

林妹妹是一个人住在贾家的，住在别人家到底不好，她想着要回苏州她自己家去，可是这个家，再也回不去了。宝玉知道妹妹已经没有至亲，苏州是回不去的了。可他还是怕，莫名地怕。他总觉得林妹妹迟早是要消失的，像月魄仙魂一样的妹妹，缥缈得好像没有温度。宝玉总觉得，一场永别在等着他们。有一回，他听紫鹃说林妹妹要回苏州去了，一下子发了疯病。紫鹃陪了他好一阵子，他的病才好。临走时，他问紫鹃要了那一面小菱花的镜子。

（独白）黛玉：宝玉，我知道你的意思了，也是那《西厢记》里说，恰对菱花，楼上晚妆罢。镜子照过我的影，这影子却不能长久留在镜中，你呆呆悬望，对镜思人。

对于宝玉来说，妹妹是水中之月、镜中之花，他要留这一面小菱花的镜子在身边，睡着也照，出门也带着，就像是跟妹妹在一起一样。

黛玉真正与他永别的时候，宝玉正在病着，他根本不知道林妹妹死了。而黛玉临死前，烧掉了所有的诗稿，喊着宝玉的名字。这下子永远的分别真的来临了。宝玉从此要过没有林妹妹的一生。这一生最好的日子，都已经在那一个下午——宝玉沉吟着，唱那一曲《红豆词》之前，过完了。那些嗔怪、拌嘴和恼怒，偶然表露心迹的言语，那些眼泪和柔软无比的时光，都是他在后来凄凉而飘零的岁月中，回味不已的一切。

（独白）黛玉：宝玉！葬花的时候我已知道了，自己将年寿不永。而那时你也已经猜出，你担心我会死，所以我们都哭了。葬花的那天，后来你去了酒宴，在酒宴上唱了《抛红豆》的曲子。后来，到了分别的时候，我问你，你为什么病了。你告诉我说，你为林妹妹病了。我看着你，你看着我。我笑，你也笑。我们从小吵到大，一见面就哭，到了那会子，谁也不哭了，只是笑……宝玉，我该回家去了。我本是灵河岸上一株绛珠仙草，为了还你的灌溉之情才来到这世上的，把这一世的眼泪还给你，我就走了。我知道，我走了以后，你才真的懂了何为青山隐隐，何为绿水悠悠……

50 《蝶恋花·阅尽天涯离别苦》

◎清·王国维

阅尽天涯离别苦。不道归来，零落花如许。花底相看无一语，绿窗春与天俱暮。

待把相思灯下诉。一缕新欢，旧恨千千缕。最是人间留不住，朱颜辞镜花辞树。

（独白）莫氏：这次分别实在太久，久到静安进门的时候，看到我，明显呆住，过了很久才认出来。他说他这次回来就不走了。我不是太信，但心里还是欢喜，精神也好了些。指挥厨房做了几样他喜欢的小菜。他说陪我去看花，我心里很震惊。然后我忽然想，可能他们说的是真的——我就快要死了。

这是 1907 年，距离辛亥革命还有四年。

王国维得到妻子病重的消息往家里赶，病榻上奄奄一息的妻子让他想起两年前给她写的那首《蝶恋花》。

“阅尽天涯离别苦，不道归来，零落花如许。……最是人间留不住，朱颜辞镜花辞树。”王国维自认为已经尝尽离别之苦，没想到归来，连花树都零落，一派凄凉。他和妻子相对无言，直到春光已晚，天色将暮，两人把这许多年的相思在灯下一一说来，但这点相逢的喜悦，马上就被离愁别绪盖过了。看到愈发憔悴的妻子，王国维意识到，原来人间留不住的，除了春光，还有容颜。

王国维，字静安，近代著名的国学大师。

他出身书香门第，自幼丧母，父亲希望他考科举，但是王国维对传统教育逐渐失去了兴趣，屡试不第，而清政府也已经走到了穷途末路的地步。

海的对面，地球的另一边，轰轰烈烈的工业革命，蒸汽机拉动着新兴的资本主义国家，将古老守旧的文明远远抛下。

王国维的家庭在这时候显示出开明又守旧的两面性：开明在于，父亲支持他出洋；守旧在于，父亲为他安排了一门亲事，以免他在漂洋过海的过程中有个不测，家中也不至于断了香火。

莫氏就在这种期许下进了王家的门。

（独白）莫氏：父亲告诉我，我的夫婿是“海宁四才子”之一，虽然眼下还没有成气候，但是前途无量。我有点紧张，不知道他是怎样才高八斗学富五车的人物。而我只是个商户之女。

历来有士农工商的说法，商为最末。我担心被我的丈夫瞧不起，但他却对我很好。

王国维和莫氏是传统的包办婚姻。这种包办婚姻在鲁迅先生身上发生过，在胡适身上发生过，在诗人闻一多身上也发生过。有人激烈反抗，有人阳奉阴违，但王国维平静地接受了。

王国维虽然才名在外，但是几次落第，毕竟挫伤了他的锐气；莫氏虽然接受的是旧式教育，但是性情温柔又坚韧。青春年少，新婚燕尔，未尝不甜蜜，而困苦的生活成就了他们的相濡以沫。

多少年之后，王国维回忆这段短暂和美好的时光，在词里感叹：“往事悠悠容细数，见说他生，又恐他生误。纵使兹盟终不负，那

时能记今生否？”

——那时候的他们总说来生还要再结为夫妻，生怕彼此错过。但即便有这个运气，如果忘掉了今生，他们也觉得总是一桩遗憾。

在所有遗憾中，最让王国维无法释怀的是夫妻相守的时光实在太短。

婚后不过两年，王国维便为了生计去了上海；三年后得到资助东渡日本；之后数年奔波，辗转于武昌、北京、南通、苏州。他离开得太频繁、太长久，回头看的时候，妻子的形象定格在“倦凭阑，低拥髻”，已经是个有点哀怨的女子，新婚时的喜悦距离他们越来越远了。

（独白）莫氏：我不知道外面是怎样的一个世界，让静安一次一次离开家，离开我，离开海宁。他是个男人，他要养家糊口，他要干事业。他像是条船，漂泊无定，而我是固守的港湾。

我总是看到他的背影，疲惫的，匆忙的，然后充满希望地奔向远方。那些陌生的地名，因为承载了他的足迹，而逐渐被我熟知。

他从不回头。

有时候我会希望他回头，但有时候我也会担心，会不会有一天，他离开，就不会再回来。或者像传闻中的有些人一样，带回来一个时髦的年轻女子，取代我，作为他的妻子。

莫氏的担忧并非空穴来风，在清末民初，这个三千年未有之大变局的时代里，抛弃旧式婚姻，抛弃原配妻子的新式人物太多了。

传统被认为腐朽、落后，应该被全盘推翻。人们剪去辫子，松开裹脚布，反抗包办婚姻，向往自由恋爱。

有的人确实因为包办婚姻的无法沟通而痛苦，但是也有很多人，纯粹以此为借口喜新厌旧。当时大多数女性都没有受教育的机会，那些被抛弃的原配妻子被迫失语。没有她们说话的余地，没有人听她们说话，没有人在乎她们的委屈和艰难。

但是王国维不是这样的人。

虽然他也接触到了新思想、新风潮，但王国维并不认为新的就全都是好的，旧的、传统的就都该弃之如敝屣。审美是这样，学问是这样，婚姻也是。他的妻子诚然传统，那并不意味着她不可爱，那并不等于妻子就不配得到爱，不配得到幸福。

幸福与新旧无关，爱与新旧无关。王国维一直记着他与妻子的点点滴滴，虽然短暂，但那就像是一盏灯，照亮他漂泊的路。

王国维想接妻子到身边，这样，在结束了一天工作之后，会有人在目之所及的地方等他，莫氏婀娜的影子会映在窗纸上，有牙牙学语的孩子爬来爬去，绕膝承欢，也有少年朗朗的读书声。

他一直想等条件成熟的时候，再告诉妻子这个计划，他想妻子一定会高兴，他想妻子也许会想要见识外面的世界，想要更多与他共同生活的时光，有更多的共同语言，而不是永远困守海宁。

但是死神先他一步，在王国维攒够积蓄之前抵达的，是妻子病重的消息。

王国维这时想起他写的那首《蝶恋花》，那仿佛是个不祥的预兆，开篇就是“阅尽天涯离别苦”。这十年里，他和莫氏都以为终有一日苦尽甘来，能朝夕相守，想不到苦到最后，是阴阳永隔。

归来花树都零落，相对无言，春天已经过到了尽头。

年少夫妻，到这时所有话语都多余。原想过要倾诉的相思，一点点欢愉背后的无穷苦痛，当见到妻子病骨支离，憔悴不堪，才知道自己离开了多久，错过了多少。人间最恨，恨“朱颜辞镜花辞树”。

王国维到家十日之后，妻子便与世长辞。

他写了很多词，在词集《人间词》里，他一遍又一遍地回忆他与妻子这十年里少得可怜的相聚时光，一次次梦中惊醒，斯人已逝。

“漫作年时别泪看，西窗蜡炬尚汍澜。”

“昨夜西窗残梦里，一霎幽欢，不似人间世。”

“醒后楼台，与梦俱明灭。西窗白，纷纷凉月，一院丁香雪。”

十年聚少离多，就只剩下这些悼亡词，一句一句像鞭子抽在心上，所有悔恨都来不及，来不及说欢喜，来不及说相思，也来不及说告别。

（独白）莫氏：在看到他眼泪的那一刻，我忽然就释然了。我忽然明白这些年里，他并没有放下过我。虽然我只是个旧式的女子，不能够陪他出去闯荡，虽然在我们这个时代，有很多功成名就的人会以此为借口抛妻弃子，但是他没有。也许我固守在这里，作为航船的港湾，刚好就是他需要的；也许如果我等的时间长一点，再长一点，我们就能有机会一起扬帆，并肩见识外面的世界。虽然最终我们没有这个机会，最终我们错过，但是静安，就像我们少年时候许诺过的那样，如有来世，我们再做夫妻。

有时候人会以为还有时间，还有大把时间，工作不等人、前程不等人，而家人、爱人是可以等的。他们总在那里，无论什么时候回头，他们都在那里。一直到失去，才知道什么叫追悔莫及。

原来缘分如此浅薄。

如果王国维早一点醒悟，早一点将妻子接到身边，哪怕条件艰苦，但能够相守，总好过等候。因为让莫氏煎熬到“精魂先魄去，凄凉病榻无多语”的，也许就是那些绝望的、无望的等候。

但是都太迟了，花已辞树，朱颜辞镜，余恨绵绵。

图书在版编目（CIP）数据

千古最美情诗 / 刘丽朵等编著 .— 太原：北岳文艺出版社，2022.9
ISBN 978-7-5378-6593-7

Ⅰ .①千… Ⅱ .①刘… Ⅲ .①古典诗歌—诗歌欣赏—中国 Ⅳ .① I207.2

中国版本图书馆 CIP 数据核字（2022）第 130147 号

千古最美情诗

刘丽朵　喵哉　等 / 编著

//
出品人
郭文礼

责任编辑
李向丽
汪恒江

特约编辑
董晓宁

助理编辑
刘思华

书籍设计
王利锋

印装监制
郭　勇

出版发行：山西出版传媒集团·北岳文艺出版社
地址：山西省太原市并州南路 57 号　　邮编：030012
电话：0351-5628696（发行部）0351-5628688（总编室）
传真：0351-5628680
经销商：新华书店
印刷装订：山西人民印刷有限责任公司

开本：787mm × 1092mm　　1/32
字数：273 千字
印张：11
版次：2022 年 9 月第 1 版
印次：2022 年 9 月山西第 1 次印刷
书号：ISBN 978-7-5378-6593-7
定价：68.00 元